目录 CONTENTS

001	第一章	考试
059	第二章	成长
139	第三章	真相
229	第四章	彩虹

传家日记

今天我把一朵粉色的百合送给了妈妈，妈妈很开心，下次见到那个小男孩，一定会好好道谢，作为补偿，我把妈妈借他一小时。

谢谢小逸，一朵花也有它牵挂的根茎，就像你和大乔。

大乔爱你们。

传家日记

下厨做了三色菜，逕天是觉得不好吃，亲打脸他呢！

贺深深太没出息啦，居然在握着笔发抖，原来学神也有紧张的时候。

今天天气很好，
我很开心，　特别开心。

1. 有那么明显吗?

宋一栩和解凯也该走了。

灯一亮,宋一栩大梦初醒:"我仿佛还没抄完作业……"

解凯也醒了:"我也是。"

宋一栩看向他:"那还等什么?"

解凯:"走啊!"

这俩人就风一般地跑了,顺带还把自制卡牌带走,虽然以后再用到的可能性极低。

乔韶这才发现屋里少了人:"贺深呢?"

陈诉已经在做题了:"他和楼骁出去了。"

乔韶愣了一下:"他俩出去干吗?"

来电了就不怕鬼了?贺深回家了?

也不和他说一声……

卫嘉宇坐起来一些,面无表情地看着乔韶:"你说他们去干吗了?"

乔韶察觉到蓝毛的情绪不好,好像在气什么。

不过这小子向来别扭,乔韶也习惯了,他道:"我问问。"

他刚拿出手机,卫嘉宇就跳起来了:"你……你……"你还敢问!

乔韶看他:"一惊一乍的,干吗?"

卫嘉宇盯着他,盯了好一会儿,道:"你……"

乔韶纳闷:"我怎么了?"

卫嘉宇想到这小子痛踢任阔那个人渣的架势，不禁说道："你真是我见过的最不怕事的人。"

明明又瘦又小，还生了个特别纯良的小脸蛋，可干的全是大事！

普通人要吓到尿裤子的，他眉头都不带皱一下。

难怪深哥和骁哥都把他当兄弟。

卫蓝毛也是有点服气。

乔韶听了还挺开心，谁不乐意让人夸呢？

他也喜欢，尤其是这种纯粹的、不带任何家庭"滤镜"的夸赞，让他通体舒畅。

"也没有啦，"乔韶拍拍卫嘉宇肩膀道，"以后再有人欺负你，只管告诉我。"

卫嘉宇："……"

乔韶道："我不会跟人干架，但肯定不会让你吃亏！"

卫嘉宇心情十分复杂，有点感动又有点无奈。

可不嘛，您不需要出手，您的两个好兄弟能驱散所有牛鬼蛇神！

卫嘉宇叹口气道："提前谢谢你了。"

乔韶的事他还是别去瞎操心了。

无论他帮谁都会对不起另一个，看乔韶这胸有成竹的模样，肯定是心里有谱的。

"皇上"不急，他这个"太监"也歇歇吧，太累了。

他俩的对话，陈诉也听到了，他抬头看过来，犹豫了一下。

如果是以前，他绝对不会问，可是今天他问了："卫嘉宇，你让人欺负了？"

卫嘉宇像那受到威胁的猫一般，立刻回头："我会被人欺负？"

扬起的尾音里全是心虚。

陈诉也是看透他了。

只不过是个死要面子活受罪，用嘴坏来遮掩自己的别扭精而已。

所以这蓝毛的话得过滤着听。

陈诉把手头整理过的笔记放到他桌子后道："现在是学习的年纪，别去招惹那些有的没的。"

卫嘉宇毛了："你懂什么！"

陈诉看向他："我不懂，但我也不会看着你被人欺负。"

卫嘉宇："……"

乔韶搭话道："对啊对啊，我们这么好的舍长，哪能让人欺负了。"

一句话可是把卫嘉宇暖到了。

他心里暖融融的，面上还在装："可拉倒吧，我才不会被人欺负。"

说着他又看向陈诉，道："还好意思说我，也不知道是谁被霸凌了半年多！"

陈诉："……"

卫嘉宇说完又后悔了，可让他说软话又说不出，他粗声粗气道："总之，你以后就给我补习，我成绩好了还会给你奖金，到时候谁再说你穷，你就把钱砸他脸上！"

陈诉笑了下，藏在眼镜后面的眼睛有着以前没有过的光泽。

那是他终于放下了自卑，捡起自我的最好佐证。

楼骁和贺深没离校。

来电后的校园也比以前静谧些。

他们出了宿舍楼。

楼骁问了一句："以后打算怎么办？"

贺深有些出神："以后？"

听到这个反问，楼骁眯起眼——

接着贺深又把话说完了："我有资格想吗？"

楼骁对贺深的情况还是知道一些的，他拧眉道："你不是在努力赚钱了吗？"

贺深道："即便我做到了，三年后谢家会放我走吗？"

楼骁不出声了。

楼骁道："……大不了你远走高飞。"

贺深转过身："让我到处东躲西藏，吃苦受累？"

楼骁又道："那就杀回谢家。"

贺深冷笑："像我母亲那样，被羞辱至死？"

楼骁沉默了。

过了好半晌，贺深道："不急。"

楼骁想的却是另一方面，他道："也对，还有三年时间，会有很多变数。"

"是啊，"贺深不是个让人操心的人，他扬唇，"小不点前阵子还跟我说他爸是乔宗民。"

楼骁无语道："他可真敢吹。"

贺深打趣："多好，等以后我帮乔宗民吞并谢氏，他把股份给我……"

楼骁死鱼眼盯他："醒醒吧，听说乔家那根独苗苗就差被放到真空里养着了，会出现在这穷地方？"

贺深道："来了也没人稀罕。"

"嗯，"楼骁有点噎着，"就你家这个姓乔的好。"

"难道不是吗，"贺深认真看他，"你告诉我乔韶哪里不好？"

楼骁："……"

贺深道："来，你大胆说，我开导开导你。"

楼骁他说个头啊！

2. 有病啊

贺深细数了自家同桌的好处，楼骁实在脑壳痛："你今晚要睡宿舍？"

贺深："不了。"

楼骁挑眉："你确定？"

贺深老谋深算道："确定。"

楼骁要不是看在多年兄弟的分儿上，只想把拳打在他身上！

什么跟什么啊！

这家伙装什么装啊!

所以,今天的楼骁仍然不知道这俩人竟然是纯洁的好哥们关系,只不过贺深开启了过度爱护模式而已……

虽说不在寝室睡了,但贺深还是回到516室,去和乔韶说一声。

门一开,卫嘉宇就"嚯"地从被窝里钻出来。

贺深抬头看他:"怎么?"

卫嘉宇顶着鸡窝头看他半天:"骁、骁哥呢……"

东高最强的男人终究还是输给了这个传说中的男人吗?!

贺深道:"不知道。"

楼骁也没和他说,估计是回网吧了。

卫嘉宇顿了一下,道:"哦……"

他缩回被窝戴上耳机,听着音乐整理思路,斟酌着该怎么给楼骁发信息安慰他……

他俩这一打岔,乔韶刚看到贺深的那点不自在就消失了。

乔韶对他说:"你要不要去洗个澡?"

贺深这才道:"不用,我一会儿回家。"

乔韶微讶:"不是要睡这儿吗?"

贺深担心乔韶休息不好:"既然来电了,我就回去了。"

乔韶应了声:"哦,也是。"

有电就不怕鬼了,可以回家睡了。

家里的确比这小宿舍舒坦。

乔韶又问他:"你又回来是有什么事?"

贺深道:"没什么,就是和你说一声。"

乔韶没想太多,他以为贺深刚才就在宿舍楼里,便道:"有什么好说的?快回去休息吧。"

贺深也没解释自己爬了五楼,道:"那我走了。"

乔韶:"拜拜!"

贺深一走,乔韶坐回床上,心里竟有那么点空落落。

没一会儿，他手机响了一下。

乔韶从枕头下把它掏出来，看到是贺深发来的微信。

没有星期五：今晚谢谢你。

乔韶嘴角扬了扬：有什么好谢的，你帮我那么多，我怎么会不管你。

男生嘛，都爱面子。

看来贺深是真怕鬼，一晚上都紧张得不行，还总往他身边靠，想想还有点可爱。

贺深又给他发了句：那明天见。

乔韶正要回他一样的话，又忽地想起什么：晚上早点睡，别总熬夜。

欠债虽然要还，但还有期限，以后他帮贺深还就是了。

贺深薄唇微扬，忍不住又逗他：我尽力。

乔韶立刻回他：这还需要尽力，不是没工作吗？

贺深倚在路灯边给他发微信：我一个人害怕，怎么睡得着。

看到这句话，乔韶打字的手指轻颤了一下：要不你回我这儿睡？

不等贺深回话，乔韶又发过去一句：或者我去你家陪你？

贺深盯着这两句话看了好一会儿，最终才轻叹口气，不敢逗他了：不用，你早点休息，我上楼了。

乔韶想了一下又给他发了条：你要是实在害怕，就给我打电话。

贺深觉得不该聊了，但是脑子管不住手：你会来陪我？

乔韶：嗯。

贺深：多晚都行？

乔韶：当然。

他没再打字，给乔韶发了段语音："别担心，我没事，晚安。"

发完语音他就把上面的对话截了个图。

刚到网吧的楼骁听到了手机响。

他瞄了眼是贺深发来的图片。

楼骁不疑有他，猝不及防就点开了。

图一：
"要不你回我这儿睡？"
"或者我去你家陪你？"
图二：
"你会来陪我？"
"嗯。"
"多晚都行？"
"当然。"

这是两张微信对话截图，上面的昵称让楼骁恨不得从此失明——"乔乖乖"。

楼骁给贺深发了三个巨大的问号，以及四个字：什么意思？

贺深慢悠悠回他：没什么，就是给你看看他有多好。

楼骁：……

贺深特别体贴：你要是看不清，我回家放大了，打印出来送你一本。

楼骁一脸不可思议。

有病啊！

可怜的楼骁。

他正想关机寻清静，又有人给他发微信。

楼骁切退出贺深这个令人糟心的对话框，看向未读信息。

卫嘉宇：骁哥？

楼骁并不知道蓝毛找他有什么事：嗯？

卫嘉宇那边输入了好长时间，最后也就几个字：你还好吗？

楼骁面无表情回道：不好。

他太不好了，十分不好，想插兄弟两刀那种。

516室里，卫嘉宇"噌噌"地坐起来。

乔韶刚好从洗手间出来，吓了一跳："怎么了？"

卫嘉宇看着他。

乔韶正色道："有事说事。"

卫嘉宇要怎么说？！

说堂堂楼骁被你拿捏了？

说东高最强男人正在黯然神伤？

先不说卫嘉宇根本说不出口，就算能，楼骁也不会接受这种同情！

祸水啊祸水啊。

卫嘉宇深吸口气道："没什么！"

他问楼骁：骁哥，你在哪儿？

楼骁：在网吧。

卫嘉宇穿着拖鞋就出门了。

直到他走了，乔韶才莫名其妙地看向陈诉："这是怎么了？"

陈诉："不知道。"

乔韶一边擦头发一边问："不要紧吧？"

陈诉想了一下，道："没事，他拿着手机出门了，晚点还没回来的话再问吧。"

也只能如此了……

虽说他们如今和蓝毛关系好，但国际班和普通班有别，挺多事都不清楚。

另一边，卫嘉宇匆匆来到网吧，找到了楼骁的包厢。

此时楼骁拿起刀子……

卫嘉宇大叫："骁哥，冷静些！"

点了份牛排当夜宵的楼骁被他吓了一跳。

楼骁："什么？"

今晚是怎么了，集体发神经？

卫嘉宇道："我都知道的，什么都知道。"

楼骁放下刀叉问他："你到底在说什么？"

卫嘉宇叹口气道："乔韶和深哥……"

他欲言又止。

楼骁想了一下，道："哦，今晚你辛苦了。"

玩真心话大冒险时，他看出卫嘉宇在不停为那俩人遮掩了。

卫嘉宇道："我辛苦什么？我一点都没帮上忙。"

楼骁道："你做得挺好了。"

卫嘉宇扼腕道："可是乔韶他俩的表现我实在遮不住！"

楼骁疑惑了："所以呢？"

3．失去梦想的蓝猫

所以呢？

你已经这么自暴自弃了吗？

卫嘉宇满眼心疼，说道："骁哥，我知道你不屑这些细枝末节，但是乔韶他……"

虽然卫嘉宇没有过这种经历，但这种事对于一个人来说，无论是心灵还是尊严都将遭受重创，滋味绝对不好受。

楼骁扬眉："你……"

卫嘉宇坐到他身边，沉重道："我知道你把乔韶当兄弟，可是你也不能这样……"

蓝毛语重心长地说了一半，死鱼眼楼骁真快成条死鱼了。

他幽幽道："我把乔韶当兄弟……"

卫嘉宇长叹口气："我懂，这种事很难控制，你肯定也挣扎了很久……"

楼骁："……"

卫嘉宇继续道："这种事真是……"

楼骁："……"

卫嘉宇扬声道："骁哥！放下吧！"

他看出来了，乔韶眼里根本没有楼骁！

楼骁胳膊一抬，手掌按在他头顶上。

卫嘉宇："哎？"

楼骁用力，把这臭小子摁在电脑桌上。

卫嘉宇脸颊被挤扁，一双黑眸直眨巴："骁、骁哥？"

这是恼羞成怒要揍他了吗？

楼骁咬牙切齿问："你到底在说什么？！"

卫嘉宇嘴巴被挤，说话含含糊糊："我……我……"

楼骁真想一拳头敲开他的脑袋，看看里面装了些什么糨糊："我因为乔韶难受？"

仿佛不嫌事大一般，这时包厢门拉开了，贺深面无表情地站在那儿，手里拿了一沓纸。

卫嘉宇被按住了脑袋，看不到后头的光景，他还在嚷嚷："我不会告诉别人的，这件事我绝对不会……"

这次轮到贺深声音幽幽问："你说什么？"

乍听到这冷冰冰凉飕飕的声音，卫嘉宇差点死过去！

楼骁松了手，向后靠在沙发里，道："他说我在和你抢人。"

卫嘉宇一回头，被恐惧彻底支配了。

"深、深哥……"

深哥怎么会在这里！

贺深越过卫嘉宇，看向楼骁："你和我抢人？"

这音调要多低有多低，仿佛楼骁只要迟疑一下，下一秒就是血溅三尺。

楼骁真想打死卫嘉宇，这成事不足败事有余的蓝蠢毛！

"一个两个的能不能有点脑子！"楼骁给了卫嘉宇一个爆栗。

卫嘉宇"哎哟"一声，好委屈：为什么是他在承受？这狂风暴雨不该是祸水自己来承担吗？

楼骁三言两语解释清楚："我也不知道这小子误会了什么，但我没生气啊。"

说着，他看向贺深，道："你别装了啊，我会因为乔韶和你发火？"

贺深："不好说。"

楼骁："……"

卫嘉宇再怎么傻，这会儿也后知后觉地反应过来了……

天哪。

这气氛、这对话、这情况不大对啊。

楼骁察觉到他的视线，又给他一栗爆："醒醒吧，傻瓜！"

卫嘉宇脸"噌"地红了，整个人仿佛被火烧起来："你……你……"

楼骁服了，决定把整件事给他好好捋一捋："你为什么觉得我要抢乔韶？"

卫嘉宇磕磕巴巴道："就、就前阵子你特意跟我说，让我看着乔韶，如果他哭了就告诉你一声。"

这事贺深不知道，他高深莫测地看向楼骁。

楼骁想半天才想起是怎么回事，他无语道："那时候刚考完月考，贺深和他吵架了，我帮他问的。"

他这么一说，记忆力拔群的贺深很快明白了。

原来是小不点没考好躲着他的时候。

卫嘉宇愣了愣，又道："可你还特意让我当舍长，拟定章程不让大家一起洗澡。"

楼骁死鱼眼瞪向贺深。

贺深反问道："你觉得他想得出这样的好对策？"

卫嘉宇："……"

贺深道："是我让他跟你说的。"

卫嘉宇疯了："深哥，你为什么不自己和我说？！"

贺深直白道："我和你不熟。"

卫嘉宇被噎得说不出话来。

楼骁捏了捏眉心，道："这么点事儿。"

卫嘉宇这次不用楼骁摁了，他自己瘫倒在电脑桌上了。

谁能想……

他提心吊胆这么久……

纠结了那么长时间……

独自背负了那么多……

甚至还改头换面地咨询过自家可怕的双胞胎姐姐……

结果全是他自己无中生有。

叮咚，一只蓝猫突然失去了他的"梦想"。

一个天大的乌龙，总算是彻底澄清了。

楼骁又好气又好笑，对贺深说："以后你们的事，老子不管了。"

要不是为了帮贺深，哪会让卫嘉宇误会这么深。

贺深看看灵魂出窍的卫嘉宇，说："本来这些是打算给老楼的。"

楼骁看他那一摞纸，心里"咯噔"了一下。

贺深道："我觉得卫嘉宇更需要，先让他拿回去好好看看，多补补课。"

说完他又对楼骁说："你别急，我明天一早就再打一份给你。"

楼骁知道这是什么玩意儿了！

贺深真不是闲着没事来网吧玩的，他回了家也睡不着，想起答应楼骁的事，开了电脑把截图导出来放大数倍后打印，为防楼骁弄坏（撕掉），还好心地给他过塑。

本想明天再给楼骁，可时间实在太早，他权当散步就溜达到了网吧。

谁知……

碰上这么个事。

死了九成的卫嘉宇看到了过塑的 A4 纸上巨大的微信对话框。

内书——

"要不你回我这儿睡？"

"或者我去你家陪你？"

顶头硕大的备注名字——"乔乖乖"。

4．还考倒数第一怎么办

一点一点意识到这是个什么致命毒药后——

卫嘉宇卒。

楼骁受不了了，赶苍蝇一样赶他们："滚滚滚！"

一个比一个奇怪，他就想安静地吃个牛排，招谁惹谁了？

贺深先走一步，临行前还嘱咐卫嘉宇："这些不要给其他人看。"

仿佛丢了魂的蓝毛：深哥，其实我也可以不看的。

但是他不敢说，因为他犯了个滔天大错。

他必须承受来自贺神的"补习资料"。

贺深又强调了一下："尤其不能让乔韶看到。"

卫嘉宇和楼骁看向他。

贺深微笑解释："你们知道的，他脸皮薄，看到了会害羞，回头不理我了怎么办。"

难兄（楼）难弟（卫）："……"

贺深走了，卫嘉宇好半天才活过来。

楼骁瞥了他一眼："要不要吃？"牛排都冷了。

卫嘉宇看看手里的一沓纸，说："我不饿。"

楼骁自己切着牛排，对他说："你以后悠着点吧。"

卫嘉宇皮一紧："我错了，骁哥，我真错了！"

眼看把蓝毛吓得不轻，楼骁心里还挺舒坦。

多好，有了个做伴的。

为免把"战友"吓死，楼骁岔开了话题："你最近怎样？"

卫嘉宇一愣。

楼骁吃了块牛肉后又问："现在不去演出了？"

卫嘉宇一听，脸"唰"地红了："早不了！"

楼骁道："就因为被那几个人渣骗了？"

这是卫嘉宇的痛点，也就楼骁提了他不炸，但凡换个其他人他都得蹿上天，要么炸死对方，要么炸死自己。

卫嘉宇顿了一下，道："我觉得很没意思。"

楼骁说："挺有意思啊，你今晚唱的是自己写的歌吧，挺好听的。"

卫嘉宇更不自在了："……瞎唱的。"

"瞎唱也是个本事。"楼骁切牛排的姿势很凶，和优雅半点不沾边，但莫名很酷。

　　他继续道："喜欢就去做，不乐意去外面表演，在学校不也挺好。"

　　卫嘉宇怔了怔。

　　楼骁问："我记得你还接手了一个社团？"

　　卫嘉宇闷声道："话剧社。"

　　楼骁："话剧啊，不是挺好玩的吗？"

　　乔韶这阵子过得特别舒服。

　　每天吃饱喝好，关键还睡得好，学习方面有贺深在，真的是事半功倍。

　　周末他回家，乔宗民不管在哪儿都会赶回来，问他这两周的情况。

　　乔韶只有大休回去，小休就不来回折腾了。

　　乔韶开开心心地把学校里的事说给他听。

　　他有趣的同桌，他的二哈前座，他的爹毛舍长还有好学生舍友……一个一个人名从乔韶嘴里说出来，听得大乔同志心花怒放。

　　要不是张博士千叮咛万嘱咐不可以干涉乔韶的新环境，乔宗民真想去拜访下这几位同学，给他们父母每人安排个百万大奖什么的。

　　乔韶讲到他们的真心话大冒险，乔宗民大笑道："你们这太含蓄了，我上学的时候，都是扒光了去裸奔。"

　　乔韶道："你们也太有伤风化了！"

　　乔宗民道："而且你们男生和男生亲算什么？我们都和女生亲！"

　　乔韶道："我们是男寝！"

　　乔宗民："我们还不一样是男寝。"

　　但也拦不住闯进来的学妹学姐。

　　乔韶瞪他："我们学校很本分的好吗，没国外那么开放！"

　　乔宗民乐呵呵地说："对对对，你的学校好，东高是全天下最好的学校。"

　　讲真的，不到两个月工夫，能让乔韶改变这么多，在乔宗民心里，这东高是圣地了。

乔韶还是有点愁的："爸，你说等期末考试，我还考不好怎么办？"

乔宗民知道他担心什么，便道："有什么关系？你同桌不是说了，三年内肯定让你考个前三吗？"

乔韶撇撇嘴："可我总得进步吧！要是还考个倒数第一，他得多失望。"

乔宗民顿了一下，揉揉儿子的短发，道："不会的，你很努力了，大家都看在眼中，不会失望的。"

乔韶心里还是忐忑，但也不想让老爸太担心。

"嗯，总之我会好好发挥的！"

周一，乔韶拎着两杯豆浆进教室，竟看到贺深在做题！

乔韶惊了，一边插吸管一边道："我是不是在做梦，宋一栩你快打我一下。"

宋一栩在奋笔疾书，当作没听见：这些写完作业的真是有恃无恐，怎么能懂他疯狂抄作业的苦！

贺深抬头看他："给我喝一口。"

他说的是豆浆。

乔韶正要给他的豆浆里放吸管，贺深拿过来喝了一口。

乔韶道："这杯不甜。"

贺深道："没事，我渴了。"

贺深盯着他看了一会儿。

乔韶："怎么？"

贺深又垂下眼眸："没什么。"

乔韶凑过来看他的卷子："这是……数学卷子？"

贺深停了笔，道："嗯。"

乔韶看了好一会儿，道："这是人做的题？！"

别怪他惊讶，这一面的第一题他就读了半天，哪个字都认识，但凑一起全不懂好吗？

贺深道："涉及了一点课外的知识。"

乔韶："……"

贺深喝到甜甜的豆浆,无心刷题,问他:"想不想解解看?"

乔韶用力摇头:"解不了!"

这题他除了会写个"解"字,其他完全不行。

"没那么夸张,"贺深拿起笔在题干上点了下说,"重点是这里……"

乔韶原本以为自己无论如何都不可能解出这道题。

可奇妙的是,在贺深的低声讲述中,他竟然真的做出来了!

贺深道:"你看,不难吧。"

乔韶眼睛一亮:"挺有趣啊。"

贺深随意转笔,道:"等你考了班级前三,我带你去参加奥赛。"

乔韶心一虚:"咳,先过了这次期末考吧。"

中午的时候,乔韶看到自己的数学社群里刷了无数消息。

"我拿到了老王给贺神的新题!"

"据说贺神已经刷完了!"

"差距太大了吧,公告里发的这道我一点头绪都没啊!"

"解不出来是正常的,社长发出来主要是让我们瞻仰一下。"

聊天消息很快就刷了一百多条,乔韶根本看不过来,他只知道数学社出新题了。

他下载了文件打开一看,发现这题很眼熟,分明就是贺深早上教过他的。

嗯……

他戴上耳机回忆了一下,发现贺深给他讲的内容他还都记着,于是他在笔记本上写出了过程和答案,拍了张照提交了。

这时,恰好陈诉喊他,乔韶丢下手机去和他说话了。

他不知道的是,他放下手机,数学社里就炸了。

"有人提交答案了。"

"瞎写的吧,怎么可能这么短时间解出来?"

"对啊,才发布了不到十分钟!"

"就算我们贺神也……"

三分钟后,数学社长发话了:"是正确答案,这位拉里同学提交的是正确答案!"

社团群里都是匿名,乔韶的昵称——拉里。

5. 乔·紫微星·韶请挨夸

陈诉在帮卫嘉宇制订补课计划的时候,也顺带筛选了一些适合乔韶的。

虽然乔韶有贺深在,但学习这东西,总是温故而知新,不是一学就会的。

哦……某人是真的一学就会,但他是亿万分之一的例外,不做参考。

乔韶自然是开心的,他道:"我晚上请你吃饭!"

因为蓝毛的补习费,陈诉现在比他还"有钱",道:"不用,给你们整理资料,我自己也获益匪浅。"

这就是好学生啊!热爱学习的好学生啊!

乔韶由衷地佩服!

他没跟陈诉客气。

陈诉家庭情况一般,却不是一个掉进钱眼的人,和他斤斤计较地算钱,反而会伤了他的自尊心。

他更需要的是同学间平等互助的关系。

乔韶心里明白。

两人这一聊,午休铃便响了,乔韶回到床上才又摸出了手机。

他打开一看,吓了一跳。

数学社群里狂刷了几百条留言。

要知道他们这个小社本身人就不多,而好学生大多是寡言少语的性格,互动很少。

可这会儿……

出什么大事了吗?

乔韶好奇地翻起留言。

这一看,他脸"腾"地红了。

一群人都在讨论他，准确点说是夸他……

而且夸得很尴尬，尴尬得乔韶都想捂脸了。

——从这干练简洁的解题过程来看，拉里同学必定是常年浸淫于各项比赛的强人。

——难怪这道题我解不出来，原来是切入点不对。

——这题涉及的知识点太广了，而且逻辑上环环相扣，你看这一步，一旦走偏就会导出不同的结果。

——这位拉里同学是新入社的吧？神人啊！

——这次真是开眼界了！

——兄弟姐妹们，我觉得新的紫微星正在冉冉升起！

——对！拉里同学，是我们东高数学界新的紫微星！

乔·紫微星·韶尴尬得差点滚到床底去。

什么情况？！

只是解道题而已，至于吗？

等他使劲往上翻聊天记录，可算是找到原因了。

原来这道新发布的题不是让社员做的，而是用来瞻仰的。

原来这道题连好学生也只会写个大大的"解"字。

而他，名不见经传的拉里同学，竟然解出了目前为止只有全群偶像才能解出的题。

难怪他成了紫微星……

可问题是！

这题不是他独立解出来的啊！

是贺深教他的！

他和紫微星之间，差了整整一个贺神呢！

这事必须得澄清，一直没敢在群里说话的"萌新"乔韶同学，斟酌半天，打字道：这道题不是我自己做出来的，是有人教我的。

他这行字一出，犹如扔进沸腾湖面的炸弹，在短暂的沉寂后，炸得更凶了。

非左非右：不是自己做的？

时左时右：有人教了你？

数独将军：就这道题，咱们学校谁能教你？

圆周绿：拉里兄弟，别谦虚了，谦虚过了就是骄傲！当然你有资格尽情骄傲。

……

"唰唰唰"冒出一堆话，乔韶看得目瞪口呆。

怎么这些人还不信他呢！

他又打字道：我说的都是真的。

数独将军：那么拉里同学，是谁教你的？

乔韶：……

在群里都匿名，他也不好说出贺深的名字。

还有那位整个数学社的信仰，十有九点九是贺深。

圆周绿：咳，拉里兄，你不会想说是贺神教你的吧？

乔韶：……

还真是贺神，你们供起来的那位。

非左非右：老绿，你醒醒！贺神会教人？我宁愿相信拉里是台计算机！

时左时右：不，拉里哪怕是外星人，贺神也不会搭理的！

物理是数学儿子：贺神不需要搭理人，你们理智点，神需要理人吗？我们也不会去理一头猪啊！

还理智点呢！

你这话最不理智了好吗？

后面的话更加浮夸，乔韶看得嘴角抽搐，他就想知道——

贺深你到底怎么混的！

怎么弄出这么个孤儿"人设"！

乔韶解释不清，索性不多说了。

反正以后他仔细看清公告，不乱做题就是了。

等时间一长，他们就会把这颗紫微星忘光光了。

这么想着，乔韶关了群聊页面，正想午睡又听手机振动了一下。

有人私聊他？

乔韶拿出一看，竟然是数学社的顶梁支柱！

哦，这人的昵称就是"顶梁支柱"，乔韶之所以惊讶是因为这位"顶梁支柱"就是数学社的现任社长。

顶梁支柱请求添加您为好友。

乔韶对好学生天生有着敬畏心理，于是老老实实接受了。

顶梁支柱：拉里同学，你好。

乔韶：你好。

顶梁支柱开门见山道：我想邀请你参加S市的高中数学联赛。

乔韶"噌"地坐起来：什么！

顶梁支柱道：你应该知道的吧，这是S市各高中的数学爱好者自发组织的比赛，目的是交流学习。

不，乔韶他不知道，他对此一无所知！

顶梁支柱继续道：想必你更明白，我们学校一直垫底，在倒一和倒二之间"左右横跳"。

这个乔韶更加不知道了。

怎么会这么惨？

他们不是有贺深吗？

顶梁支柱手速惊人，又是一段话"嗖嗖嗖"发来：的确，我们学校有位传说级的人物，在各种大赛上频繁拿奖，但是他不会参加这种自发性的小比赛，我们也不可能把他请出来欺负人。

乔韶：……

顶梁支柱：之前几次都是我和副社长一起参加，我的水准你应该知道，还是可以的，但是副社长不行，只会拖我后腿，我希望你能和我一起并肩作战，为东高扳回一局！

说得如此热血沸腾，乔韶都有点心动了呢，可问题是……

乔韶道：我不行的。

还比赛呢，他上次月考，数学成绩全班倒数第一。

顶梁支柱：你好好考虑一下，不用急着答复我，但是我由衷地希望你能够勇敢站出来，为我们东高扬眉吐气。

乔韶也想站起来，可扎心的是他站起来也没比人家坐着高多少啊！

顶梁支柱洒完热血又开始卖惨：你知道上次联赛我遇到了什么吗？他们指着我们鼻子骂，说整个东高只有一个贺神，除了他全员菜鸟，我菜吗？你菜吗？我们东高菜吗？作为东高的一分子，我们难道不该为母校增光添彩吗？

乔韶也不敢说自己是真的菜了。

顶梁支柱做总结发言：我等你好消息。

乔韶这一中午都没睡踏实！

下午去教室时，乔韶问陈诉："你有参加数学社吗？"

陈诉道："没有。"

乔韶眼睛一亮："试试呗？里面挺有趣的，还有为校争光的比赛呢！"

能把年级前三忽悠进去，应该有希望吧！

陈诉冷静道："那种比赛需要刷很多课外题，这太影响我学习其他科目了。"

翻译一下就是，他不能为了数学小妖精放弃整个学海。

理性诉哥，六科全能。

没毛病！

乔韶只能收起忽悠他的心思。

到了教室，他等半天才把贺深给等来。

"深哥，深哥。"他连声叫贺深。

贺深感觉耳朵像爬了只小虫一般痒："怎么了？"

这小孩只有有求于他时才会叫得这么甜。

乔韶赶紧把愁了他一中午的事说给他听，顺便把手机也拿来给他看。

贺深扫一眼就明白了。

他先问的却是："拉里，是《刀锋》里的？"

《刀锋》是毛姆的一本小说，里面的男主角叫拉里·达雷尔。

乔韶一愣，心服口服："有什么是你不知道的？"

贺深笑了下："没想到你喜欢这本书。"一本很有哲学意蕴的小说。

乔韶道："我喜欢拉里的人生观，不过这不是重点！"

乔韶把话题扭过来道："社长邀请我参加S市高中数学联赛，我该怎么拒绝？！"

贺深又道："加个QQ好友。"

乔韶一边加他，一边道："别总岔开话题。"

贺深把拉里放到了特别关心的分组后，问："为什么要拒绝？"

乔韶："什么？"

贺深放下手机："你不想为校争光？"

谁能不想！可是……乔韶压低声音道："我又不会，到时候输了多丢人！"

还争光呢，东高老母亲的脸都能让他丢尽。

贺深道："乔乖乖，你这就不乖了。"

乔韶怕了他这腔调："和你说正事呢。"

贺深道："你有我这么个坚实的后盾在，干吗怕那些纸老虎？"

乔韶瞅他一眼："他们是纸老虎的话，我就是糖纸老虎。"

一碰就化了解下！

贺深脑子又飘了："甜吗？"

乔韶："啊？"

贺深盯着他问："糖纸老虎，好吃吗？"

6. 线上考试比赛

乔韶呆了一下才反应过来贺深的意思。

他心突地跳了一下，道："你能不能别这么嗜甜！"

打个比方都能问甜不甜，这人无可救药了吧！

贺深托着腮，视线黏在他脸上："是你先提的。"

"我提的，我就得负责？"

乔韶如今也太懂他了，他从桌肚摸出一块糖给他。

贺深笑了一下，拿过了糖果。

乔韶吓他："我跟你讲，你又嗜甜又熬夜，小心头发掉光，成个秃子！"

贺深："……"

乔韶看着他帅气的面庞，道："到时候我看你怎么办！"

人未老头先秃，绝对是世界上最可怕的事之一了。

贺深备受打击："你嫌弃我。"

乔韶难得占上风，"哼"了一声："你再不悠着点，小心连媳妇都娶不到！"

贺深一怔，问他："会吗？"

乔韶继续吓他："反正我要是女人，不会嫁给一个秃子！"

贺深坐直了些："你喜欢头发……嗯，健康的人？"

乔韶白他一眼："当然。"

贺深顿了一下。

乔韶见他这样，以为自己打击他太过了，又说："你的发质很好，只要减少熬夜，少吃点糖，就……"

贺深打断他道："那我放心了。"

乔韶："什么？"

贺深显然不值得心疼，只听他说："发量问题更多是家族遗传，从我的直系亲属来看，我不会有这方面的困扰。"

乔韶别开视线道："你爸发量正常，肯定是因为他不熬夜也不嗜甜，遗传是一方面，自我习惯也是重要因素。"

"我父亲一天最多睡四个小时，终日放浪形骸，醉生梦死……"贺深顿了一下继续道，"总之从他的恶劣习性来看，谢、嗯，这个家族的遗传基因还是挺强的。"

他说这些话时，语气十分平淡，仿佛在说别人的事。

乔韶却听得怔住了。

贺深的父亲是这么糟糕的人吗？

两人认识这么久了，因为乔韶自身的关系，他很少提起家里的事。

他不提，贺深也没提过，这还是乔韶第一次知道……

话也说回来，如果贺深的家里没问题，他会一个人住在校外的出租屋吗？他会一个人熬夜拼命还债吗？

他至于在未成年的年纪里，把自己辛苦成这样吗？

他为什么嗜甜？

难道不是一种心理慰藉吗？

乔韶后悔了。

他不该提这些来揭他伤疤。

贺深平日里太优秀了，强大到仿佛坚不可摧。

可其实他只有十七岁，还是个半大少年，只是个血肉做成的人。

"我才不会嫌弃你……"乔韶又从他掌心把糖果拿回来，打开了糖纸后塞进他嘴里，"你就是真的成了贺秃深，我也不会嫌弃你。"

贺深心猛地一震。

糖果的甜味侵占了他舌尖的味蕾。

这种从喉咙直直甜满了整个胸腔的感觉，是他从未体会过的。

"乔韶……"贺深低声唤他。

乔韶说完又怪不好意思，坐直了道："老师来了！"

贺深："乔韶。"

乔韶眼尾瞥他："嗯？"

贺深胳膊撑在课桌上，歪头看他："乔韶……"

乔韶凶他一句："又发什么神经！"

贺深低笑，没再出声了。

乔韶也不敢看向他。

整整十分钟，老师讲了什么乔韶完全没听进去。

好在是英语课，即将落下点对他来说也不算什么。

等彻底收回心神，乔韶才后知后觉地想起正事。

他很认真地跟贺深讨论数学社的事来着！

他很诚恳地拜托他帮自己出谋划策来着！

结果……

这话题都歪到哪里去了！

乔韶可算是把死死盯着黑板的视线挪动了一下，看了看身边的人。

正午的阳光很盛，从窗帘缝隙中透出来，落在了贺深黑色的短发上，像镀了一层金。

他睡着了，额间的碎发松散垂下，狭长的眸子也合上了，高挺的鼻梁下微薄的唇因为不说话，而溢出了骨子里的冷淡和疏离。

无可挑剔的五官。

只是比醒着时多了一丝脆弱。

——没有星期五的鲁滨孙，就像孤岛上独自徘徊的幽灵。

两节课后，乔韶敲醒他："起来起来了！"

这人胳膊不麻吗？

贺深慢悠悠睁开眼，看了会儿乔韶又闭上了。

乔韶道："起来喝口水。"

贺深："不要。"

乔韶又道："那就去上个厕所！"

眯眯瞪瞪的贺神瞬间清醒了："一起？"

乔韶无语道："一起个鬼啊，我不去！"

"哦……"贺深又卧倒了，"那我也不去了。"

乔韶服了他："你是小女生吗，上厕所也要人陪着？"

贺深转头，把后脑勺给他。

乔韶："……"怕了怕了，真怕了。

"快点！"乔韶戳他，"我陪你去。"

贺深起身，嘴角带了笑："走吧。"

乔韶一来想拖着这家伙活动下手脚，二来是想再和他谈谈 S 市高中联赛的事。

贺深这次没跑题，挺正经地说道："我没记错的话，这个联赛也就是高一年级的学生参加，出的题不会太难。"

乔韶心里安稳了点："这样啊。"

"嗯，"贺深道，"你不用太紧张，就几个高中的数学社闹着玩的。"

乔韶点头："原来如此。"

贺深看了他一眼，道："而且这是个线上比赛。"

乔韶好奇地问："线上？"

贺深说："参赛的一起加个群，找个周末统一发放试题，大家在限定时间内答完，准时上传就行。"

居然是这样！

乔韶眼睛亮了！

"试试吧，"贺深"嘎吱"一声推开门，和他走进厕所，"可以去我那儿做。"

去贺深那儿做？

乔韶道："贺深，你是在引诱我……"

"作弊"俩字没说完，他脚下一滑，贺深扶住他道："小心。"

乔韶皱眉道："我去拿个拖把弄一下，万一再有人没留意摔了怎么办？"

贺深道："我去拿。"

乔韶："不用，我本来也不想上厕所。"

谁知贺深也来了句："我也不想。"

那你们来厕所做什么！

还是这种上课铃快响了的时候！

7. 普通的高一学生

经过贺深这一番解释，乔韶心里松快了许多，他趁着晚饭时间，问了"顶梁支柱"。

拉里：社长，去参加联赛的话，我们社里也要选拔吧？

顶梁支柱：叫我柱子就行，当然会有考核。

柱子是什么鬼！社长这画风好清奇啊！

乔韶收起吐槽，继续打字：那我到时候会参加考核的。

顶梁支柱：我知道你会参加考核，但我之所以私聊你，是怕你糊弄我。

乔韶："什么？"

柱子兄语重心长道：我怕你瞧不起这小小的赛事，嫌麻烦不参加，故意不通过考核。

乔韶默了默：不，柱子兄你想多了，我真没这本事！

柱子兄以超强的手速演绎了何为话痨本痨：东高卧虎藏龙也不是一天两天了，上有贺深，下有楼骁，都是响当当的人物，他俩刚来这学校那会儿，还不是藏得很深？一个半点不像全校第一，成日里烟不离手，活脱脱的不良少年；另一个戴了副眼睛还挺斯文，谁知道摘了眼镜就怒气冲冲！

乔韶眼睛不眨地看着这段话。

贺深的确不像传统意义上的全校第一，也有点儿不良嗜好，但他不抽烟啊。

乔韶看得很不高兴。

至于楼骁，哦，原来他戴过眼镜。

柱子兄话没说完，又一大段飘了过来：有这么多前车之鉴，我合理怀疑你也是个深藏不露的高手，不过我们数学社从建社开始就是匿名制，绝不会去扒你隐私，你能加入我们也很开心，只是希望你不要隐藏自己的实力，希望你能积极面对这次联赛，为东高而战，为数学而战！

乔韶看的速度都快跟不上他打字的速度了……

他忍不住道：没有那回事，我就是个普通的高一学生。

顶梁支柱：我懂，贺神也常说自己就是个普通的高一学生。

乔韶：……

顶梁支柱又道：哦，楼骁也说过，自己就是个普通的高一学生。

乔韶都快不认识"普通的高一学生"这几个字了！

眼看着自己说什么都没用，乔韶只能总结道：我会认真对待社里的考核，能通过选拔的话我会和你一起参加联赛。

顶梁支柱：不用那么认真。

乔韶："什么？"

柱子兄笃定道：以你的实力，只要拿出五成就能把他们按在地上摩擦了。

乔韶：……

他现在退社还来得及吗？

总觉得上了条贼船！

乔韶晚上向贺深汇报："我决定参加社里的考核了。"

贺深立刻道："那周末去我家吧，我给你补补。"

乔韶犹豫了一下："总去你家……"

贺深道："又没旁人。"

乔韶心里是想去的，但又觉得不大好意思。

他犹豫的工夫，贺深改口问："要不去你家？"

乔韶一惊。

"你答应参加考核了，总得拿出个成绩，不针对性补一补是不行的。"贺深说得可顺理成章了，"不想去我家，那就只好去你家了。"

去我家？

我怕补习不成，得先给您补补被吓出来的三升血！

乔韶连忙摇头道："去你家，还是去你家方便。"

贺深故意逗他："乔少爷紧张什么，家里太大了，怕我去了迷路？"

他又在打趣乔韶是乔宗民亲儿子这个梗。

乔韶瞪他："谁告诉你乔宗民家很大？"

贺深弯唇："福布斯榜上的人，不得有个庄园豪宅？"

乔韶撇嘴道："我家不搞那套。"

爷爷还真在国外有城堡，但谁也不会去住。

倒是姥爷的四合院，还挺安逸。

不过的确有那样折腾的，他小时候跟着大乔去一个姓谢的家里做客，那园子大得，车子进门开了十几分钟才停在那栋海边别墅前。

但有什么用呢？

就是一个支离破碎的巨大空壳。

乔韶记得大乔还提醒过他："别和谢家的小孩接触。"

这对乔韶来说挺稀奇的，他从记事之后，大乔说得最多的就是要和小朋友玩，无论是吴姨家的姐姐、陈叔家的小宝，甚至是园丁伯伯的外孙女……

乔宗民从来都是鼓励他去亲近，那次却着重提醒了别接触。

乔韶问过爸爸原因。

乔宗民只说："他们很危险，会欺负你。"

那时候乔韶不懂，如今想想也明白了。

一个从根子里烂掉的大树，怎么能期望从中长出健康的枝丫。

乔韶怔了一下，他竟然会想起那么早的事。

他已经好久没有"回忆"了。

那时候他才六七岁吧，最是天不怕地不怕的时候。

他还记得……

一股凉意爬上后背，像一条冰冷的毒蛇。

这时贺深的声音在他耳边响起："行吧，只好委屈小少爷去我那儿凑合了。"

乔韶猛地回过神，转头看向他。

贺深留意到他的愣神："怎么了？"

"没事。"

乔韶头有点重，但还好没像之前那样脑子一片空白。

贺深盯着他褪了色的唇瓣看了眼，没有多问什么。

乔韶摇摇头，嘟囔道："有点闷，嗯，我去开窗。"

贺深按住他肩膀道："我去开。"

乔韶也站不太起来，他应道："嗯。"

夏夜裹着清凉的风吹进窗户，乔韶慢慢平静下来了。

他努力看着试卷,把思绪集中到眼前的物理题上。

这周不行……

下周吧,下周得回家。

他该见一见张博士了。

终于有"回忆"了,虽然很短暂也有些莫名其妙,但……这应该是好的发展吧。

来东高果然是对的。

乔韶由衷地想着——遇到贺深他们真好。

周六下午,楼骁的手机响了。

楼骁拿出手机一看。

贺深:"晚上想吃什么?"

楼骁先死鱼眼为敬。

贺深道:"我记得有家牛腩做得不错,叫什么来着?"

楼骁一眼看穿他:"你俩自己吃不行吗?"

"不行,"贺深道,"我花钱他心疼,只能找你了。"

楼骁不差钱,但他不想去!

"找到了,在崇庆路上,"贺深已经拍板,"就这么定了,你请客,我出钱。"

楼骁他宁愿出双倍的钱选择不去!

8. 他这样的人

可惜眼前这家伙虽然缺大钱,却从不缺小钱!

楼骁翻到了卫蓝毛,打了电话:"晚上一起吃饭。"

卫嘉宇问:"骁哥有事?"

楼骁:"嗯。"

先不说原因,怕这小子跑。

卫嘉宇语气里有点犹豫："那个……"

楼骁问："你很忙？"

卫嘉宇难以启齿。

楼骁道："哦，你有事那就算了。"

骁哥叫他一起吃饭，他怎么能给脸不要脸！

卫嘉宇赶紧道："没事没事！"

楼骁从不勉强人："我这就是吃顿闲饭，你要忙就去忙。"

"不忙了！"卫嘉宇问了地方，说，"到时见。"

他挂了电话，对身边的陈眼镜说："那个……我临时有点事。"

本来约好补习的。

陈诉："哦。"转身就走。

卫嘉宇没好气道："你急什么啊！"

陈诉又停住脚步。

卫嘉宇抓抓头发道："你先去找点吃的，嗯，我会给你报销，等吃过饭我们再补习。"

陈诉："嗯。"

卫嘉宇想了一下又道："你放心，从离开校门就算补习开始，我都给你付钱。"

陈诉道："不用。"

卫嘉宇道："我不会平白浪费你时间！"

陈诉面无表情道："我是给你补的，不是看着你吃喝玩乐的。"

卫嘉宇："……"

这眼镜以前这么刺头的吗？

难道是以前被欺负惨了，现在反噬了？

管不了那么多了，卫嘉宇看着时间不多，打了车去崇庆路。

另一边。

乔韶道："随便吃点不行吗，怎么还跑那么远？"

食堂的饭菜就挺好，吴姨说了，最健康。

说起来，为什么吴姨这么笃定食堂的饭菜健康，莫非……

算了算了，他们已经很克制了，只是换换校服，补贴下食堂而已，他得体谅！

贺深日常甩锅："说是有家牛腩很好吃，老楼点名要去。"

得亏楼骁没有顺风耳，要不能气到插兄弟两刀。

乔韶叹口气。

贺深以为他怕花钱，哄他道："你放心，楼骁一个人吃也是点一桌子，我们去反而是节约粮食。"

这个乔韶见识过。

楼骁不管去哪儿吃饭，都是七八道菜，哪怕一筷子不碰，也要点一桌子。

仿佛是强迫症，桌子上不满，他就没胃口吃饭。

有人拿这点暗地里吐槽他："有钱烧的！"

乔韶反倒觉得是另有隐情。

接触多了他也知道，楼骁不是个铺张浪费的人。

……反正在他眼里不是。

乔韶又道："总让楼骁请客也不大好……"

贺深道："以后我会还他。"

乔韶总觉得贺深在暗示，他道："我是真的会还你的！"

贺深嘴角弯起："我不担心，你不是家里有矿嘛。"

乔韶回他："以后还说不准谁更有钱呢。"

贺深道："嗯，乔小少爷怎么会差钱？"

乔韶抬头瞪他："贺深同学。"

贺深："嗯？"

这名字被他喊出来，莫名带点软糯糯的味道，他越听越顺耳。

乔韶语重心长道："我记得你说过咱们是纯洁的同学关系。"

贺深一怔："是啊。"

乔韶给他一拳头道："那以后说话就别这么讨人厌！"

贺深笑了，道："这你就不对了。"

乔韶："嗯？"

出租车到了，两人一边上车，贺深一边道："我字字句句都是肺腑之言，你怎么能不让我说。"

乔韶："……"

要不是知道这家伙嘴巴没拉链，他真要怀疑贺深疯了！

嗯……

乔韶韶的脑子飘了那么一下下。

卫嘉宇来得最晚，等他到了包厢，看到贺深和乔韶后，他这心"咯噔"一下。

现在跑还来得及吗？

然而睁眼瞎楼骁精准捕捉到他："就等你了。"

卫嘉宇内心复杂：骁哥，您戴隐形眼镜了吗？视力这么好！

乔韶挺热情地欢迎他："舍长快来，我们已经先煮着了。"

这家吃牛腩的店是火锅形式的，点了新鲜的牛腩自己煮，还挺有趣。

卫嘉宇恨不得一步化成三步，一辈子都走不过去最好了。

楼骁看他一眼。

卫嘉宇一惊。

跑是不敢跑了，只能过去陪骁哥一起默默承受。

贺深也看他一眼："脚受伤了？"

卫嘉宇："……"

贺深："我去扶你？"

卫嘉宇一踉跄，差点摔了！

他三步化作一步，麻利入座，顺便瞄了眼乔韶，见他没当回事才松了口气。

牛腩果然好吃，在精准计时后捞起来，嫩得不像话。

乔韶吃得挺开心，不由得越发感激请客的人。

他道："上次的日料、这次的牛腩都很好吃，楼骁你真会挑地方。"

这俩地方真不是他挑的。

感觉到某人的注目礼，楼骁硬着头皮道："还行吧。"

乔韶继续道："贺深有你这样的朋友，真的很幸运。

"你对他真的很照顾……

"……连带着对我都这么好。

"说这话有点太客套，但真的很谢谢你。"

楼骁："……"

火锅形式的餐饮大多有自助台。

乔韶有了上次的经验，这次主动提出："我去拿水果。"

不等贺深开口，他就道："我知道你要吃什么。"

他又问楼骁和卫嘉宇。

楼骁道："我不吃。"

那甜腻腻的东西有什么好吃的。

卫嘉宇不想节外生枝："我也不吃。"

乔韶诧异道："水果很新鲜的，而且不花钱。"

贺深笑眯眯的："他们不爱吃甜的。"

乔韶不疑有他，道："那行，我去给你拿。"

乔韶走了，贺深看着他的背影问："他人很好吧？"

楼骁和卫嘉宇："……"

这就是道送命题，谁敢答！

贺深也没想他们回答，他道："你们看，他对我是不是不一般？"

这顿饭乔韶三句没离贺深，对东道主非常感激。

卫嘉宇可算是知道自己为什么不想吃水果了。

这都快被齁死了，谁还要吃甜的！

吃过饭各自回去，乔韶跟着贺深回家。

正所谓一回生二回熟，乔韶这都三回四回了，已经熟得不能再熟了。

他进屋就开始脱衣服："我先去洗澡。"

贺深："……"

衣服脱了一半，乔韶又探出个小脑袋问他："你今晚要工作吗？"

贺深道："不。"

"那太好了，"乔韶脱了T恤道，"今晚可以早点睡了。"

贺深低应了一声："嗯。"

"叮"。

他的手机响了一下。

贺深拿起来看了一眼。

这一眼犹如兜头的一桶凉水，把所有热气都浇灭了。

谢箐：小深，别和你爸置气了，回家吧。

贺深盯着看了会儿，眸色越来越沉，像压了厚重的乌云，闷得人透不过气。

像是知道他不会回复，对方又发来一条：你爸就你这么一个儿子，谢家以后都是你的，你何必和他闹？听姑姑一句劝，父子哪有隔夜仇。

看到这句，贺深用力握住了手机。

没有隔夜仇？

这个男人能把他母亲还回来吗？！

谢箐又给他发了一条：你这样冷着你爸，平白给那些不相干的人机会。

贺深关了手机，扔到了沙发后头。

他靠倒在沙发里，看着没有任何装饰的天花板。

出租屋的隔音效果不好，他能清楚地听到洗手间里的冲水声。

小孩似乎很开心，还在哼着一个不知名的小曲。

乔韶……乔韶……

贺深低笑了声，拿手臂盖住了眼睛。

乔韶擦着湿漉漉的头发出来，看贺深靠在沙发上。

"喂，去床上睡。"

乔韶过去戳他。

贺深倏地睁开眼，一双黑眸里哪有丝毫睡意。

乔韶被他吓了一跳。

贺深别开了视线："洗好了？"声音很低。

乔韶本能应道："嗯，你去吧。"

贺深起身，往浴室走去。

乔韶呆了呆，好半晌才回过神。

贺深……怎么了？

他脑中徘徊着刚才的那一幕。

两人相识这么久了，乔韶自认对他很了解了。

可他的确没见过那样的贺深。

一双眸子黑沉，仿佛深冬冷夜，除了凛冽寒风卷起的冰碴儿，再没丁点生机。

到底怎么了？

乔韶的心紧了紧。

他不怕，反而十分心疼。

因为他很清晰地"看到"了：那片冰天雪地里，只有贺深自己。

贺深冲完凉出来，发现乔韶还在怔怔地擦头发。

他转身回去，拿了吹风机道："过来。"

乔韶抬头看他。

贺深像往常那样对他笑了笑。

小孩明显松了口气，走到他身边道："不用吹的，擦擦就干了。"

贺深道："很快就能吹干。"

他开了吹风机，看着乔韶柔软的短发。

真软，真好。

如果自己只是贺深……

该多好。

那对视只是个小插曲，两人都没再提起。

你一句我一句，不知不觉就到了睡觉时间。

乔韶打了个哈欠道："早点睡吧，明天我先把作业搞定，然后再补习。"

贺深应道:"好。"

因为天热,空调一直开着,再盖上薄被,不冷不热。

乔韶睡前犹豫了一下,最终还是没戴耳机。

他要试试……

他觉得自己最近好多了,尤其有贺深在,他觉得自己能行!

贺深感觉到他的紧张,拍了拍他肩膀道:"睡吧。"

乔韶歪头看他:"我以为你要给我唱摇篮曲。"

贺深本想说"是的",但是……

他还是低声问了:"想听吗?"

乔韶立刻道:"不!"

贺深嘴角弯了弯,声音很温柔:"晚安。"

乔韶闭上了眼道:"晚安。"

闭上眼后乔韶是有些紧张的。

周围猛地安静下来,他会神经紧绷。

他不怕黑,但是怕安静。

自从……他就再也受不了安静的气氛。

一旦沉入这种环境,他的神经就像被一根根挑起一般,痛得让人发疯。

不戴耳机对乔韶来说,无异于灾难。

但是这次他还好。

起初身体还有些僵硬,胳膊上有阵阵寒气,但当贺深的手落在他肩膀上后……

一切都退去了。

那伴随着剧痛的恐惧,像潮水般落下了。

波涛暗涌的大海恢复了平静。

乔韶慢慢地睡着了。

贺深也睡了。

贺深做了个梦,梦里有他的母亲,那个漂亮得像幅画的女人。

她看着他,对他说:"妈妈会带你走的,妈妈不会留下你一个人的。"

下一瞬，她躺在了血泊中，蜿蜒而下的猩红刺痛了他的双眼。

她说："对不起……"

贺深猛地惊醒，他轻喘着气，后背全被汗浸湿了。

最后的最后……

他看到血泊中的人是乔韶。

不行，不能……

这时，贺深却听到乔韶的呓语。

贺深怔住了。

乔韶的声音绵软，像是在撒娇，却又包含着巨大的力量——

别怕。

贺深，我在。

贺深一动都动不了了。

漆黑的屋子，可怕的噩梦，阴霾的心，全被这一道耀眼的光照亮了。

9. 深哥，我错了

乔韶一觉醒来，神清气爽。

好久没有睡得这么好了，有多久呢？

可惜他连这个都不记得了。

——不该想的别去想。

乔韶伸了个懒腰，听到一阵舒缓的轻音乐。

他身边空了，可没有立刻醒来，是因为这音乐吧。

贺深还挺有生活情趣。

他没想太多，只以为是巧合。

毕竟自己恐惧安静这件事，东高没人知道。

乔韶下了床，出了卧室门就闻到了一阵饭香气。

他几步来到厨房，看到了背对着他的男生。

贺深穿了件宽松的T恤和灰色亚麻家居裤，原本宽大不显身形的衣服却因为身材比例好，撑出了从容慵懒的帅气。

乔韶再低头看看自己——酸得直冒泡泡。

贺深听到动静，道："早上好。"

乔韶靠在门边："早上好。"

贺深听出小孩的声音里带着气，侧头问他："怎么了？"

乔韶上上下下打量他："我在想……"

贺深怕锅里的煎蛋糊了，用锅铲翻弄着："嗯？"

乔韶酸不溜秋道："我这辈子有没有可能拥有你这双腿。"

"砰"的一声，锅铲撞在不锈钢锅上，发出清脆的撞击声。

乔韶一惊："你行不行？不会做饭就别折腾了。"

虽然他也不会，但楼下的牛肉汤就挺好喝的，还不贵。

贺深关了火，转头看他："乔韶同学。"

乔韶耳朵一痒。

贺深盯着他道："别说我的腿了，只要你想，你也可以。"

乔韶心一跳，嗓音干巴道："我、我还是有点自知之明的，再怎么超常发挥也长不成你这样。"

即便乔韶能吃能睡了，重新进入发育期，可两人骨骼不同，乔韶再怎么长高，哪怕也是高挑的体形，但肯定不会像贺深这样……

贺深笑了下："行了，别在这儿打扰我，我要做饭。"

乔韶本来就满心不自在，这下更是脸微烫道："谁在打扰你啊！"

"嗯，"贺深已经重新开火，研究这一锅鸡蛋，"你没有？"

乔韶也没想走："我本来就没有！"

贺深："也不知道谁一大早跟着我。"

乔韶生气了！

乔韶待不下去了，他转身离开，心里痛骂——

这家伙说的是人话吗？

乔韶去洗漱，出来时早餐也上桌了。

贺深催促他："快尝尝，你可是这世上唯一吃过我做的饭的人。"

乔韶默了默:"我好感动哦。"

贺深拂开他额发间的水珠:"不够诚恳。"

乔韶因为他的忽然靠近而愣了半秒钟,他胡乱揉揉自己因为洗脸而湿了的头发道:"我怕有毒。"

其实他不是第一次吃贺深做的饭,之前也吃过,味道挺好的。

贺深道:"还真有。"

乔韶停了筷子。

贺深道:"是一种很神奇的毒。"

乔韶闭着眼都知道这家伙又开始瞎扯了。乔韶习惯性配合他:"什么毒?"

"一种……"贺深压低了声音,"吃了我做的饭就会天天听我话的毒……唔……"

他被乔韶塞了一大块培根。

乔韶瞪他一眼:"贺深。"

贺深:"嗯?"

乔韶问:"你是不是疯了?"

贺深:"……"

贺深道:"吃饭吧。"

听声音他还不乐意了?

乔韶更不乐意!

要不是知道这家伙是个"直男",还有爱胡说八道的性子,他都要以为贺深对他有点意思了!

贺深做的早餐还是很不错的。

虽然简单却可口。

这家伙似乎没有不擅长的事,不管做什么,只要认真了就没有做不好的。

人和人真不一样,有些人真是天生的骄子。

乔韶吃得开心了,见他还闷闷的,又忍不住想哄他。

"话说……"他切了个话头。

贺深："嗯？"

乔韶道："我昨晚做了个梦。"

贺深手顿了一下，看向他问："什么梦？"

乔韶吃得差不多了，索性放下筷子和他说："梦到你了。"

贺深眼中立刻有了点笑意："梦到我什么了？"

乔韶回忆了一下，笑着说："我梦到家里闹鬼，一个白幽灵晃啊晃，把你吓得瑟瑟发抖。"

贺深："……"

乔韶眼睛都弯成月牙了："我赶紧护着你，对你说，贺深别怕，有你韶哥在，鬼吃不了你。"

贺深也放下筷子了，扬唇笑了，笑容是从心底升上来的，真实、毫无遮掩。

乔韶看得一愣，像是被感染了一般，心里也全是喜悦。

贺深道："你昨晚说梦话了。"

乔韶心一虚："啊，说什么了？"

不会把家底都抖搂出来了吧！

"你说……"贺深慢条斯理道，"深哥，你真好。"

乔韶睁大眼，被宋二哈传染了，口齿不清道："不可棱（能）！"

贺深思索了一下："哦，不对，你说的是深哥你真棒。"

乔韶惊呆了。

"好像也不是，我想起来了，"贺深右手握拳撞在左掌心，"你说……贺深，你真聪明。"

乔韶："……"

从他第二句开始，乔韶就知道这家伙在胡说八道了。

他冷笑："我也想起来了，我说的是……贺深，我打死你！"

说着他扑上去，要和这胡说八道的家伙拼命。

贺深道："好了好了，小心摔跤。"

乔韶本想扼住他命运的喉咙，谁知自己被拦腰放倒。

这下乔韶招架不住了。

贺深："叫声哥就放过你。"

"我叫你个鬼！"

贺深努力正经道："那我只好勉为其难数一数你有多少根肋骨了。"

乔韶怕了，气喘吁吁道："深哥！我错了深哥！"

贺深："……"

他松开乔韶，起身道："我去洗碗。"

乔韶刚才又笑又喊，嗓子都哑了，在心里骂贺深：贺深，你给我等着！

贺深回头看他："我觉得你在骂我。"

乔韶："……"

这家伙怕不是钻到他心里去了吧！

他俩都起得很早，毕竟今天还有正事。

乔韶先写完了学校里的作业，然后才跟着贺深开始恶补数学。

说是为了联赛，但感觉贺深给他找的题都没怎么超纲。

乔韶道："这联赛是有点水啊。"

难怪大佬们都不参加。

贺深道："基础分很难拿的。"

很多人不是不够聪明，也不是学得不好，可就是抵不住粗心大意。

脑子灵活，认真学习的，数学想考到130分其实不难，可最后20分靠的却不全是会与不会。

有多少分都是因为粗心大意失掉的，每个学生看看自己的卷子都会发现这个分数很惊人。

乔韶习惯性咬笔头："我会很认真的。"

这也算他的优势了，他耐心足，一遍一遍地反复巩固，哪怕做不了超纲的题，却能够保证学过的不会错。

贺深道："你没问题的。"

贺深怕影响他做题，就不逗他了，只道："快写作业吧。"

从早上七点半到下午四点半，两人除了中午吃饭和午休半小时外，就没离开过屋子。

等到贺深说:"你差不多该返校了。"

乔韶才恍然道:"这么快啊。"

他出于自身原因,接触过不少心理学的知识,知道有个词汇叫心流。

啧啧,他这一天就是进入心流状态了吧?做题这事,一旦入门,还真是有瘾啊!

乔韶收拾东西道:"今天多谢了!"

贺深又开始坏心眼了:"嘴上说说就行了?"

乔韶看他散乱的领口道:"那就再给你系个领带吧。"

贺深说不出话了,他低头看着踮脚凑上来的小孩心头一颤……

乔韶回到学校,发现宿舍里气氛紧张。

正对面的书桌上,陈诉和蓝毛面对面坐着。

他开门时,就听陈诉低声问:"这就是你做的作业?"

卫嘉宇道:"我能做就不错了!"

陈诉道:"就你这态度,还想进步?"

卫嘉宇烦躁道:"我要是自己能写好作业,还要你做什么!"

陈诉道:"我不是你的保姆!"

卫嘉宇凶道:"谁会要你这样的保姆!"

乔韶眼看这俩补习的快打起来:"那个……我回来了。"

他一开口,才发现自己嗓子哑得还挺厉害。

陈诉不理卫嘉宇了,问他:"感冒了?"

乔韶道:"没。"

陈诉又问:"嗓子怎么哑了。"

"嗯……"乔韶脸微红,尴尬道,"咳,没事啦。"

卫蓝毛头顶雷达一响,懂了。

他瞥向陈诉:这陈眼镜还一个幼儿地问,问个头啊问。

卫嘉宇拍桌子道:"快点给我检查作业。"

10．宋二哈和他的好朋友

"还用检查？"陈诉看向他，冷声道，"你这有一道是做对的？"

卫嘉宇："……"

乔韶憋半天憋不住了，笑出声道："卫嘉宇，你行不行啊？"

没看出陈诉还挺毒舌的。

卫嘉宇气炸了："老子花钱请你，你就这么个态度？"

陈诉怒其不争："那你别请我了。"

卫嘉宇被噎了个半死："我……我……"要不是为了给你补贴家用，老子请你个鬼啊！

但这话不能说，说了这死眼镜就当场死给他看了。

乔韶过来打圆场道："好啦好啦，都消消气，补习是好事，干吗火药味这么重！"

陈诉不出声。

卫嘉宇更是别过头去。

乔韶先说："陈诉，你别这样凶他，你看贺深对我总是轻声细语的。"虽然总说胡话。

谁知这俩同时开口——

陈诉："他能和你比？"

卫嘉宇："他能和深哥比？"

异口同声的后果是，卫嘉宇更火了："陈眼镜，你把话说清楚，我怎么就比不上乔韶了？！"

单看上次月考成绩，卫嘉宇就比乔韶高了好几十分呢！

陈诉面无表情道："乔韶每次作业都认真完成，你呢？"

卫嘉宇反驳他："我深哥每次都手把手教他，你呢？"

陈诉冷笑："去找你深哥吧。"

卫嘉宇："我……"

眼看劝和不成，反倒让他们火气更重了，乔韶赶忙道："慢慢来，别急，每个人都不一样，贺深没陈诉心细，我也没有卫嘉宇脑子灵活，总之……"

谁知这俩又异口同声了——

陈诉："你比他聪明一百倍。"

卫嘉宇："深哥比他细心一千倍！"

自觉一千倍比一百倍强了的卫蓝毛扬扬得意。

乔韶："……"

行吧，看你们好像吵得挺开心，懒得管了！

后来516室还来了俩更不争气的货。

没错，就是宋二哈和他的好朋友。

宋一栩进门就扑向乔韶："韶韶啊，作业写完了吗，给我看看！"

这人只要不在贺深面前，对乔韶就没大没小的。

乔韶盯他："韶韶是你叫的？"

宋一栩狗腿道："韶哥！"

乔韶无语道："明天才检查作业，你们现在写还来得及。"

宋一栩："来不及了，来不及了，我和大凯一会儿还有个球赛，再不抓紧抄，明天就凉了！"

那边被迫重新写作业的卫嘉宇扬头："瞧见没，我好歹把作业写完了，这俩还一个字没动呢，你就知道凶老子！"

陈诉掀起眼皮看他："我不管别人，我只对你负责。"

卫嘉宇一顿，骂了一句。

这世道太古怪，花钱的成了孙子，赚钱的成了大爷！

乔韶也没放任宋一栩和解凯抄作业，非要给两人讲讲解题思路。

如此一来他也算是巩固复习了。

宋一栩和解凯才是"傻黑甜"，怎么讲都是一脑袋问号，两双眼里写满了：韶哥，您行行好，让我们安心抄作业吧！

乔韶发现这补习的活真不是人干的，坚持了半小时后放弃了。

那俩货开始狂抄，乔韶叹息：不容易啊，贺深和陈诉都不容易啊！

周四这天第八节课是名义上的社团活动课。

乔韶紧张兮兮地坐在教室里，等着社长发布社里的考核题目。

平日里数学社是从不占用这节活动课的，毕竟是线上社团，题目都是群里发布，没有固定的时间。

也就这回为了公平公正地选拔参加联赛的社员，才规定在这节课上统一做题。

关于线上做题这事，乔韶也疑惑过。

难道不怕作弊吗？

后来他明白了……

那么短时间内能从题海里找出这几道题，也是个不小的本事了。

再就是这比赛说到底还是自发性质的，爱好大过成绩。

当然贺深说的那句也很犀利："还是穷。"

数学社穷到没经费组织聚会，各高中联赛也沿袭了各数学社的"穷酸"气质，穷到没经费安置考场。

好在网络发达，一群穷苦的学生靠着网络一线牵，也能为数学发光发热。

乔韶还挺感动："真不容易。"

等过阵子他情况好了，一定要跟老爸提一下，好好资助资助东高的社团活动，尤其是数学社、物理社、化学社这些好社团……

得亏东高万千学子不知道大佬的心思，要知道了估计得求他清醒点！

贺深在一旁陪他："还挺紧张？"

乔韶故作轻松道："有什么好紧张的，又不是期末考试。"

说起来还有半个月就期末考试了……

这个才是真的紧张！

他怕自己考砸了，贺老师一气之下和他绝交。

贺深伸手到他桌肚里摸了摸。

乔韶向后让了让:"干吗?"

贺深摸到了:"又不是正规考场,戴上耳机吧。"

乔韶一愣。

细长的耳机挂在贺深指尖,像个诱惑人的妖精。

乔韶心怦怦直跳。

贺深打量了他的耳机一眼:"回头我送你个新耳机。"

乔韶这个耳机是买手机时的赠品,挺劣质的。

但乔韶无所谓,他不需要多好的音质,越是嘈乱对他越好,那些昂贵的降噪耳机,反而是他不能碰的。

"我这个很好用。"

乔韶到底是没抵住诱惑,把耳机抢过来。

贺深心想:你是没用过更好的。

不过没事,以后天底下的好东西他都会先给他。

这次是幸亏乔韶没有读心术了,要不他也会让贺深深清醒清醒!

戴上耳机,群里也发布试题了。

乔韶放平手机,专注做题。

题目是一道一道发布的,提交也是限时提交,时间卡得很准,最大限度地限制了作弊。

贺深哪儿都没去,就坐在他旁边看着他做题。

乔韶做题不快,但是稳。

限定时间内他肯定能提交,而且正确率极高。

这一个多月的补习,贺深很清楚乔韶的水平。

可能有几科比较欠缺,但语数英这三科是有底子的,只不过之前的路子不太对,贺深给他一梳理,很快就能跟上来。

按照这个水准,只要正常发挥,乔韶这次期末考试前十是没问题的。

这么努力的孩子,还考不到那样的成绩,也太说不过去了。

不过……

贺深总觉得,乔韶考不好的原因不是落下了课程。

而是有一些更加深层的原因。

比如他对"妈妈"这两个字的强烈抵触。

贺深之所以鼓励他参加这次数学社的考核，也是因为想印证一下心中所想。

下课铃响起时，乔韶完成了所有题目。

他转头对贺深说："太巧了，最后两道题你前天才给我讲过类似的题型！"

贺深微笑："想不想知道自己的分数？"

乔韶无语道："你又知道了？"

贺深道："当然。"

他从头看到尾，怎么会不知道？

乔韶心里好奇，但是忍住了："别告诉我，我要等社里公布。"

贺深应道："好。"

乔韶偷看他，心里还是痒痒的。

他感觉自己发挥得不错，成绩应该不会太差吧……

他不知道的是，数学社的"高管"讨论组里已经炸了！

顶梁支柱：我就说他是我们东高的紫微星！

前社长：天哪，满分啊！

前前社长：最后两道题难度很高啊，柱子，你夹带私货了吧！

顶梁支柱：我不提高下难度，怎么能显示出我们紫微星的卓尔不群！

前社长：嗯，你们这届行。

前前社长：等你们升高三，咱们东高岂不是要称霸S市。

顶梁支柱矜持道：我觉得高考状元、榜眼、探花都归我们东高了。

前社长：状元没疑点，这位紫微星榜眼也问题不大，可探花是谁？

顶梁支柱好不要脸道：除了我，整个东高还有谁配得上他们？

两位前社长：……

这臭不要脸的学弟他们不认识。

社里正式公布成绩没那么快，毕竟那么多人都参与选拔了，肯定要把所有分数都统计出来。

况且社里干部都是学生，肯定是以学业为重，怎么也得周末才能整理好。

乔韶本来没那么好奇的，可一想到贺深早就知道了他的成绩，他就好奇死了。

尤其这家伙爱卖关子，时不时对他意味深长地看一眼，乔韶这心啊，就像住了一窝小蚂蚁，爬得他心痒难耐。

晚饭时，乔韶吃得心不在焉，总偷瞄他。

贺深来了句："你再这样看我，我要忍不住了。"

乔韶心里一惊。

贺深慢腾腾道："要不今晚……"

"不！"乔韶十分坚持，"明天就周末了。"

贺深道："好吧，那你再忍忍。"

乔韶忍啊忍，实在忍不住了，放下筷子道："你、你出来下。"不想当着楼骁和卫嘉宇问，万一成绩很差，岂不是丢死人！

贺深勾唇："不忍了？"

乔韶别扭道："你来不来？！"

贺深声音里全是纵容："来。"

两人一起走了，留在桌上的楼骁和卫嘉宇："……"

你俩到底在忍什么？

又不想忍什么了？

死鱼眼楼骁和受惊的蓝毛都从彼此眼中看到了"真相"。

11．整个世界仿佛要被烤化

走出餐厅，找了个没人的角落，乔韶眼巴巴看他："说吧。"

虽然不是什么大不了的考试，但也有点紧张。

毕竟这是他久违的靠自身努力获得的成绩……

贺深慢慢靠近了他。

乔韶不自主地向后,后背都贴在了墙壁上:"干吗?"

贺深张口又要说什么,乔韶直接打断了他:"贺深!"

贺深:"嗯。"

贺深不回答,眼睛不眨地看着他。

乔韶的心漏了半拍,一个字都说不出来了。

"满分。"贺深说出这两个字,与他拉开了距离。

乔韶:"……"

贺深同他一起靠在墙边,补充道:"你做的那些题,全对了。"

这时乔韶的大脑才反应过来自己听到了什么。

贺深侧头看他:"高兴蒙了?"

乔韶是有点蒙,不过不全是因为这个成绩……

不,就是因为成绩!

他惊讶地反问:"全对了?"

贺深似乎兴致不高:"嗯。"

乔韶后知后觉到从心底升起的狂喜:"你说我是满分?"

贺深:"嗯。"

乔韶喜悦过后又是狐疑:"你可别拿这事忽悠我!"

贺深幽幽道:"我什么事都没忽悠过你。"

乔韶张口就是:"你刚才……"

贺深看他,等着他把话说完。

但乔韶停住了,他别开视线道:"走了,回去吃饭。"

贺深无奈地轻叹口气:"走吧。"

他俩回到了食堂二楼,卫嘉宇敏锐地察觉到他俩气氛不对。

楼骁瞥了贺深一眼,什么都没说。

卫嘉宇瞅瞅乔韶,也什么都不敢问。

怎么个情况?

怎么一会儿工夫又闹别扭了?

啊啊啊！

果然好麻烦！

这一晚上乔韶睡得不太好。

翻来覆去好半天，恨不得去楼下跑一圈。

陈诉轻声问他："乔韶，你怎么了？"

一般情况下熄灯后他们都从不说话的，蓝毛是在被窝里打游戏，陈诉是在听名著解读，乔韶是在努力自我催眠。

不过陈诉就在他上铺，哪怕戴着耳机，也能感觉到他的不安稳。

乔韶闷声道："没事。"大概是考了个满分，欣喜过头了。

陈诉道："你要是睡不着，我们聊会儿？"

乔韶心里一暖，说："你快睡吧，明天还要早起。"

这都十一点了，对于早晨五点半起床的他们来说，够晚了。

陈诉顿了一下，道："那你也早点睡。"

乔韶应下来，努力不让自己翻来覆去。

马上就周末了……

回去就让大乔约一下张博士……

迷迷糊糊的，乔韶睡着了。

他做了个梦。

梦里他在食堂楼后，自己后背紧靠着墙，前方有个模糊的人影。

他看不清是谁。

他听到对方笑了声，接着是让人头皮发麻的急促呼吸声。

凌晨三点。

乔韶从梦中惊醒。

什么鬼！

乔韶睁大眼，耳机掉了一只都毫无所觉。

他做了个什么见鬼的梦！

他竟然梦到……梦到……

乔韶心怦怦直跳。

完了完了。

周五这天，乔韶心里七上八下。
贺深估计又熬了通宵，到了教室就开始补觉，没给乔韶看他的机会。
熬到下午，乔韶心平静了。
下午放学时，贺深趴在课桌上问他："回家？"
他刚醒，嗓音低哑。
乔韶收拾着书本道："当然。"
贺深忽然问道："你家住哪儿？"
乔韶的手陡然僵住，半响才干巴巴道："问这个干吗？"
他一点都不会隐藏情绪，这拒绝的姿态太明显了。
贺深沉默了会儿："没什么。"
乔韶勉强解释："嗯，我家……嗯，等以后……"
"别紧张，"贺深道，"我没想去。"
乔韶接不上话了，他收拾好东西起身道："那我先回去了。"
贺深轻声应道："嗯。"
乔韶的身影消失在教室门口，贺深才慢慢坐直身体。
贺深撑着下巴看向窗外。
正值盛夏，炽热的阳光拼命散发着光和热，仿佛把要整个世界烤化。
就像他这样，烫到了乔韶。
自己是不是做得太过头了？
但他是真的想保护好这么可爱的一个小孩啊。

乔韶一回到家，心情就全放开了。
杨孝龙早在等他，一见他回来就快步迎上去。
乔韶真怕他老人家摔了，连忙扶着道："您悠着点，当自己十八岁呢！"
杨孝龙喜滋滋道："我外孙倒是快十八岁了，等来年过生日，姥爷给你……"

乔韶赶紧打断他："姥爷您照顾好自己就是给我最好的生日礼物了。"

杨孝龙心里更美了，忽地又想起什么："啊，好可惜。"

乔韶不疑有他："怎么了？"

杨孝龙扼腕道："忘了录音了！"

乔韶："……"

杨孝龙道："你刚才那话再说一遍，我录下来发给你爷爷听。"

果然如此，你俩能不互相伤害吗？

晚饭时杨孝龙给乔如安发视频，给他看乔韶。

乔韶向爷爷打招呼，乔爷爷矜持道："最近还好？"

爷孙俩没说两句，就被杨孝龙挂断了："行了，我们要吃饭了。"

视频刚挂，乔韶的手机就响了，是乔如安打过来的。

乔韶赶紧接了，乔如安道："一起吃饭。"

乔韶愣了愣。

再看爷爷还真身处餐厅，面前摆了餐盘。

嗯，从时差上来看，他们的晚餐的确是爷爷那边的午餐。

但是有必要隔着屏幕一起吃饭吗？

算了算了，老爷子开心就好，乔韶也找个角度把手机架好，让爷爷能看到他们这一桌人。

杨孝龙毫不留情地笑话他："老乔，你这么惨的吗，吃饭都没人陪？"

乔如安平静道："小韶，把手机转一下，爷爷只看你就行了。"

这是理都不想理杨孝龙的意思。

乔韶哭笑不得，只能哄他："马上暑假了，到时候我去找你玩。"

乔如安答得很快："好。"

杨孝龙立刻道："去那破地方干吗，暑假姥爷带你去海岛度假。"

乔韶也不敢不答应啊："暑假……嗯，暑假挺长的！"

一顿饭吃得还挺愉快。

乔韶明显好起来的食欲让三个长辈大松了口气。

谁都忘不了，这孩子那时连水都喝不下的糟糕状态……

他们韶韶从小到大都是个贴心的好孩子,怎么就平白受了那样的罪。

这是谁都不会提,却谁也没法释怀的事。

晚上乔韶主动和乔宗民提了想见张冠廷。

乔宗民几乎立刻道:"我明天就安排!"

乔韶努力镇定道:"嗯。"

周六一大早,乔韶醒得很早。

他习惯了学校的生物钟,哪怕不用早起跑操,六点左右也醒了。

家里飘着舒缓的音乐,这是从入夜后就响起的声音,只要乔韶会去的地方,都不会是绝对的安静。

乔韶住在二楼,他走到楼梯口时向上看了看。

三楼……

三楼……

乔韶咬着下唇,向上迈了一个台阶。

可只是这样,仅仅是脚掌落在了属于三楼的一个台阶上,他就感觉到了从脚掌心蔓延而上的刺痛。

他飞快挪下,像身后有什么洪水猛兽般冲到了楼下。

不行不行,还不行。

他还是不行……

乔韶的心跳得极快,脑子里一片混乱。

他缩在了沙发里,胳膊抱住了膝盖,却还是抖得不成样子。

屋里的音乐都平复不了他的情绪,巨大的恐惧像潮水般攫住了他的心神,让他完全失去了思考的能力。

"叮"。

他的手机响了下。

乔韶像是抓住了救命稻草般拿起了手机。

不管是谁,哪怕是垃圾广告信息,乔韶都要谢谢他。

他努力把失焦的视线定到屏幕上,努力让自己溃散的精神集中到手机上。

　　他终于看清了内容——

　　没有星期五：看不到乔乖乖的第一天，想他。

　　刹那间，犹如冰河解封，春回大地，黎明撕碎了黑夜……

　　乔韶紧紧握着手机，笑得眼眶通红。

第二章 成长
Chapter 2

韶不需要安慰 完结篇

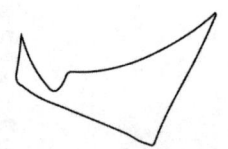

12．无法面对的事

他努力稳住颤抖的手，过了好半响才发出去一条信息——又熬夜了？

贺深似是没想到乔韶会回他，竟发来了语音通话。

乔韶愣了一下，等自己回过神时，已经接通了。

贺深的声音从话筒传到他耳朵里："周末也不睡懒觉？不会是我吵醒你了吧。"

和对话框里的不正经截然不同，他低沉的嗓音竟比屋子里飘荡的音乐更加安抚人心。

乔韶开口："我……"

只说了一个字，他就哽住了。

说不清道不明的情绪挤满了胸腔，这一刻他好像站在了一条分界线上。

背后是无尽深渊，前方是万丈光明。

他很想迈过去，可是脚却定在了原地，一动都动不了。

贺深声音里有些紧张："怎么了？"

他听出了乔韶颤抖的嗓音，听出了他的哭腔。

乔韶说不出话，但是也不舍得挂掉通话。

贺深问他："你爸又喝酒了吗？"

乔韶知道他误会了，可是他没法解释。

"你家在……"贺深顿了一下，又没继续问下去，改口道，"你打辆车来我这儿，我在楼下等你。"

乔韶总算是找回了自己的声音："不用。"

贺深几乎和他同时开口，补充道："别担心，出租车可以到了再给钱，你只管过来就行。"

他贴心地考虑到乔韶可能身上没钱，打不了车。

乔韶心头一热，炽热的血液流遍全身。他像是被人用力拉了一把，摆脱了恐惧的深渊。

他声音平复了一些："我爸没喝酒。"

贺深明显松了口气："那是出什么事了？"

乔韶弯了弯唇："打字告诉你。"

说完他挂断通话，在微信对话框里编辑了一会儿。

打完字，他盯着看了好一会儿，还是闭闭眼发了出去。

贺深眼睛不眨地盯着，他想了很多，诸如小孩照顾宿醉的父亲，筋疲力尽到天亮，满腹委屈无处可说，只能独自哽咽……

然后他看到了乔韶发来的信息——

乔韶：看不到贺深深的第一天，想他。

贺深心头一颤。

发完乔韶就后悔了！

疯了疯了，他干吗要和贺深一起发疯！

贺深又发语音通话过来了。

乔韶不想接，他直接挂断了！

贺深又发来，乔韶又挂断，贺深再发，乔韶……

"干吗？！"乔韶恼羞成怒。

通话那头没动静，乔韶握着手机的手心沁出了薄汗。

过了两三秒钟，一阵低笑声从话筒另一端传过来，乔韶差点没拿稳手机！

这人的声音……通电了吧！

贺深从未这么开心过，开心到仿佛第一次看见这个世界。

"所以说……"他轻声问乔韶，"你是想我想哭了？"

乔韶:"……"

"啪"的一声,戳断通话!

这词没用错,真是狠狠一戳,手指都快按折了!

乔韶大步回屋,把自己埋到了被子里。

他就不该理贺深!

乔韶把手机摸了回来。

他看一眼就后悔,看两眼更是悔得肠子都青了。

超时了!

撤回不了了!

都怪贺深给他发语音邀请!

这时贺深又发来一句:有事给我打电话。

乔韶当没看见。

贺深又发:实在想我了可以来找我。

乔韶送他俩字:拜拜!

乔韶又把手机扔了!

他把自己埋在被子里闷了会儿,忍不住又摸摸索索把手机捞回来。

他点开两人的聊天记录,一条一条地往上翻。

不翻不知道,一翻吓一跳。

他俩聊了好多……

每天都有好几十条。

乔韶又把脑袋埋进被子里了。

早上吃饭时,乔韶心不在焉的,乔宗民也没想太多。

每次要见心理医生前,乔韶总是会紧张。

毕竟是揭开腐烂的伤疤,哪怕是为了痊愈,却也少不了痛楚。

然而这次乔韶还真不是因为马上要见张博士……

可是理由嘛。

他也没法说!

十点左右，乔韶见到了张博士。

每次见到他，乔韶都觉得很神奇。

岁月好像没在这个人身上留下太多痕迹，他明明比大乔还年长六七岁，看起来却只有三十岁出头的年纪。

一身休闲打扮，戴着无框眼镜，镜片后的一双深色眸子像广袤的夜空，囊括了星辰，覆盖了大地，却没留下丝毫压迫感。

乔韶对他笑了下："张博士，你好。"

张冠廷也弯了弯唇，声音像被美丽的天使拨动的竖琴，温柔和煦："你好。"

乔宗民是不会留在诊疗室的，他眉宇间有着再怎么藏也藏不住的担心："我先出去了。"

乔韶对他安抚一笑："嗯！"

张冠廷看着他的笑，在房门关上后很自然地问道："有新朋友了？"

"嗯。"乔韶轻呼口气，把自己这阵子遇到的事事无巨细地说了出来。

他习惯了这种交流方式。

在之前长达半年的治疗中，乔韶一直有好好倾诉。

他不想抗拒治疗，他比任何人都想康复，因为他太不愿让周围的人为他担心了。

张冠廷悉心听着，只偶尔搭话，给予的也是赞同和认可。

毫无疑问，和他谈话是舒服的，乔韶一边说一边想，只觉得这两个多月里全是快乐。

他说到了陈诉，说到了卫嘉宇和楼骁……

最后不可避免地说到了贺深。

说着说着……

乔韶有些不安地看向张冠廷。

他知道这个男人的厉害，张冠廷总能一眼看穿他的心事。

张冠廷微笑："没事。"

他只说了这么两个字，乔韶就知道他看出来了。

他的面颊"噌"地红了，有些局促。

张冠廷安抚他："交朋友是很正常的事情，不需要抵触，如果你觉得跟现在这些同学在一起很开心，那可以尝试着多去交一些不同的朋友。你以前生活的环境、交朋友的方式可能跟现在不太一样，等你习惯像一个普通的孩子一样交朋友，就不会这么困惑了。"

乔韶轻声道："这事能先别告诉我爸吗？我怕他会小题大做，刨根问底地调查我朋友。"

张冠廷道："你不想让我说的事，我都不会说。"

这个乔韶是放心的。

张冠廷不是哄他，而是真的尊重他。

也正是这份尊重，乔韶才会把自己的事都说给他听。

乔韶又想起一事，他道："对了，我之前有过一段回忆……"

张冠廷问道："怎么？"

乔韶讲了一下经过："我也不知道为什么会突然想起自己跟着爸爸去谢家的事。"

其实他们家和谢氏几乎没来往，乔韶也从不认识谢家的人。

张冠廷又问："是在贺深身边时有的这段记忆吗？"

乔韶听到贺深的名字就不自在，但这是重要的治疗，他那点小心思还是别别扭了。他点点头："嗯。"

张冠廷思索了一下，再抬头时，看进了乔韶的眼中："这次想试试吗？"

乔韶后背瞬间绷直。

张冠廷温声道："不要勉强自己。"

乔韶双手攥拳，薄唇紧抿，却坚定道："我想试试。"

他想试试，哪怕那种恐惧仍根植在骨髓里，他也想看看。

逃避是没用的，他想找回失去的记忆。

这是康复的唯一途径。

张冠廷道："那我们来试试。"

乔宗民在外头来回踱步，这心神不宁的模样即使所有熟悉他的人看到也会惊讶。

十五六分钟后，张冠廷出来了。

他摘下了眼镜，捏了捏太阳穴道："还是很抵触，一旦进入深层次催眠，就会抽搐痉挛。"

乔宗民脸都白了几分："比……比之前……"

张冠廷道："比之前好很多。"

乔宗民松了口气，进到了诊疗室里。

乔韶睡倒在椅子里，眼睫毛上一片湿润，泪水顺着脸颊落下，哭得无声无息。

乔宗民只看一眼，心就像被捣碎了一般，疼得不成样子。

"都是我不好，"乔宗民结实的肩膀垮了，"是我没有保护好他。"

张冠廷轻声道："我们出来聊，让他休息会儿。"

乔宗民跟着张冠廷出去，两人在外面坐下，这位当父亲的在某种程度上比里面的孩子还像个病人。

的确，他们同时失去了至亲至爱，受到的创伤同样严重。

只不过一个还是年幼的孩子，一个却已经肩负了无数责任。

张冠廷给他倒了一杯水。

乔宗民哑着嗓子道："张博士，让他永远忘了过去不好吗？"

张冠廷道："短时间内没问题，他目前的精神状态很好。"

这话中的意思乔宗民懂："以后……"

张冠廷打了个比方："过去的记忆就像埋在地底的树根，永远不去看也不影响树木生长，可如果这根遭了虫，还选择无视的话，树木最终只会枯萎。"

乔宗民闭了闭眼道："他连'妈妈'这两个字都无法面对，至今也不敢上三楼一步。"

三楼是属于妻子的，那里放着一切与她有关的东西。

可自从乔韶回家，再也没有上去一步。

"他连母亲都没法面对，又怎么能去面对那一年……"

乔宗民想到这里，胸口就是阵阵刺痛。

张冠廷道："我认为，被绑架的那一年对他的影响没有母亲去世来得严重。"

乔宗民怔了怔，五脏六腑都被团成团了："是啊，他那么爱她。"

张冠廷不能再说下去了。

这对眼前的男人太残忍了。

虽然病人是乔韶，但乔宗民也需要系统的治疗。

只是这个男人不肯接受，而张冠廷能做的也不过是在治疗儿子的同时给予乔宗民一定程度的精神舒缓。

"慢慢来，"张冠廷道，"目前来看，去东区高中是正确的选择，他踏出原有环境，能去接触新的朋友，是个很好的开始。"

13．我以为我是特殊的

听到这话，乔宗民明显振作了些。

乔韶的改变他是看在眼里的，比谁都清楚。

"对，他最近食欲和睡眠都比之前好太多了。"

乔宗民只有说起儿子，才能勉强压住丧妻之痛。

张冠廷耐心听着，虽然乔宗民说的几乎和乔韶说过的一般无二，但他还是像第一次听到般，认真听他诉说。

这对乔宗民来说是一种巨大的慰藉，儿子的康复是治疗他精神的最佳良药。

说着说着，乔宗民顿了一下。

张冠廷精准捕捉到他的心思："你想见见他的新朋友，对吗？"

乔宗民轻叹口气道："我不会去干涉他的新环境。"

虽然很想见见那些可爱的少年，很想好好谢谢他们，很想近距离看看改善了儿子状态的环境⋯⋯

但是乔宗民明白，他一旦出现，这个新环境就会崩塌。

乔韶很快又会成为被孤立的存在。

哪怕他的朋友们不是故意的,却也会因为悬殊的家庭情况以及乔韶那一段悲惨的经历而划上深深的界线。

现在的乔韶,还承受不住这种只剩自己的"安静"。

想到这些,乔宗民不禁担忧地问:"总有瞒不住的那一天,到时候谎言被拆穿,情况会不会更糟糕?"

张冠廷耐心解释道:"只要乔韶有了足够的勇气面对,那就不会。"

这似乎是个悖论。

乔韶瞒住身份去新环境,为的是找回面对生活的勇气。

可这件事本身就存在巨大的隐患,因为一旦暴露,他又会失去现在的生活。

这对他岂不又是深重的打击?

其实不然。

一切的根源都在乔韶身上。

现在的他没有面对的勇气,所以需要隐瞒。

可一旦他有了面对的勇气,也就不需要隐瞒了。

因为家庭差距而产生的疏远,对于一个心理正常的孩子来说,不会产生太大的负面影响。

但对于现在的乔韶来说,却可能是压倒骆驼的最后一根稻草。

瞒是不可能一直瞒下去的。

只是需要一个关键的时机——

当乔韶可以面对自己的过去时,他就可以用真正的身份面对自己的新朋友了。

哪怕注定会失去一部分,却也不会是无法承受的。

更何况……

张冠廷对乔宗民说:"能够治愈乔韶的好孩子,不会再伤害他的。"

这话将乔宗民从死胡同里拽出来了。

他笑了下,对张冠廷道:"谢谢。"

乔韶醒来时，已经躺在床上。

他看看天花板，无奈地轻叹口气。

还是不行……

想不起来，无论如何都想不起那一年到底发生了什么，也想不起……

心中只是滑过"妈妈"这两个字，他就立刻体会到一种抽筋般的疼痛。

乔韶不敢硬逼着自己去想。

他躺在床上缓了会儿才慢慢起床。

卧室对面就是他的书房，他穿上拖鞋走进去，绕过堆满书的桌子，去了最后面的书柜。

那里整齐地摆了很多书，各国名著、通俗小说，还有不少心理类书籍。

乔韶打开玻璃窗，拿出了那本有着天蓝色封面的精装书。

《刀锋》，作者威廉·萨默塞特·毛姆。

这是他最喜欢的一本书，他喜欢里面的主人公拉里，每次读到他，都能体会到那种让人舒适的宁静感。

不是安静，而是宁静。

能让他思绪平缓，能让痛苦消散，能让他和自己和解。

所以他把那张报纸夹在了这本书里。

乔韶深吸口气，翻开书的瞬间，看到了那被剪下来的一页。

顶头的一行大字像鲜血一样，触目惊心——

失踪一年的乔家独子，终于回来了！

左侧有张配图，乔宗民脸上悲喜交加，抱着怀中的孩子，犹如抱着一个易碎的玻璃制品。

那是个十几岁的少年，瘦骨嶙峋，唯一露在外面的便是漆黑的长发和苍白的脚踝。

他蜷缩在乔宗民怀里，不像是一个少年，倒像一个没有行动能力的婴孩。

只是看了一眼，乔韶就感觉到胸口的凝滞感。

他轻呼口气，发现自己还能继续看下去。

文章说得并不过分，否则也无法发出来。

豪门独子被绑架，不是什么稀罕事。

但乔韶这次绑架却太匪夷所思了。

谁都不知道绑匪是怎么把他带走的，而且绑匪从没联系过乔家，从未要过赎金。

丢了独子的乔宗民发疯一样地寻找，起初是压着消息，后来根本压不住了，他恨不得把全世界都掀个底朝天。

可是找不到，谁都没见过这个孩子，仿佛凭空消失了一般。

直到一年后，乔韶自己出现在深海大厦——乔氏的总部。

没人知道他这一年经历了什么。

只知道他瘦脱了形，还有了严重的精神问题。

他惧怕女人，尤其畏惧四十岁左右的女性，他几乎失去了说话的能力，而且极其畏惧安静的环境，只要没有声音，他就会陷入痛苦的痉挛中。

乔宗民遍寻名医，用了常人无法想象的精力和财力才让乔韶逐渐恢复。

可是乔韶什么都不记得了……

那一年的所有事他都不记得了……

乔韶看到报纸的最下方，那里有一张小小的照片。

乔宗民独子——乔逸。

这是乔韶以前的名字，自从回来后，姥爷非要给他换个名字，还找了不少名家算了又算……

乔韶笑了笑，看向那张照片。

他自己都认不出自己……

照片里是个十岁左右的孩子，有着明显的婴儿肥，脸蛋圆圆的，把五官都挤小了，他笑得很开心，仿佛全天下的痛苦与忧愁都和他无关。

谁能想象呢？

他们是同一个人，却在那么短的时间里，成了不同的人。

乔韶看着过去的自己，仿佛在看一个陌生人。

他一点都不像他。

合上书时，乔韶心情还算平静。

这算是巨大的进步了吧,他头一次完完整整地看完这篇报道。

"呼……"

乔韶轻呼口气,感觉到了从心底升上来的力量。

会慢慢好起来的,乔韶觉得自己一定会好起来的!

他刚回到卧室,就听手机"叮"一声。

乔韶心一跳,犹豫了好一会儿才去拿手机。

然后他就看到了贺深发来的消息:说好想我的,结果一天了都没理我。

乔韶顿时无语。

乔韶平复着心情给他发消息:说人话!

贺深正经道:吃晚饭没,一起?

乔韶晚上倒是没什么事,只要和大乔说一声,肯定能出门,但是……

他不想见贺深。

尤其发现自己对他感情不一般之后:他以前没有交过这样的朋友,不知道好朋友是不是这样相处的。

乔韶手指晃了好几下,才狠心把这句话发出去:不了,晚上有事。

发完又失落得不行,他其实……很想见贺深。

过了好一会儿,贺深才回:乔乖乖,你不会说想我是骗我的吧?

乔韶噼里啪啦发过去一条:嗯,骗你的!

发完乔韶又后悔得不行。

可是又不好撤回,撤回的话岂不是做贼心虚?

乔小贼心里慌。

很快贺深就回他了:我以为对你来说,我挺特殊的。

乔韶心一惊。

他这心刚提起来,对面又传来一条:难道你还有其他同桌?

乔韶无语了。

贺深:还有其他补习老师?哦,还真有,陈诉是吧?

乔韶更无语了。

贺深:但你肯定没有其他亲手给你下厨的同桌了吧?

乔韶彻底无话可说了。

见乔韶迟迟不回，贺深反问一句：难道你有？

乔韶回他：我有你个大头鬼！

贺深秒回：嗯，你有我就足够了。

乔韶愣了半晌才反应过来：我是在骂你！

贺深可大度了：我不介意当你的大头鬼。

乔韶扔开手机，把自己闷被子里了。

完了完了，乔韶觉得自己完蛋了！

以前总嫌贺深胡说八道，可现在他都快把这些胡说八道当真了！

怎么办……

乔韶下巴搁在枕头上，冥思苦想。

自己有什么值得贺深区别对待的？

又矮又瘦，运动不行，学习不好，考试还是倒数第一。

唯一的优势是家里有钱……

再看看贺深……

又高又帅，运动全能，比赛全能，考试还是全校第一。

唯一的缺陷是家里负债累累……

难道他要用钱来感化贺深吗？

不可能……

这家伙骨子里就看不起钱这东西！

这么一反思。

乔韶觉得自己要失去这个好朋友了。

14．乔韶不属于他

晚饭的时候，乔韶即将失去的好朋友给他发来一张图片。

刚刚烤好、吱吱冒油的雪花牛肉，一看就是入口即化的火候。

没有星期五：后悔吗，拒绝了这么美味的晚餐。

乔韶面无表情地看看自己桌上四千块一只的澳洲龙虾——嗯，真后悔呢。

乔宗民见他没动筷子，问道："怎么了？"

乔韶控制住了自己想拍照的手，说道："我同桌在外面吃好吃的，给我发了照片。"

乔宗民很感兴趣："我看看。"

乔韶想都没想便把手机递给他。

乔宗民刚要打开，乔韶又猛地跳起来，越过饭桌把手机抢了回来。

乔宗民愣了一下。

乔韶道："……我……我给你找。"

乔宗民多敏锐，一下子就嗅到了不一样的情况！

乔韶翻出照片，放大后举起来给乔宗民看。

乔宗民心里哪还有照片，他炯炯有神地问："女同学？"

乔韶："……"

乔宗民乐开花了："没听你说啊，是个什么样的女孩？"

乔韶收起手机道："没有的事，这是我同桌发来的。"

乔宗民也不多问，笑眯眯地应着："嗯嗯嗯，是你同桌……"

贺深还不消停，又发来一条微信：来吗，现在还来得及。

乔韶没好气道：不去！

贺深道：你最爱的烤肉都不想吃？

乔韶顶着老爸的注视给贺深发信息：我更爱吃龙虾。

贺深道：那你出来，我带你去吃澳龙。

乔韶：不用，我正在吃。

贺深道：虽然都叫龙虾，但澳龙和小龙虾不是一个东西。

乔韶不废话了，给他拍了张照片发过去。

贺深道：在哪个网站找的图，拍得这么烂。

乔韶：……

这边乔韶被即将失去的好朋友气得不行，那边他的无良老爸又冒出一句："这要不是女同学，你爸我就改名叫民宗乔。"

一个两个的怎么都不信他!

虽然他也解释不清……

乔韶自然是没去见贺深，不过因为他这一闹腾，他觉得今晚的龙虾特别好吃，吃得比乔宗民都多。

民宗乔这心里别提有多美了。

饭后茶点的时候，乔韶脑中忽地冒出一段画面。

他微怔，放下红茶对乔宗民说："你以前跟我说过择偶标准吗？"

乔宗民起初没反应过来，等回过味儿后认真看向他："想起什么了？"

"嗯……"乔韶道，"有点。"

好像是在一个海岛上，他和大乔在沙滩上晒太阳，也不知道之前是在聊什么，只记得老爸说："臭小子，你别和我比，找媳妇吧，长得多高多漂亮都不重要，重要的是性格要好，温柔甜美才是重点。"

乔韶那时只有十一二岁，听得还挺认真。

乔宗民继续语重心长地说："当然最不重要的就是家世，管她是什么家庭，只要人好，就可以成为我们乔家的媳妇！"

乔韶把这些一描述，大乔同志差点没热泪盈眶："对……是有这么回事。"

他们一家三口每年冬天都会去热带岛屿过冬，就是那次回来后，乔韶就失踪了……

周日这天，乔韶的手机更热闹了。

倒不是贺深，而是他们的数学社公布成绩了。

虽然早就知道了自己的分数，但亲眼看到排名第一的自己，乔韶还是膨胀了！

第一啊！

从好学生之中挤出来的第一啊！

乔韶截了张图，发给贺深。

贺深回复：真棒。

乔韶心知肚明：你给我押题了吧？

最后那两道题明显是贺深早有准备，而且押得很准，所以他才能做对。

贺深道：即便没那两道题你也是最高分。

这倒是……

乔韶心里美滋滋的。

这时顶梁支柱发来了私聊：拉里兄，恭喜了！

乔韶回他一个笑脸表情。

顶梁支柱道：那么联赛的事就定了，日期已经确定，在期末考试后的第二天。

乔韶一愣：这个日子……

顶梁支柱道：总不好安排在期末考试前，不过期末考嘛，小事一桩，不是咱们该担心的事。

不不不……乔韶他很担心！

顶梁支柱继续道：当然期末考我也很期待再和你比一场。

乔韶默了默，打字道：我不行的。

顶梁支柱：别谦虚啦，数学学得好，还有什么是能难倒你的？

乔韶诚实道：其实挺多的，比如语文、物理、化学、生物……

顶梁支柱发来个笑出猪叫的表情，道：拉里兄，你真幽默。

乔韶一点都不幽默，他只是实话实说！

这年头到底怎么了，说实话有这么难吗？

他找贺深吐槽，贺深抓重点抓得很准：你看你都拿第一了，不该庆祝下？

乔韶：什么？

贺深道：中午请你吃龙虾。

乔韶昨天才吃了，现在竟还有点蠢蠢欲动，但他稳住了：又不是真正的考试，有什么好庆祝的。

贺深道：把握住开始，才会有更好的以后。

好有道理呢，但是乔韶不想见他：明天中午在食堂庆祝吧。

隔了有一会儿，贺深回他：你骗我。

乔韶发了个问号给他。

贺深回他一张截图，里面是一句让乔韶恨不得挫骨扬灰的话——"看不到贺深深的第一天，想他。"

乔韶满脸通红，手指都在打战，戳半天也没发出去一个字。

贺深：嘴上说着想我，其实根本不想见到我。

乔韶努力半天，还是把手机扔开了。

过了一会儿，乔韶的手机响起请求通话的声音。

他摸回来一看，毫无疑问是贺深。

乔韶盯着他的头像看了好一会儿，心一横，挂断了。

他轻呼口气，在对话框里编辑文字，谁知对面竟又发来了语音通话邀请。

乔韶又挂断，贺深锲而不舍……

乔韶很清楚自己是说不出的，只能靠打字，于是又挂断了。

斜靠在工学椅里的贺深盯着手机看了会儿，没再拨过去。

算了，再继续就是惹人嫌了。

贺深放下手机，继续工作。

至于午餐？

没胃口。

就在这时，他手机又"叮"了下。

贺深没看，肯定不会是乔韶发来的，最大的可能是谢箐。

他这位姑姑的心思，真当别人不知道吗？

口口声声说着关心他，可实际上这十多年她何曾正眼看过他们母子一眼。

如今谢承域把私生子带回家，她开始着急了？觉得那女人不好对付，要拿他当枪使？

贺深想想这些事，心里就直犯恶心。

他想见乔韶，似乎只要看他一眼，那些乱七八糟的腌臜事就会烟消云散。

可是……

乔韶好像离他越来越远。

贺深低头看向自己的手掌。

他的母亲曾说："你的手长得好，所以请一定紧紧抓住自己想要的。"

贺深手指收拢又松开，只觉得什么都抓不住。

乔韶给贺深发完信息就扔开手机了。

他洗了个头，去衣帽间盯着自己的一堆衣服看了又看。

嗯……

这个牌子的夏款，吴姨说他穿了特别帅。

那个牌子的新款好像也不错，低调又干净。

这个好像太花哨了……

还有……

等等！

乔韶盯着镜子中的自己骂了句："想什么呢！"

他能穿这些名牌衣服吗，真穿了不得把贺深吓死！

乔韶纠结了下，最后找出了吴姨给他新买的普通T恤和短裤。

如今他在东高待得颇有成绩，已经不用自己去费心准备装穷的东西了，吴姨都会给他安排妥当。

其实刚开学那会儿，他如果提下要求，家里人也会帮他办妥，但当时他没底气，不好意思麻烦谁，所以就自己去买了。

然后就碰到了贺深，那家伙还卖他一件女装！

如今再想想，乔韶只觉得好笑。

他穿戴齐整，拿起手机发现贺深还没回他。

管他呢，先去店里等他。

贺深忙了一会儿，心里还是想乔韶，决定看看聊天记录开心下。

然后他就看到了一个小时前，乔韶发给他的微信："十一点半，××烤肉店等你，不用你请，这次换我请你。"

贺深愣了下，抬头一看时间——11：25。

15．只是贺深太好了

还有五分钟！

贺深"噌"地站起来，体会到了罕见的紧张。

居然是乔韶发来的消息，而他竟然晚了一个小时才看到。

贺深用三十秒换了衣服，楼梯里抓了抓头发，下楼拦车，坐上后给乔韶打电话。

一串动作麻利得估计连特工看了都自愧不如。

"嘟"了几声后，乔韶接了电话。

"喂？"乔韶那边有点吵，应该是已经到了

贺深稳住了呼吸道："我刚看到你的微信消息。"

乔韶一愣，问道："那你吃过饭了？"

贺深立刻道："没有。"

乔韶松口气："还过来吗，或者你有其他事？"

贺深有天大的事也会全部扔到脑后："我正在去的路上。"

"哦，"乔韶纳闷道，"那你打电话干吗，我还以为你不来了。"

贺深胸口像放了块糖："我可能会迟到。"

乔韶问："还得多久？"

贺深道："不堵车的话也得十五分钟。"

乔韶埋怨道："我还以为得五十分钟呢，急什么，餐厅又不会关门。"

贺深觉得胸口的糖化掉了："可是让你等我……"

乔韶道："我不等你还能自己吃不成？说好请你的。"

贺深握着手机的手紧了紧："你不生气吗？"

乔韶茫然反问："有什么好生气的？"

贺深低笑了一声，遗憾道："你第一次请我，我却迟到了。"

乔韶耳朵像被电到一般，竟不由自主地把手机拿远了些，他的声音有些不自在："你是在取笑我吗？"

贺深微怔。

乔韶道："取笑我从没请你吃过饭？"

等以后，以后我请你吃遍全球！

贺深的嘴唇压都压不住，他发现自己根本不需要见到乔韶，听他的声音都能扫去心中所有阴霾。

嗯，真是病得不轻。

贺深问："打个商量吧？"

乔韶："嗯？"

贺深："这次算我请客。"

乔韶不乐意道："说了我请就是我！"

贺深道："下次你请。"

乔韶："我没那么穷，你不用总让着我。"

"不是钱的问题，"贺深叹口气道，"你第一次请我，我不想迟到。"

乔韶被他打败了："什么啊！"

贺深道："我虽然不能身披金甲圣衣，脚踩七彩祥云过来，但我至少不能迟到。"

又来了！

可怕的"直男"又开始了！

他道："谁管你迟不迟到，爱来不来！"

说完就挂了电话。

电话挂了，贺深呆坐了好一会儿，直到司机和他闲聊："小伙子和女朋友约会呀？"

贺深没出声。

司机又道："年轻真好，我念高中那会儿也谈过恋爱，哎，那叫一个青涩美好，甜过蜜糖……"

他话没说完，贺深开口了："不是女朋友。"

司机："啊？"

贺深扬唇："是最特别的好朋友，男的。"

贺深低头看着手机，听着自己的心跳声。

他一定要抓紧乔韶，保护好他。

这么好的乔韶，不能受到一点伤害。

乔韶觉得自己没等多久，可看时间竟然已经十一点五十分了。

他坐在靠窗的位置，几乎是第一眼就看到了贺深。

他刚走出电梯，在一堆人的注目礼下径直走了过来。

乔韶托腮看着，这家伙天生一副好皮囊，个子高，身材好，一双长腿生来就是给人羡慕的。

五官也长得无可挑剔，剑眉星眸高鼻梁，不笑时有点儿冷，笑起来又把人迷得晕头转向。

一进餐厅，贺深就看到了他。

乔韶都不用招手，他已经笔直走过来。

乔韶咬着吸管道："难为你了，人群中还能看到矮小的我。"

贺深立刻笑了，笑得乔韶脑袋有点晕："满屋子人都没你打眼。"

乔韶瞪他："我自嘲就算了，你还来劲了！"

贺深道："不，我是说都没你好看。"

乔韶："……"

闭嘴啊死"直男"！

他别过头去，粗声道："快点菜。"

贺深怕他饿了，拿过平板电脑道："等急了吧？怪我没看手机。"

乔韶道："反正我早写完作业了，在家也无聊。"

说是等了二十分钟，但也和贺深聊了十五六分钟。

贺深三下五除二点完菜，看到乔韶面前的西瓜汁道："给我喝口。"

"服务员看我等久了，送我的，我还没喝，你要喝的话……"

乔韶说话间，贺深已经把他的这杯拿了过去，道："我先喝点，太渴了。"

乔韶韶只能在内心咆哮：好歹再点一杯呀，有点自觉啊笨蛋！

贺深见他盯着自己瞧，抬头："放心，我不会喝光的，给你留点。"

乔韶心一颤悠，道："我不要了，你喝吧。"

贺深不和他客气了："嗯，那你再点一杯。"

乔韶不敢点西瓜汁了，他故意点了杯贺深绝对不会喝的冰美式。

喝点苦的好，他需要冷静冷静！

烤肉上菜快，乔韶想拿夹子，贺深立马没收道："我来。"

乔韶道："我也会的。"

又不是第一次吃了，烤着还挺好玩的。

贺深最会找理由了："我迟到了，该罚我。"

乔韶无语道："用得着这么自责吗？"

不就是迟个到嘛，他又没不高兴。

贺深语重心长道："你不知道我有多懊悔。"

小孩第一次请他，他竟然没看到，还差点错过了，真是……

想想都能后悔几天几夜。

乔韶："……"

总觉得他话里有话，但乔韶命令自己不许多想。

午餐自然是愉快的，最后乔韶照例去找水果。

这顿饭还是贺深请的，他坚持让乔韶下次再约他。

乔韶道："下次我还请你不就行了。"

贺深道："不行，我心疼你……的钱包。"

他顿这一下，让乔韶心也跟着顿了下。

连话都说不明白的"直男"贺，真让人生气！

乔韶道："我家没那么穷，我爸……不喝酒的话，就很好的。"

贺深道："反正再怎样，你也不会比我有钱。"

乔韶想了下自己上千万元的零花钱和贺深背负的千万元巨债。

呵呵呵……

等着，他以后一定要拿钱埋了贺深！

距离期末考试没多久了，老唐开了个班会。

"同学们啊，马上就是高一最后一次考试了，老师希望你们能拿出好成绩，证明自己高一一年没白过！等去了高二可就不是现在这么轻松了，高二是高中最重要的一部分……"

这话同学们耳朵都听出茧了。

从小学一年级开始，班主任说，一年级是最重要的！二年级又会说，二年级是最重要的！

直到高中了……

老师换了好几茬，话却亘古不变。

乔韶挺紧张的，他实在太想考出个好成绩了。

他甚至给自己定了个小目标……

倘若考好了，他要好好跟贺深聊聊。

16．他竟把她给忘了

至于聊什么……

嗯……

总之先考出个好成绩！

距离考试还有三天，贺深明显感觉到乔韶的焦虑。

事实上不只贺深，连某只二哈都察觉到了。

宋一栩小声对乔韶说："韶哥，你不用紧张，你肯定是我们考场的一枝独秀。"

就乔韶这努力程度，他们考场，啊不，倒数三个考场所有人加起来也没他用功啊！

乔韶敷衍地应了声："我没紧张。"

却连头都没抬，继续做题。

宋一栩看看贺深，打哑语：这能行？

贺深看看小孩，道："歇会儿。"

乔韶手顿了一下，还是没抬头："我不累。"

贺深按住他手腕道："歇会儿。"

乔韶愣了一下，抬头看他。

贺深望进他眼中，黑眸中是罕见的严肃。

乔韶心一跳，低头看着试卷："我真的不累。"

"劳逸结合才能事半功倍，"贺深拉着他的手臂道，"我带你出去走走。"

宋一栩连忙打圆场："去打球不？凯子去占场地了。"

贺深问乔韶："要玩吗？"

乔韶哪里都不想去，可是又没法把手抽出来："我……"

宋一栩道："跑一跑跳一跳，回来一口气能刷三张卷子！"

贺深道："你不想打球，我就和你去操场走走。"

宋一栩太想拖贺深去打球了，来了句："有啥好走的，半个操场都是情侣，你们是晚饭没吃饱，去吃'狗粮'吗？"

一句话让乔韶神经绷了绷。

贺深看了宋一栩一眼。

宋一栩汗毛一竖，感觉到森森寒意。他支支吾吾："那个……那个……"

乔韶抽出手道："打球吧。"

贺深眉心轻蹙了下，只道："好。"

宋二哈跟在他们身后，觉得自己错了，但又不知道哪里错了。

可能他的存在对他们来说就是个错误吧！

篮球场那边热闹得很。

这会儿离晚自习还有四十多分钟，够同学们高兴一下了。

宋一栩一来，解凯招呼道："这边！"

解凯一眼看到贺深，喜上眉梢道："哎，深哥来虐菜鸟啦！"

听到他这话，他身边的菜鸟们也不着恼，反而哄堂大笑。

本来被焦虑附体的乔韶也被逗笑了，你们的尊严呢！

贺深见他眉眼松快了些，扯了扯领带道："陪你们玩玩。"

宋一栩躲在解凯身后，和他们篮球社社长说："我怎么觉得深哥很认真？"

他们社长可豁达了："认不认真，我们不都是菜鸟？"

宋一栩哑然，但他总觉得不大一样……

他有种大魔王压着火，想拿他们献祭的错觉。

大概是……

错觉吧！

然后宋一栩就被秀了个头晕目眩，甚至想从此再也不碰篮球了！

乔韶起初还没放开，后来玩得还挺开心，主要是和贺深一队太欢乐了。

明明是十个人的游戏，硬生生打成了一对五。

偏偏还能把对面五个人压得透不过气，也太爽了吧！

乔韶体力到底是不太行，半场后累得气喘吁吁。

贺深问他："去那边歇歇？"

乔韶连连点头："嗯！"

贺深把球扔给宋一栩："你们玩……"

他话没完，乔韶道："打完这局吧。"

贺深看向他："你不是累了？"

小孩额头全是汗，衬得肤色更干净了些。

乔韶喝了口水道："我去歇歇，你又不累，你打完这局，我们快赢了。"

贺深说："赢不赢的无所谓。"本来就是陪乔韶的。

乔韶运动了一会儿，心情放松多了，也能笑出来了。他道："我想看看。"

贺深一怔。

乔韶说了又有点后悔，但他的确是想。

再说这也是人之常情，贺深打球这么厉害，谁不想看？

"在场上看不明白，"乔韶指了指那边的角落道，"我去坐那边看。"

贺深唇角扬起："想看我打球？"

乔韶道："不给看？"

贺深看着他泛红的脸颊，知道他是因为运动才这样："那我得好好表现了。"

乔韶仰头喝水，故作不在意道："随你。"

眼神却不停地往他身上瞟。

等到球赛重新开始，乔韶整个看呆了。

场上和场下真的不一样。

场上只觉得有贺深这个队友太舒服了，只要把球给他，一定会得分，哪怕自己投不进，他也会补投进去。

他的存在，天生让人放心。

因为只要他在，就意味着胜利。

为什么这么强呢？

乔韶托腮看着，心里有羡慕，还有点不安。

他和贺深比起来，实在差太远了。

他什么都不行，还胆小怯弱，只因为被绑架过就失去了面对生活的勇气。

甚至还自我逃避到选择忘记……

甚至连她都忘了……

乔韶看着球场上肆意奔跑的高个少年，脑中居然浮现出她的容貌。

她坐在阳光下，单薄的身子，白皙的面庞，一双眸子里是满满的爱。

她是他一生中见过的最温柔的人。

她是给过他最多爱的人。

她是他的母亲。

而他竟把她给忘了。

甚至连想起她的勇气都没有。

贺深接球的空当，眼尾瞥向乔韶。

"深哥！"宋一栩惊叫出声。

一个百分之百会被接住的球，贺深却像没看见一般，任由它砸在了头上。

"砰"的一声，球弹开，滚在篮球场上。

没人去捡球，因为大家都呆住了。

贺深额头上被撞出一块红印，他像是一点都没察觉到一般，大步走向场外。

谁都不知道是怎么了，谁都不知道发生了什么。

直到他们顺着他的背影，看到了场外的乔韶……

乔韶坐在台阶上，脚边放了一瓶矿泉水，那细长的矿泉水瓶似乎比他的小腿还要粗一些。他胳膊用力抱着膝盖，头低低埋下，颤抖的身体如同一个得知了至亲死讯的人……瞬间天崩地裂。

贺深半蹲在他面前，双手扶着他的肩："乔韶。"

他的声音很轻，像是怕吓到他。

可就是这样轻的声音，把乔韶唤醒了。

乔韶声音抖得不成样子："她死了，我妈妈……"

无论如何都说不下去了，每个字都像是一把锋利的刀，生生割在他喉咙上，让他无法发出声音。

贺深身体一震。

虽然他早有预感，但听乔韶说出来，他还是感受到了切肤之痛。

贺深比谁都了解……他眼睁睁看着母亲自杀，那一幕成了他始终无法摆脱的梦魇。

"哭吧，"贺深低哑着嗓子对乔韶说，"难受的话就哭吧。"

这句话他是对乔韶说的，也许更是对五年前的自己说的。

17．她是爱你的

听到他的声音，听清楚他说的话，那打在乔韶精神上的死结，终于有了松动的迹象。

自从那一年之后，回到家的乔韶几乎没有在清醒的状态下哭过。

现在他很清楚自己在哪儿，他知道这是在操场上，前面有很多同学，他很清楚这不是个哭泣的地方。

但是……

他用力抓着贺深的衣服，泣不成声。

贺深也没再说什么，只是轻轻拍着他的后背。

乔韶待的地方是球场的边缘，他身后没人，贺深又挡住了所有来自球场的视线，所以没人知道乔韶在哭。

宋一栩跑过来，问道："怎么了……"

"没事，"贺深头都没回道，"乔韶运动太过，有点头晕。"

宋一栩道："送他去医务室吧！"

贺深道："先让他缓缓，我一会儿带他回宿舍歇歇。"

宋一栩连忙道："那我去跟老唐说一声。"

贺深："嗯。"

宋一栩回到球场和大家说了声，大家伙虽然紧张，却没凑过来。

贺深那姿态很明显了，不想其他人过来。

而且也快上自习课了，大家伙儿见乔韶有同桌照顾，也不再耽误时间，收拾收拾就回教室了。

一阵悠扬的铃声后，喧闹的操场立时安静下来。

夏日天很长，傍晚的天色还是亮的，只有逐渐西下的太阳照歪了教学楼，投下更长的影子。

两位少年，一边沐浴在阳光里，一边却已经沉入了阴影。

黑暗将近，好在夏夜短暂。

乔韶哭了一场，心里的难受与酸苦也随着泪水流出来了，不再死死挤在胸腔，堵得密不透风。

这会儿冷静下来，他才知道自己有多么失态。

真是……

乔韶头都抬不起来了。

贺深感觉到他精神的舒缓，问道："好点了？"

贺深看着他。

乔韶道："我……"

真是丢死人了！

而且是在哥们儿面前丢人！

还有比他更惨的人吗？

贺深没有打趣他，声音温柔又正经："哭出来会舒服些，发生那种事谁都会很难过。"

乔韶心一滞，眼眶又红了。

贺深在他眼底轻轻拂了下，道："我也一样，我母亲去世的时候，我也丢了大半条命。"

乔韶一愣，抬头看他。

贺深坐到他身边的台阶上，胳膊向后撑着，用平静的语调说："那时候我十二岁，正在备战高考。"

这话但凡换个人说，都像古怪的玩笑。

可由贺深说出来，又似乎是理所当然的。

十二岁参加高考对贺深来说，才是正常的事。

而不是像现在这样，比同龄人都大一岁，却还在读高一。

乔韶心一揪，不知道该怎么安慰他。

贺深倒像是在自言自语："所有人都期望我拿个高考状元，只有她对我说，不要去念大学，不要勉强自己，做这个年纪应该做的事，别那样逼自己。"

乔韶视线又模糊了，努力让自己声音平稳："她是为你好。"

"嗯。"贺深轻声应着。

可是连她也不要他了。

谢深从小到大都是个优秀到让人心生恐惧的孩子。

父亲谢承域的荒唐，让他爷爷把所有期望都压在了他身上。

而他也的确展现出了远超于常人的能力，小学只上了一年，初中和高中的课程也只用了三年，去国外待了两年，回来后他的爷爷非让他参加国内高考。

谢深从未拒绝过家里的一切安排，因为爷爷告诉过他：只有自己足够优秀，才能保护妈妈。

他想保护她，想让她开心地笑一笑，像他很小的时候见过的那样。

可是……

她自杀了。

她倒在血泊里告诉他："对不起，妈妈没法带你离开了。"

其实她带走了他。

她死的那一刻，谢深也死了。

贺深回神，看到小孩一脸要哭不哭的模样。

贺深心里一软，看着他，道："没事了。"

乔韶道："她是爱你的。"

"嗯，"贺深笑得有点勉强，道，"你呢，你的妈妈……"

乔韶嘴唇颤了下，但没像之前那样失去意识。

他垂下眼睫，轻声道："她也很爱我。"

贺深以为他还是不太能面对母亲的去世，也不急着问，安慰道："没事的，我们的人生不是只有父母。"

乔韶一愣。

贺深缓声道："只要好好走下去，还会遇到很多很好的人。"

比如你。

乔韶心头那交杂着懊恼与悔恨的刺痛减弱了几分，道："比如你。"

这次是贺深怔住了。

乔韶笑了笑，重复道："比如我遇到了贺深深。"

"嗯，"贺深也跟着他笑了，说，"比如我遇到了乔乖乖。"

乔韶笑容秒收，恼怒："不许再这样叫我！"

贺深也恢复如常，逗他："难道你不乖？"

乔韶火大："我又不是小孩！"

贺深："可你的确很小。"

乔韶："我就比你小一个月！"好气，这家伙凭什么一月一日生日，害得他二月二日的生日都不够大了！

贺深比了比自己和乔韶的身高，道："然而我像个成年人，你像个初中生。"

乔韶："……"

比如个头，这家伙绝对不是他遇到的好人！

两人回去上晚自习时，已经和平常一般无二了。

不过彼此都觉得离对方更近了些。

他们都曾失去至亲之人，都品尝过同样的痛苦，比谁都更了解对方。

晚上睡觉时，乔韶惆怅了好一会儿。

他想着贺深，心里酸酸甜甜的。

酸是因为贺深嘴巴坏、没自觉！

哦，今天的酸点又多了一个：他还被当成了小孩子。

原来贺深一直把他当小孩！

他好惨。

不过酸归酸，甜也真甜。

想想今天下午的事，乔韶心里就像洒了一罐子蜜，齁得人受不住。

他听宋一栩说了，贺深挨了重重的一球，额头都红了，是因为远远看到他不舒服。

宋一栩还说："我们都没看见，就深哥一个人看到了！"

宋一栩又说："幸亏深哥眼神好，要不你中暑晕倒去住院，期末考试可怎么办！"

乔韶嘴角的弧度压都压不住，就像他怦怦直跳的心。

他想好期末考试后跟贺深聊什么了。

只要他考出个差不多的成绩，他就告诉贺深——

贺深是他最好的朋友。

贺深不把他当最好的朋友也没关系。

主要是楼骁不好惹不是……

18．我给你的大吉

当晚想得很好，第二天一见贺深，乔韶连和他对视的勇气都没有了！

偏偏贺深还盯着他看。

乔韶低头翻开书："看我干吗？"

别看了啊，再看都要忍不到出成绩了！

贺深细细打量着他的眼睛问："眼睛肿了？"

乔韶转头瞪他。

贺深看了个清清楚楚。

小孩眼睛本来就圆不溜秋的，这会儿因为昨天哭过，肿得双眼皮更加明显，衬得一双水洗般的眸子更圆了。

真好看。

贺深从没见过这么好看的人。

乔韶被他盯得不自在："我不就是肿个眼嘛，你哭你也肿！"

他今早照镜子了，觉得不明显啊，至于把他当大熊猫盯着吗？

难道真肿成熊猫眼了？

乔韶觉得自己又丢人了。

谁知某"直男"又来了句："我不是在笑话你。"

乔韶看向他。

贺深轻声道："是心疼。"

乔韶脑袋"嗡"一声，死命盯着书道："用不着！"

贺深忽然凑近他，乔韶心都提到嗓子眼儿了，他目不斜视地盯着课本，眼睛都粘上面了。

贺深的声音响在他耳畔："乔韶同学，你有点不对劲。"

乔韶后背都绷直了：完了，这家伙发现我家真的有钱了？

"我……"

乔韶干巴巴说出一个字，发现自己比想象中更加重视贺深，更加不想……

贺深那骨节分明的修长手指出现在他眼前,只见他捏住了课本的边缘,像捏住他的心一般:"课本都拿反了。"

乔韶:"……"

贺深抽出课本,看向他:"你到底怎么了?"

乔韶一声不吭。

贺深的声音很有安抚性:"考不好也没关系,别这么紧张。"

乔韶怦怦直跳的心一下子落回到原处。

原来贺深以为他是因为考试才慌张的。

"我没紧张,"乔韶抢过课本,嗡声道,"只不过是期末考试,有什么好紧张的。"

贺深还是担心他:"不急在这一时,不用这么在意。"

乔韶紧抿着嘴唇,努力看向课本。

贺深哪知道他在想什么。

如果考不好,他怎么有脸当贺神最好的朋友!

贺深都这么费心帮他补习了,他还考不出相应的成绩,怎么对得起贺深?

连这么点事都做不到的话,他又怎么好意思当贺神的同桌?

乔韶咬了咬下唇道:"我没着急,我只是想再看看书。"

贺深却道:"你要放平心态……"

乔韶转头看向他:"我和你不一样!"

贺深因为他严肃的表情一怔。

乔韶又飞快别开视线道:"我没你那么聪明,我……"

他说不出来了。

贺深不敢再刺激他,只能哄他道:"那就再看看吧,期末考试的内容不会离开书本。"

乔韶攥了攥拳,低头道:"嗯。"

他眼睛不眨地盯着课本,心却完全不在上面。

期末考试不同于上次的月考。

这次同学们也很紧张，可同时也很开心。

因为考完试就放假了，暑假对每个学生来说都是天堂。

乔韶一点都不期待暑假，他只执着于这次考试。

他想拿到好成绩，哪怕不是名列前茅，至少别再是倒数第一。

他觉得自己这阵子好很多，觉得自己没那么畏惧安静了。

他对这次期末考试，实在抱有太多期待了。

乔韶很清楚自己这个心理状态不对。

可是控制不住。

他想证明自己，也想证明给贺深看。

他太想把握这次机会了。

这么多的情绪聚集在一起，让他再度失眠了。

后天就是期末考试，这两天老师们基本上不怎么上课了。

一来是要收拾收拾腾考场，二来也是给同学们最后查漏补缺的时间。

乔韶一整天都没怎么和贺深说话。

贺深也不敢像往常那样逗他。

乔韶这神经紧绷的模样，陈诉也留意到了。

陈诉给他一套题："这是前年的期末考试题，你今天做做，基本上能考什么样，也就心里有数了。"

乔韶并未放松，但说道："谢谢。"

"客气什么，"陈诉拍拍他肩膀道，"你没问题的。"

乔韶到底是不愿让人为他担心，对他笑道："嗯。"

他中午干脆没午休，戴着耳机做题。

一个中午做完了数学卷，他对了对答案，最少能得 128 分。

这个分数很不错了，陈诉上次月考也才考了 132 分。

可是……

乔韶摘下耳机，心里明镜一样——考试的时候不能戴耳机。

老师不可能给他开这个先例，他也不会想要这样的特权。

他来到这里为的是什么？

为的就是克服这个心理障碍。

乔韶没再做其他科的卷子。

他很清楚自己的情况，他想要的是在正规的考场上，勇敢地面对自己。

如果连自己都无法面对，他有什么资格去喜欢别人。

考试前一天下午，贺深给卫嘉宇打了个电话。

卫嘉宇一愣："这么……迷信的吗？"

贺深道："他很紧张，能舒缓一点是一点吧。"

卫嘉宇从这短短一句话中感觉到深沉的朋友情，立马拍胸膛道："交给我了！"

贺深又道："麻烦你了。"

卫嘉宇道："太客气了！"

再说舍友有难，他这个当舍长的本来就该负起责任！

晚上回到寝室，乔韶一进门就听卫蓝毛说："算你们运气好，这机会可是千载难逢！"

乔韶没什么兴致："嗯？"

卫嘉宇拿着个木质签筒跑到他面前道："我妈去庙里给我请的，这签筒是有大师开过光的，抽一抽就能定吉凶。"

乔韶心一跳，道："什么乱七八糟的。"

卫嘉宇兴致勃勃道："很准的，我刚让陈眼镜试过，他抽了个大吉！"

乔韶无语道："那你呢？"

卫蓝毛毫不客气道："我当然是凶，你觉得我能在不作弊的情况下考出好成绩？"

他话音一落，陈诉冷笑一声。

卫嘉宇不乐意了，看向他道："少阴阳怪气，老子从倒数第一考到倒数第二也算进步，少不了你的奖金！"

陈诉不理他了，低头做题。

乔韶被他说得有了点兴致："你这叫什么签，只看考试成绩？"

卫嘉宇道："不然呢，你还想算什么？"

乔韶面颊微红道："没什么。"

卫嘉宇催促他："抽一个，要是大吉你就立刻滚去睡觉，明天一准儿出师大捷！"

乔韶犹豫了一下。

卫嘉宇生怕他不抽，便道："快点！"

乔韶的姥爷杨孝龙老先生是个妥妥的迷信人，最爱这些玩意儿了。

乔韶跟着姥爷，耳濡目染之下也懂一点。

签筒从来都不会限制求什么。

只要心里默念着想法，抽个签出来就能解了。

乔韶虽然看不上卫嘉宇这个不知道从哪儿弄来的签筒，但还是心痒痒了。

他心中默念了三遍……

一狠心抽了个签出来。

卫嘉宇心里有数，这签筒是贺深给他的，全是大吉，乔韶这要是能抽个凶出来，他把头剁下来给乔韶当球踢。

当然为了安慰脆弱的舍友，他还假装凑过来问："咋样，是个什么签？"

乔韶忐忑不安地摊开手。

"大吉"两字映入眼帘。

卫蓝毛不愧是将来想拿奥斯卡的男人，演技超凡："可以啊乔韶，你这次期末考试要大获全胜啊！"

乔韶盯着木签看了一会儿，看得耳朵都红透了："什么乱七八糟的。"

嘴上这么说着，他却把这签拿走了。

卫嘉宇看他扬起的嘴角，心想：深哥可真懂他！

19. 等我考出好成绩

乔韶把这支写着"大吉"的签放在了枕头底下，紧绷了一天的神经放松了一些。

他睡在枕头上，手只要碰到木签心就突突直跳。

没问题的……

他抽了个大吉呢……

没问题的！

乔韶戴上耳机，可算是睡了一觉。

期末考试一共两天，第一天考语文和数学，第二天是英语和理综。

哪怕不用跑操，乔韶也早早醒了。

陈诉听到动静，压低声音问："这么早？"

乔韶翻出语文书道："临阵磨枪，不快也光。"

陈诉探下身来看他："乔韶……"

乔韶看向他："嗯？"

他俩说话声音轻，因为蓝毛还在睡。

陈诉顿了一下，道："这只是个期末考试。"

乔韶笑了笑："我知道。"

"你给我的感觉好像这是两年后的高考，"陈诉继续道，"一旦考砸就全完了。"

乔韶脸上的笑僵住了。

陈诉是了解他的，虽然他们没天天在一起，有时候甚至因为忙于各自的事没时间多说几句话，但陈诉一直有观察他，一直在关心他。

陈诉下了床，坐到他身边道："你已经努力了，会出成绩的。"

乔韶垂着眼眸，闷不吭声。

陈诉轻叹口气道："不要给自己太大压力，你这样的状态，会让原本简单的题变难。"

考试的心态很重要，太过紧张而导致大脑空白，最后失分的情况太常见了。

陈诉真的不希望努力了这么久的乔韶输在这些地方。

过了好一会儿，乔韶忽然问他："你会期望卫嘉宇考好吗？"

陈诉一愣。

乔韶低声问:"你对他的成绩抱有期待吗?"

陈诉看了看上铺那裹成球的一团,道:"说没有期待那是假的,毕竟付出了不少。"

乔韶不禁攥紧了语文书。

陈诉看懂了他的心事:"但我不会因为他考不好而放弃他。"

乔韶闷声道:"你会很失望。"

陈诉笑了下,拍拍他肩膀道:"可是贺深不会。"

乔韶心事被戳中,眉心都皱成一团了。

陈诉道:"我失望是因为卫嘉宇从来没努力过,如果他像你这么努力,不管成绩如何,我都不会失望。"

难道不是更失望吗?一个怎么教都学不会的学生……

不过乔韶没再说,他笑了下,道:"没事,我昨天抽了个大吉,今天肯定能好好发挥。"

陈诉也笑了:"别想太多。"

乔韶正要说:"嗯,我们……"

一起吃早饭的话没说完,他手机振动了。

"抱歉,我接个电话。"乔韶对陈诉说,陈诉点点头,他拿着手机出了宿舍。

乔韶已经看到了来电提示,是贺深。

想想昨晚自己臭不要脸许愿抽的签,他就怪不好意思的,接电话时声音都有点紧张:"喂?"

贺深听到他的声音一怔:"没睡好?"

其实睡得还挺好,乔韶道:"还行。"

贺深不敢再提考试的事,只道:"没吃早饭吧?"

乔韶:"正想约陈诉去食堂……"

"我带了吃的,"贺深说,"下楼一起吃?"

乔韶道:"那我去和陈诉说一声。"

贺深应道:"好。"

乔韶回屋和陈诉说："贺深买了早餐，一起下楼吃？"

陈诉立刻道："不用了，我前几天买的面包还没吃，再放要坏了。"

乔韶道："那我下去了。"

他略微收拾了一下，出了宿舍楼。

盛夏的清晨也没有太多凉意，一走出宿舍楼，热浪扑面而来，闷得人透不过气。宿舍楼前种了几株小叶榕，翠绿色的叶子在石板路上铺下阴凉，让人迫不及待地想要躲进去。

可乔韶却走得很慢，因为他一眼就看到了贺深。

高个儿男生左手拎着袋子，右手插兜，衬衣的下摆随意搭着，神态百无聊赖。似乎是察觉到他的注视，贺深视线转过来，刹那间眉眼间的无精打采消散，取而代之的是迷人的笑容。

"不热吗？"贺深走过来。

乔韶道："还行。"

贺深道："去食堂吃吧。"

乔韶应道："嗯。"

教室已经被安排成考场，他们再过去也不太合适，宿舍里有人在睡觉，更加不行，所以食堂是最好的选择。

一路上乔韶心不在焉，往日里话多的贺深也没说什么。

好在宿舍离食堂不远，两人没走多久就到了。

平日里人挤人的地方，因为不到点所以空荡荡的，贺深早就买好了早餐，两人直接上二楼，去了他们常坐的地方。

乔韶坐下后才故作轻松地问："买了什么？"

贺深没打开袋子，反而问他："馅饼和油条，想吃哪个？"

乔韶好奇问："不能都尝尝？"

贺深道："不行，必须选一个。"

乔韶不知道他在卖什么关子，想了一下，道："馅饼吧。"

贺深笑了下："确定？"

乔韶看向他："怎么神神秘秘的，你不会搞了什么黑暗料理吧？"

贺深打开了便利袋，拿出两个餐盒道："黑暗料理算不上，不过可能也不会太好吃。"

乔韶看到餐盒的时候就愣住了："这不会是你自己做的吧？！"

贺深嘴角勾了下："不行吗？"

乔韶倒吸口气，眼睛不眨地盯着："你还会做馅饼和油条？"

贺深抬眸看他："网上有教程。"

乔韶心里像爬了条小虫虫，又麻又痒的。

"既然你选馅饼，那就是这份了。"贺深打开了白色餐盒。

乔韶睁大眼看去，然后呆住了。

长方形的餐盒里从左到右用火腿、胡萝卜、煎蛋和馅饼摆出了一个工整的"150"。

煎得焦黄的一整根火腿是"1"，切开的胡萝卜条拼出了"5"的上部分，小巧的煎蛋是数字"5"的下半部分，最后那个大大的馅饼凑成了一个"0"。

150分。

对高中生来说，梦想中的分数。

乔韶眼睛不眨地看着，只觉得阵阵热气直往上蹿，撞得他眼眶发烫："你……"

他声音打战："你亲手为我做的？"

贺深看他："这里还有第三个人？"

乔韶努力睁着眼，嘴巴动了动，却无论如何都说不出话。

"吃了它们，你今天考试肯定没问题。"贺深对他说。

乔韶顿了好半响，才吐出两个字："谢谢。"

他脑中浮现了一个画面，那是他小学的时候，他妈妈给他做了一份100分早餐，一根火腿，两个小小的馅饼，她对他说："宝贝加油，吃了它们，今天的考试肯定没问题。"

"吧嗒"一声，眼泪落在不锈钢桌面上。

贺深急了："怎么还哭了？"

乔韶赶忙擦了下眼睛，说："对不起，我想起我妈妈了。"

贺深明白了，肯定是乔韶妈妈给他做过类似的早餐，他心疼道："抱歉。"

他没想让小孩想起伤心事。

"道什么歉？"乔韶虽然眼眶红着，声音却轻快了，还打趣道，"那时候还是100分，现在都涨到150分了。"

贺深见他神态还行，放松了一些："理综还200分呢，不过你总分有600分就行，给其他同学留点活路。"

乔韶笑出来，道："我哪考得了这么多。"

贺深递给他筷子道："考不到也没关系。"

乔韶一点都舍不得吃这个早餐，他道："我会努力的。"

贺深怕他又紧张，也不敢再多说，道："快吃吧，本来味道就不怎么样，凉了更不好吃了。"

说着他打开了自己的黑色餐盒，乔韶又笑出声了："原来油条套餐只有100分吗？"

黑色餐盒里是一根油条，两个大包子，凑出个100分。

贺深一本正经道："说明你运气好，注定要考高分。"

乔韶戳穿他："你明知道我爱吃馅饼。"

贺深装出诧异的样子："原来你更爱吃馅饼啊？"

乔韶心里一片熨帖，都舍不得动筷子了。

贺深催促他："愣着干什么？凉了真的会更难吃。"

"贺深。"乔韶轻声唤他。

贺深："嗯？"

乔韶低头道："你为什么对我这么好？"

"没什么原因啊，小学生。"半响贺深才冒出这么一句话。

乔韶一愣，他这是连初中生都不配，直接降级为小学生了吗？

乔韶没好气地重复："我只比你小一个月！"

贺深已经稳住了情绪，拿出了以前惯有的腔调："嗯，看起来像我弟弟。"

乔韶："……"

有谁比他还惨吗？

他把贺深当最好的朋友？贺深却把他当弟弟！

乔韶不理他了，拿起馅饼咬了一大口，想着——

等我考出个好成绩，我非吓死你！

之后贺深的情绪一直都不太高，乔韶也不敢再打草惊蛇。

两人吃过早饭，差不多也该进考场了。

这次他们不在一个考场了，贺深在第一考场，乔韶在最后一个考场。分开时，乔韶因为早餐而松快了一些的心又紧张了几分。

他真的能好好考试吗？

他真的能不辜负贺深的付出吗？

他真的有资格当贺深最好的朋友吗？

乔韶不怕面对贺深。

他怕的是自己根本没有当贺深好朋友的资格。

一个连自己都无法面对的人，真的有能力去交朋友吗？

20．不要在考场里失态

带着这样的心情，试卷发下来了。

乔韶先翻到最后一面，去看作文题目，他看完后心蓦地一拧。

——写给妈妈的一封信。

这毫无疑问是作文中很简单的类型，最好写的一种。

这种题目想拿高分有难度，太好写反而不容易拔尖，可对于广大普通学生来说，遇到这种题目至少能洋洋洒洒写上八百字，而不用像议论文那样愁得揪头发。

语文考试先看作文是惯例，哪怕是最后一个考场里，同学们也都美滋滋的，一副捡了宝的表情。

只有乔韶……

他死死盯着这个题目，四肢像灌了铅，连笔都要握不住了。

写给妈妈的一封信……

写给妈妈……

妈妈……

乔韶鼻尖的酸意直冲眼眶，他赶紧翻过试卷，不敢再看作文题目一眼。

写不了。

他写不了。

乔韶用力握着笔，努力让自己平静下来。

不要多想，当务之急是好好考试。

考出个好成绩，他才能开始新的……

乔韶脑中一大堆宽慰自己的话，全部消失了。

周围安静极了。

同学们开始做题，整个教学楼都安静得像个坟墓。

平日里上课，教室里是开着窗的。

老师也时时刻刻在讲着知识，乔韶可以全神贯注听老师讲课，并不畏惧安静。

哪怕是偶尔的课堂测验也没事，主要是纪律没那么好，他前座的宋一栩总要弄出点这样那样的声响，甚至还偷偷找他要答案……

即便老师管得严，自己班里安静了，外头也还有声响。

操场上有上体育课的班级，有体育老师的哨声，甚至还有隔壁班琅琅的读书声，再不济……

还有贺深。

有个同桌真好，离他那么近，近到能听到他睡觉时的呼吸声。

可是考场上什么都没有。

为了考试，整个学校都像戴上了巨大的降噪耳机。

喧闹没了，声响没了，关着的窗户连外头的虫鸣鸟叫都挡住了。

所有人都安静地坐在自己的桌椅上，所有人都不会看向另外一个人，所有人都像一个屹立于海中的孤岛，等不来任何船只停泊。

乔韶什么都看不到了。

他身处一片白炽灯下，看到的却是一成不变。

没有窗户、没有风、没有声音。

坟墓都不会比它更安静。

乔韶想要掀翻桌椅，想要打破墙壁，想要大喊，想要大叫，想要逃跑……

不行……不行……

这里是学校，不是那间暗无天日的屋子。

乔韶用尽全身力气，能做到的只是让自己不要在考场里失态。

收卷的铃声响起时，乔韶像溺水被救的人一般，努力喘着气。

老师来收试卷时看到他这样，问道："同学，你有哪儿不舒服吗？"

乔韶咬紧牙关道："没有。"

这次的座位和上次不一样。

他虽然和楼骁、卫嘉宇、宋一栩在一个考场，但是他却在倒数第三排。

另外三个人都在第一排，根本不知道他的情况。

楼骁听到老师的询问，回头看了一眼。

乔韶刚好低头，错开了他的视线。

其实即便对视，楼骁那视力也看不清什么。

不过他还是给贺深发了条信息："你家小孩怎么了？"

贺深是第一考场唯一带手机的人。

他拿出手机看信息时，监考老师也在看他："贺深，你这作文……"

贺深摇了下手机道："老师我还有事，先走了。"

监考老师看着完全空白的作文，也不好说什么。

这要是个差生，他还能劈头盖脸骂一顿，可贺深……

贺深走到教室外看到了楼骁的信息。

他握紧手机，大步走向最后一个考场。

看到作文题目时，他满心记挂着乔韶。

乔韶好不容易能够面对妈妈去世的事,这时候看到这样的作文题目,怎么可能写得出来?

不提乔韶,即便贺深看到这几个字时,脑子里都是"嗡"一声。

写给妈妈的一封信?

怎么写?

贺深不知道别人如何,他自己写不出来,也知道乔韶写不出来。

来到最后一个考场时,贺深刚好看到乔韶走出来。

贺深走过去唤他:"乔韶。"

乔韶看到他时竟躲开了视线:"中午我不去食堂吃饭了。"

贺深道:"你想吃什么,我带你去……"

不等他话说完,乔韶低声道:"能让我一个人待一会儿吗?"

贺深眉心微皱。

乔韶知道自己语气不好,可他一想到自己的语文试卷做成那样就没脸见贺深,他道:"我累了,想回宿舍休息。"

贺深又道:"我和你一起……"

乔韶真的不想见他,心里难受得不行,压着嗓子道:"能别这样吗?"

别把我当小孩!可是话到嘴边又说不出来。

贺深的面色淡了下来:"那我回去了。"

乔韶:"嗯。"

这么说着,走得最快的反而是乔韶,他几乎是头也不回地冲向楼梯,离了教学楼就往宿舍里跑。

还要找贺神谈话呢。

拿着倒数第一名的成绩去谈吗?

乔韶的心搅成了一团。

贺深也没去食堂,他直接去了校外。

楼骁问道:"你俩吵架了?"

贺深薄唇紧抿着,神态比乔韶转校来之前还要冷上三分。

楼骁说:"你也替他想想,整天看着你这么个家伙,哪个好学生会没压力？"

像他这种放弃学业的，偶尔想起贺深的成绩，都后槽牙发酸，更不要提其他人了。

乔韶上次虽然考了个倒数第一，但那小子是看重成绩的，尤其还和贺深天天在一起，压力肯定比其他人还要大得多。

贺深不出声。

楼骁也不是个会劝人的人，能说这些已经是破天荒了："你这几天还是别在他眼前晃了，先让他安心考试。"

贺深对自己的小同桌真是疼到心坎里了。

又是签筒，又是早餐的，楼骁都见识到了。

可也会造成巨大的压力。

会让乔韶感动，可同时也会让他更加重视这次考试。

尤其贺深还一直在给乔韶补习。

林林总总想下来，那小孩子会受不住也正常。

贺深半晌才应了声："嗯。"

下午考数学，乔韶状态比上午好了点，可他仍旧畏惧着这透到了骨子里的安静，尤其想到贺深，心里更加不是滋味。

也不知道是怎么考完的，也不知道自己都做了些什么题。

乔韶浑浑噩噩地回到宿舍，什么东西都不想吃。

贺深不来找乔韶，乔韶也就遇不到贺深。

最后一个考场和第一考场隔了整整十五个教室。

太远了。

乔韶回到宿舍，听到卫嘉宇正在和陈诉对答案："什么？选 B 吗？你别唬我！"

陈诉看到乔韶，对卫嘉宇说："行了，去看英语吧。"

卫嘉宇不服："我这题不可能错，我……"

陈诉瞪了他一眼。

卫蓝毛后知后觉地发现自己的小室友神态低落，然后他哪壶不开提了哪壶:"乔韶,你这么早回来了?深哥呢?"

乔韶本来死了一半,现在可以直接火化了。

陈诉把英语笔记本扔他脸上:"去背语态!"

卫嘉宇火了:"陈眼镜,你别蹬鼻子上脸,老子……"

陈诉已经走向乔韶,温声道:"考完就放下,明天还有两门。"

乔韶笑得挺勉强:"嗯。"

陈诉又道:"我这有新的英语例文,一起看看?"

乔韶打起精神道:"好。"

坐在另一张桌子上背语态的卫蓝毛"嗤"了一声:真会献殷勤,仗着乔韶有靠山就态度这么好!

睡觉前乔韶从枕头底下掏手机,手机没拿到,碰到了那支木签。

——大吉。

乔韶心里像被刺了一刀。

果然不该迷信,这东西怎么能算数。

这么想,他也没舍得把这支木签扔了。

第二天没有150分早餐了。

陈诉喊他去食堂,两顿没吃的乔韶一点都不想吃东西。

胃这个东西真奇怪,仿佛有思想一般,哪怕空空如也,也能让你什么都吃不下。

乔韶随口说:"我吃点面包就行,你去吧。"

其实他什么都没吃。

乔韶打开微信,看着最上方的对话框,犹豫了很久还是没点开。

他得适应一下。

适应没有贺深的日子。

这一天考完试,乔韶连宿舍都没回,直接打车回家。

一路上他不停地想看手机,满脑子都是那个绿色的微信图标。

他后来实在受不了,索性关了机。

大乔在外出差，打电话到乔韶以前的手机："我睡前肯定回来，但晚饭赶不回来了。"

乔韶哄他："晚上回不来也没事啦。"

乔宗民道："那不可能，多晚都得回家。"

乔韶也没再多说什么。

挂了电话，吴姨问他："韶韶想吃什么？"

乔韶不想惹她担心，问道："最近海蟹挺肥？"

吴姨立马道："肥得很！我这就去给你做！"

乔韶笑笑："嗯，辛苦吴姨啦。"

吴姨道："和我客气什么，你能好好吃饭，我就最开心了！"

虽然只有乔韶一个人，吴姨却做了一桌子菜。

螃蟹被处理得很好，蟹腿敲碎，蟹肉也精心挑出放在了蟹壳里，乔韶只需要吃就行。

配菜是爽口的当季青菜，还有熬得绵软适口的虾蟹粥……

都是乔韶爱吃的，可他看着这些却直犯恶心。

他吃不下。

他一点都不想吃。

他满脑子都是那有点焦的火腿、不太脆的胡萝卜和油太多的煎蛋，还有馅料太咸的馅饼。

他很想念那白色饭盒里的 150 分。

21. 他已经回来了

乔韶压着胸口的翻涌，吃起了桌子上的螃蟹。

只吃了一口，他就抑不住恶心，去洗手间干呕。

其实没什么可吐的，两天没吃东西了，胃里空空如也。

他想去洗把脸，却看到了镜子里的人。

——干瘦如柴，苍白如纸，像是从坟墓里爬出来的。

乔韶猛地低头，转动水龙头，对着自己的脸冲水。

冷水平复了他的心跳，再看向镜子时自己已经恢复如常。

他还是瘦还是苍白，却不是那种皮包骨的瘦也不是那种毫无血色的死人脸。

他已经回来了，已经回来了！

乔韶拿着毛巾擦脸的手不断颤抖着。

晚上十点四十分，乔宗民才回到家里。

吴姨一见到他就忧心忡忡道："先生，韶韶晚饭什么都没吃。"

乔宗民一愣。

吴姨揪心一晚上了："他一回来我就看他脸色不太对。"

乔宗民脱了外套，道："我去看看他。"

吴姨也不好多说，只能接过他的外套，帮他挂到衣帽间去。

乔宗民心里有数，张冠廷提醒过他，期末考试对乔韶来说肯定是道坎。

尤其是乔韶刚刚有了一点改善，自信心增加的时候，再遭遇打击，很有可能会退回到原样。

虽说有了心理准备，可是想到日渐正常的儿子再度不吃不睡，他还是后怕。

"韶韶，"乔宗民敲了下门，"睡了吗？"

乔韶哪里睡得着，他把木签藏到了枕头底下，起来开门："快睡着了。"他假装打了个哈欠。

乔宗民斟酌了一下，没敢问他晚饭的事："是不是要放假了？"他连考试的事都不太敢提。

乔韶道："等领了成绩就放暑假。"

乔宗民问："那……什么时候返校？"

乔韶顿了一下，道："四天后。"也就是那时候出成绩。

乔宗民想了半天，想到个会让乔韶开心的话题："这几天不约同学出去玩玩？"

乔韶心口一刺，被老爸结结实实捅了一刀。

他随口扯了个理由道:"我还要参加数学社的比赛,这几天就在家复习了。"

乔宗民听他说过这事,立刻应道:"也好!那爸爸不打扰你了。"

乔韶点点头,和他道了晚安。

关上门,乔韶滑坐在地板上……

考试前贺深说:"等联赛的时候,你来我家做题吧。"

乔韶答应了。

可现在……

他把头埋在膝盖里,贴着门坐了一宿。

他以为自己变好了,以为自己不再有"精神病"了,以为自己能像个正常人一样生活了。

可事实上,他不行。

一进考场,他就原形毕露。

倒数第一的成绩很丢人,可最让他难以接受的是他没有改变。

乔韶真的以为自己变了。

他想起了妈妈,想起了零星的记忆,甚至还记起了那白炽灯下的屋子……

可是没用。

他仍旧不敢上三楼,仍旧无法想起那一年的事,仍旧不知道那个绑架了自己的人是谁。

他还是那个缩在硬壳里的废物,麻痹自己也拖着所有爱他的人受苦。

怎样才能康复?

怎样才能走出来?

怎样才能像个人一样活着?

乔韶死死抱紧了膝盖,指甲隔着睡裤,在小腿上留下深深的印记。

这样的他,有什么资格去和贺深做好朋友。

那么好的贺深,乔韶怎么有脸去打扰他的人生。

乔韶一夜未眠，贺深也在出租屋里坐了一晚上。

手机打不通，微信没人回，乔韶完全不理他了。

贺深靠在沙发上，眼睛不眨地看着正前方。

出租屋里没有电视，那里摆的是一幅劣质的画，地摊上几十块钱一张的打印品，拙劣到毫无品鉴的价值。

可贺深就像盯着世界名画般，把它的每个细节都看得明明白白，记得清清楚楚。

他需要这样来分散注意力，需要去记一些毫无价值的东西来让大脑止住回忆。

记忆太好，真的是好事吗？

不……

当所有回忆都可以像影片般精准回放，是绝对痛苦的事。

好的事记得清清楚楚，坏的事也记得清清楚楚。

所有事都无法忘记，最终所有事都会变成坏的。

就像现在，乔韶不理他了。

他们相处的点点滴滴全成了痛苦的记忆。

而他一辈子都不会忘记。

五年前失去母亲后，贺深就想过，自己绝不会靠近任何人。

朋友也好，恋人也好，他的人生里不再需要重要的人。

因为失去太痛苦了，对一个忘不掉过去的人尤其残忍。

可是他遇到了乔韶……

一个像极了五年前的自己，却又比那时候的自己更加弱小的孩子。

贺深不知不觉已经把他护在了身边。

却护不了一辈子。

他在乔韶心里只是一个可有可无的朋友吗？遇到一点不愉快就可以疏远的普通同学吗？

贺深轻吸口气，努力看向那张廉价的电脑打印画。

——做朋友。

他想和乔韶做一辈子的朋友。

即使乔韶疏远他，只要乔韶一直在，他还能看着乔韶，就可以了。

他绝对不会打扰乔韶的生活。

如果乔韶实在烦他，等下学期开学，他会调换座位。

贺深闭了闭眼，心中回荡着一句话——这辈子只有乔韶一个好朋友。

第二天乔韶用手机登录QQ，看到了数学社社长给他的留言：拉里兄，准备得怎么样了？别忘了明天的联赛哈！还是线上答题，准时参加就行。

乔韶回他：嗯，我不会错过的。

顶梁支柱刚巧在线，立刻又回复他：其实也不用准备太多啦，你正常发挥就行，这次咱兄弟俩联手，把那帮孙子干个人仰马翻！

乔韶没心情聊天，敷衍了一句就想下线，谁知顶梁支柱又来了一句：话说，我觉得这次期末考试咱们有希望抢第一。

乔韶一愣，凝神问：怎么可能？

顶梁支柱神秘兮兮道：你也在第一考场吧，难道你没看到？

乔韶在个鬼的第一考场。他打字飞快：我没看到，贺深……

他打完字又意识到名字不行，删掉后改为：贺神他没发挥好吗？

顶梁支柱叹口气道：谁知道呢，家家有本难念的经，贺神的语文作文交了白卷。

乔韶心猛地一跳。

顶梁支柱道：这次的题目按理说太简单了，小学生都能做，但说实话也挺烦人的，我写的时候想起我妈早晨五点给我做饭，晚上十一点陪我写作业，我差点把自己写哭……

他絮絮叨叨一大堆，却不知道QQ那边早没人了。

乔韶随便换了身衣服就出门，等不及拦出租车，直接让司机陈叔把他送到了学校。

他要见贺深，立刻就要见到贺深！

他怎么可以这样自私。

考完语文时贺深来找他，他怎么就那样把贺深赶走了？

面对那样的题目他痛苦，难道贺深就不痛苦了吗？

在篮球场边上，贺深说起母亲时的失落声音，乔韶永远都不会忘记。

他都做了些什么！

只顾着自怨自艾，一点都没想过贺深！

奇迹般地，当乔韶满心都在为贺深担忧时，那始终笼罩着他内心的阴影居然有散去的倾向。

被关怀固然重要。

关怀别人同样是一种自我救赎。

乔韶下车时，脑子里回荡着贺深和他说的那句话——

我们不是只有父母，只要好好走下去，还会遇到很多很好的人。

比如你。

这三个字给了乔韶莫大的勇气。

他要告诉贺深，他要全告诉贺深。

因为贺深把他当作失去母亲后遇到的很好的人！

一口气爬上三楼，按下门铃后乔韶紧张得不成样子。

门开了，贺深看到他时愣住了。

乔韶生怕自己的勇气消失，张口就是："我想和你谈谈！"

贺深瞳孔一缩，声音有些沙哑："进来说吧。"

乔韶不敢进去，低着头，站得笔直："不用！"

贺深心窒了下，知道他要说什么了。

他做了一晚上的心理准备，没想到天一亮就要面对。

也好，早点说破，他会收起所有不应该的心思。

他们同时开口，却说了截然不同的两句话。

乔韶："贺深，你是我最重要的朋友！"

贺深："我不会再打扰你了。"

22．我以为你讨厌我

两人各说各话的后果是，都没太听清彼此说了什么。

贺深只大约听到了谁是最重要的朋友？

乔韶还把他当朋友？

真的假的？

乔韶更惨一些，他听到的就是后半句最糟糕的四个字——不……打扰你。

是因为考试之后对贺深的态度不好，他生气了？觉得我成绩差是扶不起的阿斗，还任性无理取闹，所以不想和我继续做朋友了？

虽然早就告诉过自己，但切实听到这句话还是让乔韶呼吸凝滞了。

自己在做什么？不是想好了不打扰他的生活吗？怎么就贸然跑来了？

因为贺深说过乔韶是他遇到的很好的人？

很好的人又如何？

不还是那个动不动就会崩溃的奇葩……

乔韶脑袋嗡嗡作响，他一分一秒都待不下去了，转身要走。

贺深一把抓住他的手腕。

乔韶挪不动腿。他自己也觉得没脸再站在贺深面前，毕竟贺深是浑身都散发着光芒的贺神，还为了他语文都没有考来找自己，而他只顾着自己的心情不理贺深，贺深帮他补习了那么久，他还是考不好……

"等……"乔韶干着嗓子说，"等开学我会申请调换座位，不会让你困扰……"

贺深的手不受控地收紧，声音梦呓般地低喃："你刚才说什么？"

乔韶："……"

贺深不可置信地问他："你说你还把我当朋友？"

乔韶脸涨得通红，又难受又难堪，觉得自己不管不顾地跑过来真是疯了。哪有人这样对待朋友的，自己真的没有资格做别人的好朋友。

"你放心,我不会纠缠你,让你给我补课了。"乔韶磕磕绊绊地说道。

贺深薄唇动了下,却发不出声音。

乔韶试图挣脱他的手,可根本使不上力。他低声道:"贺深,你松手。"

贺深半晌挤出一个字:"不。"

乔韶不甘心道:"既然不想理我,就让我……"

他话没说完,被一股大力拉过去。

"轰隆"一声巨响,乔韶脑子一片空白。

贺深激动又小心翼翼:"我以为你讨厌我。"

像是被什么烫到了喉咙一般,他的声音特别沙哑。

乔韶蒙了。

贺深闭了闭眼,努力让自己的心脏别从胸腔里蹦出来,他继续说道:"我以为你讨厌我,我以为你烦我,我以为你是来告诉我,让我不要再接近你的。"

贺深说的每字每句他都懂,凑在一起又带着一层薄雾,让他看不清晰。

直到贺深用叹息般的声音对他说:"我没有讨厌你,乔韶……你对我来说不仅仅是同学、朋友,我把你当作我的家人,我的兄弟,我最重要的朋友,大概我们有着相似的伤痛,所以我想保护你,不想让你难过。"

乔韶的心猛地一跳,身体却一点力气都没有了,仿佛他所有的力量都用来供给这颗狂跳不止的心脏了。

这时一阵肚子咕噜噜的声音响起。

贺深看向乔韶:"没吃早饭?"

何止是早饭,乔韶两天没吃东西了。

他之前一点都不饿,现在只觉得——能生吞一头大象!

乔韶怪尴尬的:"嗯,有点饿了……"

不,他快饿死了!

贺深:"想吃什么,我带你去吃。"

乔韶心一颤悠,道:"不想出去吃。"

贺深立刻道:"那我给你做,不过家里东西不多。"

乔韶嗫嚅道："那天的早餐就挺好。"

贺深怔了下。

乔韶怕他不懂，又不好意思说太细，含含糊糊道："火腿啊，胡萝卜啊，煎蛋就挺好……"

说着说着，他都快找条地板缝钻进去了！

贺深哪会不懂。

他含笑道："150分？"

乔韶生硬地别过头，低声道："嗯。"

贺深去了厨房，乔韶满身不自在。

他真的饿了，之前消失的食欲一股脑儿涌上来，他闻着煎蛋的味道都要流口水了。

忍一忍……

乔韶起身去给自己倒水喝，路过穿衣镜时，他看到了镜中的自己。

出门太着急，他随便套了件衣服就跑出来了。

这会儿他可算是看清自己穿了件什么。

GUCCI（古驰）的巨大标志印在黑色的短袖T恤上。

乔韶惊了！

他穿了件什么鬼东西出来！

现在……

现在脱了还来得及吗？！

23．你就是你

乔韶偷偷看看厨房里的贺深，也不知道这家伙发现了没有。

厨房里，贺深正在准备食材，乔韶记得有句广告说——会下厨的男人最帅。

那时乔韶不以为然，如今看看……

果然帅！

话说回来，贺深做什么不帅？

嗯……

乔韶绞尽脑汁想半天，觉得这实在太蠢，停住，不想了！

他看着镜子里的自己，想着干脆和贺深摊牌吧。

自己真的是乔宗民的独子，不是开玩笑。

很快他脑中冒出某个吊儿郎当的少年的不正经话："老乔啊，听兄弟一句劝，别找普通人家的女孩谈恋爱，不管她爱你有多深，最后都会离你而去。"

说这话的是他儿时玩伴，未成年就已显露出"渣男"本色的赵璞玉。

赵璞玉痛心疾首道："她真的爱我，我知道她不是爱我的钱，但是她摆脱不了那份自卑。"

那时赵璞玉的表姐也在，只听她犀利道："是你太蠢，才谈两个月就把家底全交代了，她不被你吓跑才怪。"

赵璞玉灌了口他爹珍藏的红酒，用几十万元的佳酿抚慰自己受伤的心灵："我太难了，女孩们要么爱我的钱，要么嫌我钱多，我怎么这么难！"

当时的乔韶不当回事，全程冷漠脸。

要不是张博士规定了他每周必须和朋友见面，他才懒得听这家伙的混乱情史。

如今再想起，乔韶一个激灵。

交朋友跟谈恋爱也有相似之处吧？以前从来没跟家境一般的人交过朋友，需要注意隐藏身份的问题吗？

他要是告诉贺深自己爸爸是乔宗民，贺深会怎样？

高兴是不可能的，最有可能的是惊吓。

尤其贺深还很穷，未成年就负债千万元，算是穷到一种极致了。

以及这个债务问题。

暴露身份后他要不要帮贺深还？

肯定得还，这么点小钱哪值得贺深天天熬夜？

还清之后呢？

贺深会不会觉得尊严扫地？

万一从此之后他们之间就横亘着小小一千万元，渐行渐远怎么办？！

果然还是不行！

乔韶发现自己这情况比赵璞玉还严重，毕竟赵璞玉通常谈恋爱没俩月就分了，交朋友总不能交俩月就绝交吧？

而且他总共才和贺深认识两个月！

何况他自己的病还没治好……

不能急，这事得循序渐进，再多点时间，让贺深更了解他一些。

他也会趁机给贺深灌输一些正确的观念——

比如有钱人也挺普通的。

比如一千万元实在不算什么。

再比如乔宗民也不过是个忧心自己英年早秃的大叔……

这一通思前想后，乔韶麻利地往自己T恤上倒了水，然后惊叫一声。

贺深那边走不开，听到动静问："怎么了？"

乔韶道："没事没事，不小心把水弄身上了。"

贺深问："湿得厉害吗？"

乔韶说："你快做饭，我自己能行。"

说着他脱了衣服，去衣柜里翻找。

他在贺深这儿睡过几晚，放了一身换洗衣服。

贺深正在煎蛋，没法出来。

他起初没多想，直到听到脱衣服声，手才一顿，热油崩到了手背上，他轻咳一声，收了神。

乔韶把那件价值五位数的T恤像破布一样揉巴揉巴塞了起来，这才松口气去厨房看贺深。

贺深正在盖锅盖，随口来了句："你那件GUCCI的黑T恤还挺好看。"

乔韶心一凉：这就露馅了？

贺深转头看他，声音戏谑："在哪个地摊买的？做工还挺好，像真的。"

乔韶脑门上就差挂几个特大问号了。

地摊还卖 GUCCI？

不对，什么叫像真的！

贺深见他一脸蒙，只觉得可爱极了，解释道："你刚穿那件衣服是个品牌，下次我给你买件真的。"

乔韶后知后觉地反应过来了。

原来贺深以为他穿了件假货？

贺深以为他连 GUCCI 都不认识？

实不相瞒，他连 GUCCI 在佛罗伦萨的总部都去过很多次！

乔韶点的这个早餐的确有些麻烦。

"1"和"5"都好做，馅饼是真有点麻烦。

面要现揉，馅料要现拌，还要稍微发酵一下。

好在天热，要不然几个小时都做不明白。

好不容易做好，端上桌，乔韶由衷道："真不容易。"

贺深道："你喜欢吃就好。"

乔韶饿得心慌，很想现在就动筷子。

贺深推给他一杯热牛奶："先等等，很烫。"

乔韶喝牛奶等着。

两人面对面坐着，有点安静。

过了一会儿，乔韶真的是饿了："我吃饭了。"

贺深应道："嗯，尝尝这次的味道怎么样？"

乔韶觉得自己这饿到不行的状态，就是啃根木头都是香喷喷的。

他用力咬了一口馅饼，入口的美味让舌尖上的味蕾都炸起来了。

他由衷道："好吃！"

乔韶又咬了一口，一个挺大个的馅饼，三下五除二就被他吃掉一小半。

小孩怎么会这么饿？贺深眉心皱了下，道："慢点，别急。"

乔韶刚想说话，忽地胃部一阵绞痛，他"噌"地站起来，几步跑到洗手间，把刚吃下的东西吐了个干干净净。

贺深立刻跟了进来："乔韶……"

乔韶按下冲水按钮，强打精神道："没、没事。"

贺深给他倒了热水漱口，焦急道："怎么回事，胃不舒服吗？"

乔韶不出声。

贺深忽地想起什么，凝声问道："难道你这两天都没吃东西？"

乔韶后背绷紧，避开了他的视线。

贺深哪会看不懂："为什么不吃饭？"

乔韶也知道瞒不过去了，低声道："吃不下。"

贺深心都揪成一团了："因为担心考试吗？"

"不……"乔韶握紧了水杯，小声道，"因为你不在。"

24．遇到你真好

说完乔韶就抬不起头了，怎么就把心里话给秃噜出来了！

贺深道："等我一会儿，我很快回来。"

乔韶点点头。

乔韶就在洗漱盆前，一抬头就看到了镜子里的自己。

这哪是个人，这是只麻辣小龙虾吧！

他洗了把脸，又漱漱口，出了洗手间。

餐桌上还放着贺深辛苦做的150分早餐，可惜他不敢碰。是他得意忘形了，两天没吃饭，哪敢吃这么油腻的东西？

可是这一桌子东西他的确想了很久，每顿饭都在想。

没一会儿贺深就回来了，他下楼买了份白粥和蓬松的面点。

许久没吃东西，肠胃需要一个缓冲，白粥、鸡汤这些最好，因为时间有限，贺深也不想乔韶继续饿着，所以才下楼去买。

贺深走过来，把手中的东西放桌面上，拍了拍乔韶的头："乔乖乖，来喝点粥。"

乔韶："……"

白粥虽然没什么味道，但对乔韶现在的胃来说的确是温和得多。

乔韶喝了一大碗，只觉得空荡荡的胃里暖融融的，连带着精神都放松了许多。

他看看火腿和煎蛋，惋惜道："可惜你折腾那么久。"他都没吃成。

贺深怕他再吃了不舒服，干脆倒掉："以后每次考试，我都给你做。"

乔韶眼睛倏地亮了："真的？"

贺深道："只要你想吃。"

"我想吃！"他说完，神态忽地又低落下来，"可是我考不了150分。"

贺深心被拧住了："是我给了你压力吗？"

乔韶摇摇头。

贺深想了一下，直白问道："是怕安静吗？"

乔韶猛地抬头，诧异地看向他。

贺深道："那么明显，我哪会看不出来？"

其实从第一次考试他就在怀疑了，只不过那时候刚认识不久，没法确认。

之后乔韶的种种表现证实了他的猜测。

睡觉戴耳机，课堂测试一旦周围安静就会发挥不好，还有最近的数学社考核，因为是线上比赛，他直接拿了个满分。

虽然有贺深给他押题，但那也只是最后两道，前头的全是乔韶自己做的。

乔韶嘟囔道："才不明显，只有你看出来了。"

贺深："没办法，谁让我天天盯着你。"

乔韶："……"

完了，这家伙胡说八道的杀伤力越来越大了！

贺深又解释道："这两天我没敢去找你，是怕打扰你考试。"

考试前乔韶实在太紧张了，贺深想安抚他，可越安抚越让他紧张，只能先避开，让他自己喘口气。

乔韶闷声道："是我自己的问题。"

贺深："别着急，慢慢来，我感觉你最近比之前好多了。"

可是考得比上次还差！

乔韶斟酌了一会儿，还是决定说出来："考试前我给自己定了个目标。"

贺深以为是与学习相关，问道："什么目标？"

乔韶面颊慢慢红了，不敢看他了，可还是硬着头皮把话说出来："我告诉自己，如果我考得比上次好，我就……"

乔韶闭了闭眼，低声道："……来找你谈谈！"

贺深心里一惊。

他这心不是跳了，而是陡然停了一下，供血不足导致他脑袋都空白了几秒钟。

说完乔韶又懊恼道："谁知道定了目标我更紧张了……"

见贺深不出声，他又别别扭扭道："我肯定考得比上次还差，所以我今天趁着没出成绩，先来……"

幸好来了！

贺深唇瓣弯了弯，道："遇到你真好。"

乔韶想说：我也是。

贺深却赶在他前头道："让我说完。"

乔韶垂下眼睫，老实听着。

贺深轻吸了口气，押上了一生的承诺："乔韶，我们要做一辈子的好朋友、好兄弟、好哥们儿。"

乔韶猛地抬头看他，一双眼睛仿佛烟花绽放的美丽夜空，他张口："我……"

贺深却又低头示意他："别说。"

乔韶不懂。

贺深道："现在别说。"

可是乔韶很想说！

他也……

贺深："等你长大，长大了再告诉我。"

乔韶愣了愣。

贺深深吸口气道："你还未成年，怕你现在承诺我的不算数。"

这有点孩子气的声音让乔韶哭笑不得："哪有你这样的。"

贺深："我就这样。"

那他就先在心里悄悄说一说吧——

遇到你真好。贺深，你也是我的好朋友、好兄弟、好哥们儿。

下午的时候，乔韶得回家了。

虽然让司机叔叔带了话，但其实也怕大乔在家担心。

临走的时候，贺深问他："留下不行吗？"

乔韶心动了一下，但还是坚持道："刚放假就不回家，不太好。"

贺深想到另一码事，道："那行，我送你回去。"

"不用！"乔韶说，"我坐地铁就行，很快。"

贺深说："我陪你。"

乔韶问："然后你再坐回来？"

贺深道："没关系，我可喜欢坐地铁了。"

乔韶被他逗笑："贺神，您这喜好有点特殊啊！"

"深"和"神"有点像，但贺深听得明白他说的是哪个字。

贺深道："没办法，谁让我的好同桌喜欢坐地铁。"

乔韶哪贫得过他："我才不爱坐地铁！"

贺深道："那我给你打车。"

乔韶立刻道："不用！"

贺深叹口气道："我刚说错了，是好同桌勤俭持家非要给我省钱，不得不坐地铁。"

乔韶："……"

这个您才是真错了，您的好同桌做梦都想往你的卡里打一千万元。

最后乔韶还是自己走了。

下午三点时，乔韶就说要回家，等他真正坐上回家的车，已经四点了。

他自己看看时间都纳闷——这将近一个小时他俩干吗了？

好像什么也没干,不知不觉就过去了。

回家路上,乔韶还有点惆怅。

学生为什么要放暑假?

天天上课不好吗?

一放假真的很难每天都见到贺深。

晚上乔韶胃口大开,吃得大乔心花怒放。

乔宗民道:"去见哪个同学了?"

果然要出去玩啊,一玩这精神状态立马不一样了!

乔韶道:"就我同桌……"

乔宗民不疑有他:"你同桌这小伙子真不错,有机会一定介绍我认识下。"

乔韶得亏吃饱了,要不得吓得吃不下饭,他道:"别!见了你,他以后得绕着我走。"

乔宗民发愁道:"唉,我什么时候才能有名分?"

乔韶嫌弃他:"谁让你总抛头露面!"

其实也不怪大乔,年仅四十五的巨富,还长得英俊帅气,想不出名都难。

第二天乔韶一大早就出门了。

乔宗民问他:"又去同桌家?"

乔韶脸一热,道:"今天是我们数学社的联赛,我是去参加比赛。"

他昨天就用这个理由哄住贺深从他家离开的。

今天再拿来忽悠乔宗民,嗯……真好使。

乔宗民一听,连忙道:"那赶紧去,别耽误了。"

乔韶道:"我中午就不回来吃饭了。"

乔宗民应道:"好好好!"

乔韶想了一下又道:"晚上可能也……"

"都行!"乔宗民说,"晚上想住你同桌家也可以。"

乔韶想了想贺深家的一张床,心一跳:"不,我晚上回家。"

说完头也不回地溜了。

考试时间定在了上午九点，乔韶来贺深家不算早，没什么时间可耽搁。

贺深给他准备得很充分，书房里电脑开着，不用盯着小小的手机屏幕等试题了。

桌面上演算纸和笔一应俱全，样样不缺。

连他的工学椅都根据乔韶的身高做了调整，保证他坐得舒服。

当然了，整个书房都响着舒缓的轻音乐，不会打扰到他做题的思路，也不会过分安静。

乔韶对这些准备心满意足，唯一不太满意的——

那就是……

贺深坐在他旁边！

考试开始后，乔韶认真做题，这家伙盯着他看。

乔韶刚做完一道题，贺深精准地叉起一小块西瓜放到他嘴边，乔韶张口吃掉，嫌甜皱了下眉，他又拿来温水，吸管都备好了，乔韶直接喝就行……

三道题之后，乔韶忍不住了，看向旁边的人："你出去！"

贺深在嘴上拉上拉链，表示自己绝不出声，不打扰他做题。

可是你虽然不出声，你干的事却一点不少啊！

"不行不行！"乔韶推他道，"你坐这里我就会分心。"

贺深不想走："我不喂你吃水果，也不喂你喝水了，保证不打扰你。"

乔韶道："快出去快出去，我很快就做完了。"

贺深被他哄得没招，哪能不依着他？

乔韶把他推到了门外。

不等他反应，书房的门已经"啪"一声关严，顺便还从里面反锁了。

乔韶抵着门站了会儿，才想起来自己正在比赛！

他赶紧坐回椅子上，一看……

果然错过了一道题。

25．手机里的三条消息

数学社比赛的题目不难，乔韶除了空掉的那一道，其他都做得挺好。

尤其是压轴题，也许是挨着贺神久了，耳濡目染，他竟觉得挺简单。

卡在最后的时间提交，乔韶松了口气。

顶梁支柱立刻发来QQ消息：兄弟，感觉如何？

乔韶诚实道：有道题没做。

顶梁支柱发来个叹气的表情，噼里啪啦又是一堆话：是最后一道吧？那题有点刁钻，我试了两种解题思路都没推演到最后，后来我发现是延长线画错了，可已经到时间了，没办法只能丢分了！

要不是QQ不方便打那些数学符号，他准能现场给乔韶演算一遍。

乔韶问他：你怎么画的延长线？

顶梁支柱：应该是AH和AG延长出一个K吧？

乔韶刚想说不对，想了一下索性把自己的演算纸拍照发给他。

半分钟后，顶梁支柱发来一连串感叹号，说：兄弟，你解出来了啊！你这绝对是正确答案啊，原来是AD和AE，老子还是弄反了！

他打字这手速是真惊人，难以想象本尊是个什么样的人，他又道：你这太可惜了，已经解出来了却没来得及提交？我就说最后一题给的时间太短，这种题放正规奥赛里都是超难的难度了，我们这种业余比赛，就该多点时间让大家思考……

实不相瞒，乔韶看的速度都没他打字快。

乔韶赶紧道：这题我提交了。

那边的人顿了下才问：那你空了哪道题？

乔韶记得明明白白：第四题。

顶梁支柱惊了：前五题不都是送分题？怎么会空过去？

乔韶哪好意思说真相，只扯了个理由道：忽然断了网。

顶梁支柱立马控诉道：我就说这种线上比赛不靠谱，停电断网忽然掉线都会影响我们发挥，下次我一定要弄个考场，大家坐在一起正经考一场，到时候咱兄弟俩稳稳夺冠！

乔韶心想，要真那样他还夺冠呢，估计会被钉死在耻辱柱上。

乔韶还惦记着门外的人，不和顶梁支柱瞎扯了，说了句"有事"就下线了。

他打开门，一眼就看到贺深。

他躺在沙发里，枕着胳膊，脸上盖了本书，一双长腿半搭在外面，显得这沙发更小，也显得他个子更高。

这是把自己给等睡了？

乔韶轻手轻脚地过去，想吓他一跳。

谁知乔韶刚挨近他，就被一把拉住。

乔韶吓人不成反被吓，"哎哎"叫了两声，摔到了贺深身上。

书本应声滑落，贺深一双眸子似笑非笑，哪有半点睡意。

他问："你要干吗？"

乔韶心一虚。

贺深故意问道："趁我睡觉偷袭我？"

乔韶挣扎着起身，道："你装睡！"

贺深没问他比赛的事。

看小孩这状态，他就知道发挥得不错，问题不大。

贺深看看时间道："我约了楼骁，一起吃饭吧。"

乔韶愣了一下："约他干吗？"

贺深思索片刻："我觉得这小子最近看咱俩的眼神怪怪的，正好有时间，问问他怎么回事。"

乔韶不太明白："什么眼神？"

贺深道："我认识他这么久了，他那点小心思我不用猜就能知道个七七八八，多半是误会咱们的关系了。"

乔韶诧异道："咱们什么关系？"

贺深挑了挑眉，一脸坏笑："过分亲密的关系。"

要不是乔韶坐在沙发上,估计能平地摔跤,一脸惊恐地问贺深:"为什么?"

贺深不以为意地开口道:"我这个人一直独来独往,突然关注到你这么个小孩,对你感兴趣,又对你很好……"

乔韶虽然不太相信贺深的说法,但还是赶紧回应:"是得解释清楚!"

贺深看着乔韶有点泛红的小脸,真是越来越喜欢逗他了:"不过,咱们也得整整楼骁。"

乔韶道:"怎么整他?"

贺深笑了笑:"一会儿去饭店就知道了。"

远在网吧的楼骁打了个大喷嚏——这空调开过头了?怎么觉得后背一凉。

不过乔韶有些好奇,刚才听贺深说的,他真的早就关注到自己了?

贺深讲述了他自个儿对乔韶的"偷窥史",又着重点出了楼骁的重要作用,表示如果楼骁有些奇怪的想法,也是可以理解的。

乔韶重点抓得很准:"你……那么早就关注我了?"

贺深:"从第一次见面就注意到你了。"

乔韶信了他的鬼话:"可算了吧!所以你就卖给我女装?"这事乔韶能记一辈子!

贺深清清嗓子。

乔韶还想数落他,可仔细想想发现除了女装这事,贺深还真是……

难道贺深真从那时候就记住自己了?

不可能!

他有什么值得贺深关注的?

又瘦又矮还学习不好……

是啊,他何德何能……

见小孩情绪低落,贺深哄他:"都过去那么久,别生气了,要不我也给自己买件女装?"

乔韶想象了一下,乐了:"我送你!"

贺深被噎住了:"真的?"

乔韶咬牙切齿道:"保证把你打扮成个大美人!"

贺深:"……"

行吧,小孩开心就好。

贺深给楼骁打了电话:"一起吃饭。"

楼骁正忙着刷游戏副本呢,想都没想便道:"没空。"

贺深严肃道:"有大事。"

楼骁一怔,想起他俩吵架了,正经了些:"怎么?"

贺深:"来了再说,明卫食府301房间。"

楼骁心"咯噔"了一下。

楼骁在游戏里发了个大红包后说道:"临时有事,先下了。"

他的队友哀号道:"大佬别走啊,你走了我们岂不是死定了!"

楼骁看看游戏里的兄弟再想想现实中的兄弟。

还是后者比较重要。

老贺疯起来,可是要出大事的!

楼骁出门拦了辆车,去了明卫食府。

他到的时候,301房间还空无一人。

楼骁看看手机,也不好给贺深打电话,只能耐着性子等他。

不一会儿门开了,做好了面对阴沉脸贺深的楼骁看到了这个春风满面的男人。

嗯?

这"画风"和他想的不大一样。

贺深那神态间哪有丁点失落的模样。

他看到楼骁还挺诧异:"来得这么早?"

楼骁隐约觉得自己不该来!

这时乔韶也从洗手间过来了,他看到楼骁还有点不好意思。

楼骁看到乔韶出现,愣了一下。

乔韶道:"我说让他快点,他非说你来得没这么快。"

楼骁眨了眨自己这视力不大好的眼睛:到底怎么个情况?

贺深憋了一路，一关了包厢门就忍不住了："对了，我和乔韶是亲兄弟。"

楼骁一惊："什么？"

乔韶一直仔细关注他的表情，想判断一下贺深说的胡扯究竟是不是真的。

贺深却皱了下眉道："很意外？"

楼骁早误会贺深的心意，按理说不该太意外。

楼骁心中的惊涛骇浪除了某个没来的蓝毛外，再没人知道了！

这俩是兄弟？

贺深看着楼骁快要扭成一团的脸，马上要憋不住笑了："怎么，不像吗？"

楼骁："……"

乔韶也"戏精"上身："是真的。"

楼骁："……"

楼骁可算找回了自己的声音，他忍不住确认了一下："你们确定了？"

乔韶听不下去了，看楼骁这反应，贺深说的是真的了："你想什么呢！你是不是以为我们俩关系不一般？"

楼骁皱了皱眉，试探性地回应："难道不是吗？"

贺深已经在旁边笑成了一团。

乔韶真是被气笑了："你天天脑子里都想什么呢！我们就是朋友，朋友！"

楼骁被越说越蒙，张了张口又不知从何说起。

贺深忍了忍笑："好了，不逗你了，我们刚才就是逗你的，我就猜到你小子的脑子有点问题。"

楼骁坐不住了，站起身往外走："我出去缓缓。"

贺深道："那我先点菜了。"

楼骁没吃都饱了："嗯。"

出了包厢，点上烟，楼骁内心的波涛才平息了点。

原来这俩家伙没啥特殊关系？

原来他们之间什么都没发生？

原来之前都是自己的意淫？

后来楼骁也没回包厢，没脸面对他俩了。

乔韶无语道："你不是要请他吃饭吗？"

贺深道："我主要是想解释一下误会。"

乔韶忽然心疼起楼骁，他决定了，等他可以花钱了一定好好补偿下可怜的楼骁。

当天晚上，那个只有贺深、楼骁和卫嘉宇的群里空降十个红包。

每个红包六百元，十个就是六千元。

饶是卫嘉宇和楼骁这种不差钱的也愣了一下。

卫嘉宇直接发语音："深哥，这是怎么了，点错了？"

楼骁嘴角抽了抽，想起自己中午饿的肚子，一口气抢了五个。

这时群主贺深发话了："心情好，发个红包快乐快乐。"

卫嘉宇并不知道贺深"负债"的事，只知道贺深超能赚钱，所以不含蓄了，美滋滋地把剩下的全点开，入账三千元！

真棒！

卫蓝毛捧场问："深哥遇上什么好事了？"

贺深高深莫测道："体会了一把农民伯伯的快乐。"

卫嘉宇发了个一脸蒙的表情。

楼骁给愚蠢的蓝毛解释了一下："他种瓜得瓜，种豆得豆了。"

卫嘉宇这下更蒙了。

贺深心情和美道："你们早点睡，我去赚钱养家了。"

卫嘉宇私聊楼骁："学校出成绩了？小穷鬼考得很好？"

除了这个理由，卫嘉宇也想不出什么事能让贺深这么开心了。

返校那天，乔韶心情很平静。

等成绩公布了他也没什么太大的波动。

都是意料之中的事，早就做好心理准备了。

唐煜说完一堆放假须知后，叫了乔韶的名字："跟我来一趟。"

乔韶立刻起身。

贺深看向他。

乔韶对贺深笑了下，道："没事的。"

说完他跟着老唐去了办公室。

因为是返校看成绩，老师管得没那么严，乔韶直接把手机扔在桌面上。

贺深想想老唐那爱唠叨的性子，觉得乔韶一时半会儿回不来。

他下楼去买了瓶饮料，想着小孩回来后还能喝一口解解闷。

然后就听到乔韶落在桌上的手机振了好几下。

电话？

贺深决定帮他看看是谁打来的，万一有什么急事……

他刚拿起手机，就看到了未锁屏的手机上弹出的三条消息。

爸爸：韶韶不慌，考不好没事，爸刚给你订了辆新跑车。

爷爷：来我这儿，给你订了艘新游艇，去散心。

姥爷：韶韶不哭啊，考试算个鬼，姥爷的几十亿元家产都是你的！

26．反正我不会骗你

乔韶跟着唐煜去了办公室。

唐煜对他态度很好，还给他拖了把椅子过来："坐。"

乔韶坐下，规规矩矩的。

唐煜看看眼前的孩子，心里直叹息，他问道："卷子看了？"

乔韶有些抬不起头："嗯。"

唐煜道："你平日里一直很努力，各科老师时常夸你，我看课堂小考的成绩也都挺好，怎么期末考试就……"

如果乔韶平日里是个不学无术的，他早就劈头盖脸骂一通好好教他做人了。

可眼前这孩子是个老实听话的，那勤奋刻苦的劲头，也就陈诉能和他比一比。

都这样努力了,还考了个倒数第一,实在是说不过去。

唐煜试探着问他:"考试的时候很紧张?"

乔韶点点头道:"没发挥好。"

惧怕安静这种事他是说不出来的,他不需要被同情,更不需要特殊待遇,他最需要的是任何人都不知道他的特殊,把他当成正常人,给他一个面对自己的环境。

唐煜看看这分数,心想这何止是没发挥好,简直是零发挥!

而且乔韶也空了作文题。

全校就两个人没写作文,他们班就占了俩。

一个全校第一,一个全校倒一。

唐煜这心情也是够复杂的。

贺深虽然没了作文的 50 分,但抵不住其他满分,还是拿了第一名,不过拿不到市第一了。

乔韶也丢了作文的 50 分,悲哀的是即便加上这 50 分,这孩子也还是雄霸倒一宝座,无人能撼动。

把这两人放一桌真的对吗,老唐反思了一下自己。

"你看这样好不好,"唐煜挺怕刺激到乔韶的,声音那叫一个和风细雨,"等高二开学肯定要调换座位,你这身高也不适合在最后一排,到时候……"

他话没说完,乔韶猛地抬头看向他。

唐煜被他看得一愣。

乔韶意识到自己表情不好,又赶紧低下头。

唐煜道:"我以为你不想和贺深同桌。"

乔韶闷声道:"他挺好的。"

唐煜想了下,道:"也不急,等开学再说吧。"

高二十有八九会分班,到时候两人可能都不在一个班,也就无所谓同桌不同桌了。

之后老唐又开解了乔韶半天,无非是心态很重要,考试不要紧张,要相信自己……

这些话说得都对,乔韶也都懂,可想做到对他来说太难了。

如果一个人知道了就能做到,那这辈子还有什么痛苦与折磨。

乔韶出了办公室,唐煜喝了口枸杞茶。

他隔壁的张老师问他:"那孩子怎么回事?"

唐煜摇摇头:"估计是心理问题。"

张老师:"他家里人不管?"

唐煜更揪心了:"他这家庭啊,怕是问题的起源。"

张老师好奇地问:"怎么?"

唐煜不想八卦孩子的私事,道:"总之不太好,如果下学年我还带他,得想办法去家访一下。"

母亲去世,父亲酗酒……

这次考成这样,唐煜却连乔韶父亲的电话都打不通……

瞧着家庭情况也很不好,转学过来还是靠某富商捐助……

林林总总的一大堆压在个未成年孩子身上,实在太难为他了。

乔·小可怜·韶心里还挺暖的。

虽然班主任全想歪了,但他还是感受到了老师真切的关心。

按理说他考出这个拉低全班平均分的破成绩,老师得气炸,劈头盖脸骂一通都是轻的,哪还会这样温声细语地开解他?

乔少爷如今对东高好感倍增,想着等毕业了给母校盖个新的教学楼、实验楼、操场、宿舍、食堂……哦,还可以弄个室内篮球场、排球场、羽毛球场,还有乒乓球场……

对了,母校还没有游泳池,就先室内一个室外一个吧!

畅想了一路,乔韶回到教室时,嘴角是扬着的。

宋一栩一眼看到,惊呼:"韶哥霸气啊,不愧是和深哥齐名的男人!"

乔韶:"嗯?"

宋一栩见他并未因成绩而沮丧,又飘起来了:"深哥全校第一,韶哥全校倒一,我们班黑白双煞……哎哟!"

话没说完，他被一瓶饮料砸了个正着。

乔韶手里没东西，砸他的另有其人。

贺深面无表情道："会说就说，不会闭嘴。"

宋一栩见他心情不好，立马老实，还把砸得自己胸口疼的饮料还回去。

贺深道："不要了。"

宋一栩："诶？"

贺深冷笑："已经扔到垃圾桶了。"

宋二哈茫然："没啊，这饮料不是扔我身上了吗……"

他同桌毫无同学爱，"噗"一声笑了出来。

宋一栩反应过来了："原来垃圾桶是我啊，嗯……惹不起打不起得罪不起……"

宋垃圾桶抱着饮料去找解凯求安慰。

解凯正在篡改分数，赶苍蝇一样赶他："别烦老子，老子今天非要把这个'7'改成'9'！"

其实乔韶一点没被宋一栩打击到，反而被贺深的维护暖到了，他道："我没事，再说宋一栩说得也很有道理。"

第一和"第一"，可不齐名吗？

别管是正数还是倒数。

贺深看了眼他的手机道："你手机刚一直在振动，我怕有人急着找你，想帮你接下电话。"

乔韶心里紧了紧，但旋即他又松了口气，应该没事，他存的都是爸爸、爷爷、姥爷这种称谓，没存人名……

他一边拿手机一边问："谁打来的？"

贺深道："不是电话，是短信。"

"短信啊……"乔韶更是放松了，然后他就看到了屏幕上那三条格式一致、霸气非凡的消息。

这瞬间乔韶仿佛坐过山车时缓慢爬到了顶端，一个猛子扎了下去，心脏都快爆炸了好吗？！

完了完了，这消息被贺深看到了？

他的身份要暴露了？

他才跟贺深好了四天，就要因为家庭的差距而疏远了吗？！

他再也不笑话赵璞玉了，自己比他惨多了啊！

乔韶僵硬着脖子抬头，贺深正撑着下巴看他。

乔韶嘴巴动了动。

贺深眼睛都没眨。

静了半晌，贺深先开口："你家里人还挺有意思。"

乔韶忍不住了，要和盘托出了！

谁知贺深竟温声道："别不好意思，这挺好的，至少他们都是爱你的。"

乔韶眨眨眼，心里全是大问号。

什么情况？！

贺深说起自己道："从我会说话起，我爷爷就没再把我当成小孩，他从来不和我开玩笑，每次见我都是在考我。"

开玩笑？

乔韶明白了一点点，他可怜的小心脏可算是离开了跌宕起伏的过山车！

贺深继续道："我姥爷在我两岁时就去世了，我只隐约记得他的模样。"

也就是贺深这记忆力才能做到这点，寻常两岁小孩哪能记住。

乔韶刚"死里逃生"，又忙着心疼贺深。

贺深不愿乔韶跟着自己糟心，笑了下："你看你家人，为了哄你又是跑车、又是游艇、又是几十亿元的。"

"那个，"乔韶这尴尬不用装，干巴巴道，"……他们就随口说说。"

还真是随口说的……

反正买辆跑车游艇什么的，也不是什么大事。

至于姥爷那句，他从记事起都听了不知道多少遍了。

哦，也不一样，十年前是几亿元，现在是几十亿元了。

贺深弯唇道："那我是不是也该表示表示？"

乔韶愣了一下："表示什么？"

贺深拿出手机，编辑了一会儿……

乔韶的手机又振动了。

贺深催促他："看手机。"

乔韶低头看向自个儿充话费送的手机——

贺深深：韶韶别难过，考不好没事，深深的所有跑车、游艇和几百亿元身家都是你的。

乔韶："……"

您可真是随口说说了！

乔韶脸红了，别扭道："什么乱七八糟的！"

贺深挺正经道："我可不是随口说说。"

乔韶抬头瞪他："请问贺先生，您有多少辆跑车、多少艘游艇？几百亿元身家又在哪儿？"

贺深有模有样道："目前只有八辆、三艘，几百亿元的话还在路上。"

乔韶给他一个白眼："我竟不知道那小小出租屋里有这么多宝藏。"

贺深也不多做解释，只道："反正我不会骗你。"

乔韶笑了："也对，再过个几十年，没准你真有这些东西。"

哪个少年不轻狂？

以贺深的能力，以后肯定会出人头地。

跑车、游艇、几百亿元又算什么？

乔韶相信此时此刻的贺深。

相信贺深全心全意想把一切给他。

他第一次发现原来物质有时候真的能让人感觉到幸福。

后来他把爷爷、姥爷、爸爸的信息都删了，唯独贺深的这条一直留着。

留到连手机都开不了机也一直留着。

经过这次事件，他给手机上了锁，绝不能再出幺蛾子了！

冷静下来后乔韶也知道这事是有惊无险。

一来是他穷得深入人心，二来是他这三条信息太夸张。

也就他情况特殊，但凡正常点的，像赵璞玉他爹妈绝不会这样惯着他。

不是钱不钱的事，而是长辈的威严。

说到底——乔韶心里一阵酸涩——他的家人是一朝被蛇咬，十年怕井绳。

领了成绩单，暑假也就正式拉开帷幕。

乔韶还没回家就开始愁着没法天天见贺深。

贺深以为他是不想回家："去我那儿？"

乔韶摇头道："刚出成绩就不回家，我爸的跑车岂不是很委屈。"

见他还能开玩笑，贺深笑道："晚点我给你发微信。"

乔韶应道："嗯！"

贺深道："那我先回去了。"

乔韶舍不得道："好。"

当天晚上，乔韶看到了新跑车："我驾照都没有，你给我买这么多车干吗？"

乔宗民："这都是限量款，先买了囤着，等你成年就可以随便开。"

乔韶一眼看穿他："行，您先帮我磨合磨合，回头别放生锈了。"

乔宗民理直气壮道："我真是给你买的，我这么大年纪了哪能开这种小年轻的车？"

乔韶："嗯嗯嗯，您不是买给自己开，是帮我开。"

乔宗民勉为其难："唉，当爹是这样的，总得辛苦点。"

乔韶心想：难怪贺深把您当"戏精"，您就是"戏精本精"好吗？！

乔韶这边热热闹闹，贺深那边冷冷清清。

不过他早就习惯了。

贺深向后靠在椅子里，打开了电脑。

他单手敲击键盘，键入了"乔宗民"三个字。

一些被故意压到后排的搜索信息全被贺深翻了出来。

乔宗民独子——乔逸。

贺深点开了那张五六年前的照片。

第三章 真相

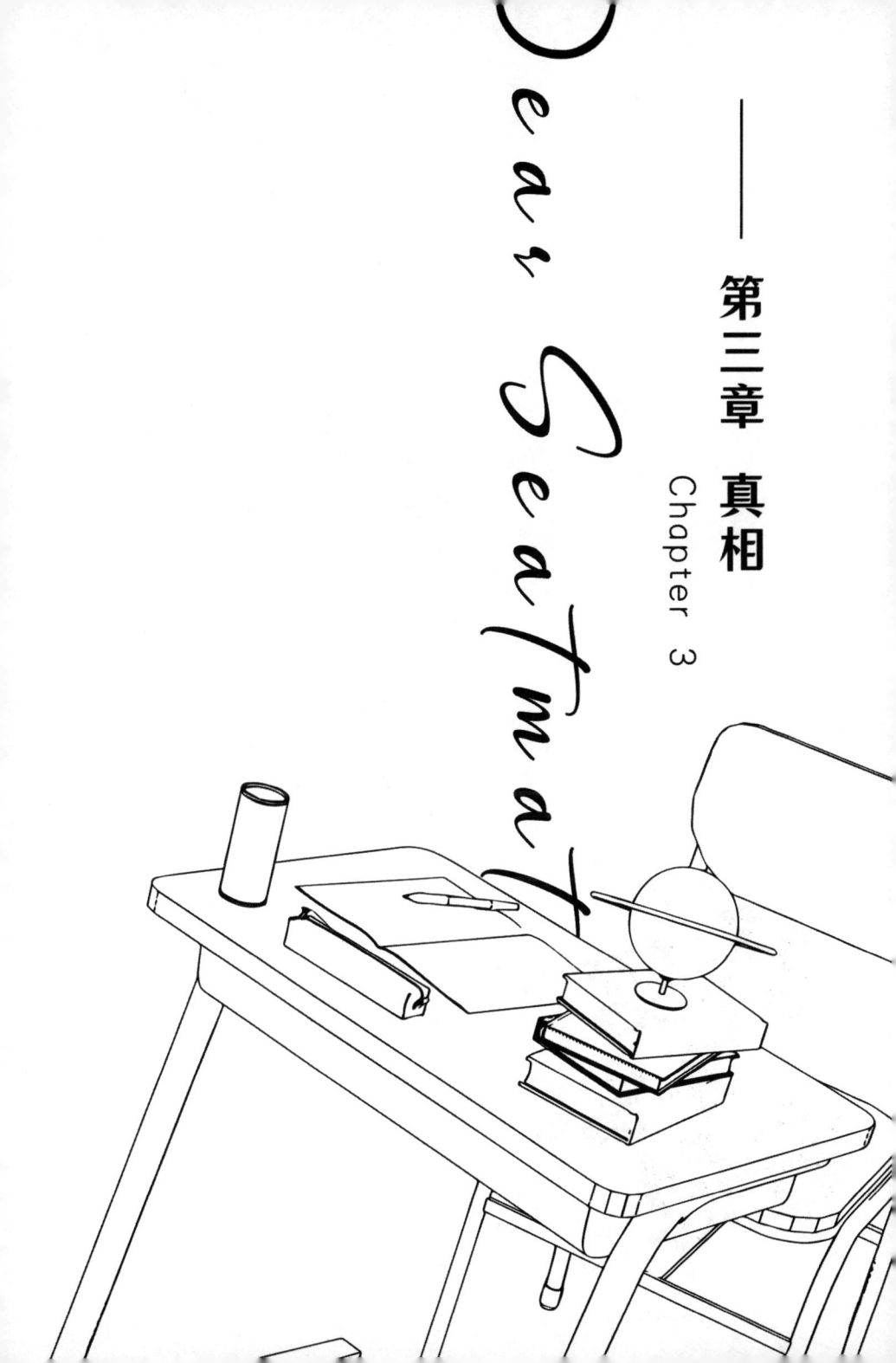

Chapter 3

乔不需要安慰 完结篇

27．乔韶是乔逸？

按理说这种家庭的孩子，照片都被藏得很严密，成年之前基本不会在公众面前露面，毕竟要考虑很多安全问题。

贺深眼前的这张照片拍得很清楚，是张非常标准的证件照，他滑动了一下鼠标将照片放大，占了半张屏幕的是个养尊处优的小男孩。

男孩穿着一身精致的校服，白色衬衣，深蓝马甲，领带是白蓝相间的条纹，左胸处镶着金色的校徽。

这是国内知名的一所贵族学校，里面的孩子非富即贵，贺深也是从那儿毕业的，只不过他用一年上完了寻常学生六年的课程。

照片里小男孩长得很好看：肤色白，发色淡，一双眼睛很灵动，写满了天真烂漫；他鼻梁不高，鼻尖微翘，嘴唇红润，脸蛋也圆圆的，有着未退的婴儿肥，一笑还露出个浅浅的梨涡。

这张照片刚发布出来的时候，很多人都说乔家这位小少爷很可爱，像个小天使。

贺深眼睛眨也不眨地盯着，像是透过电脑屏幕看到了那个真实的人。

他见过乔逸，在七岁那年，远远地看见过他一次。

当时乔逸穿了一身笔挺的定制小西装，被一位身着同色系晚礼服的美丽女性牵着。他们站在璀璨的宴会厅，如同欧洲上层社会中的贵族，优雅矜持，满溢着闲适与亲昵。

谢深的母亲连出席这个宴会的资格都没有。

七岁的谢深独自一个人，站在无数成年人面前，无依无靠。

那时的谢深只看了乔逸一眼就挪开了视线：他不喜欢乔逸。

同样的年纪，不同的人生，他们是不会有交集的两类人。

乔韶是乔逸？

贺深脑中浮现出这句话时，最先涌上来的就是"荒谬"二字。

怎么可能？

截然不同的两个人，对比照片和记忆，找不到丝毫相似之处。

一个是含着金汤匙出生，受尽万千宠爱的小少爷。

另一个是家境贫寒，坚强努力生活着的小孩。

怎么会是一个人？

贺深手机里有乔韶的照片，可是他完全不需要拿出来对比。

他清楚地将两个人的模样放在了脑海里，他可以很确定，这两人不像，气质上给人的感觉差距太大了。

气质……

贺深怔了下，重新看向屏幕里的照片——

不去想这种感官上的感受，只去客观地评价两人的五官。

他们肤色都很白，发色都有些淡，五官轮廓细看之下也有相似之处。

如果乔逸瘦下来……

贺深的心猛地一跳。

不可能。

乔韶就是乔韶。

贺深站起来，从书架后面摸出一根烟，走向阳台。

自从决定和谢家决裂，贺深就不再抽烟。

这东西只能暂时缓解心头的烦闷，不能根除。他不需要短暂的麻痹，他需要彻彻底底摆脱囹圄。

贺深没点烟，只是用手指摩擦着细长的烟身，拧眉思索着。

三年前，乔家那位小少爷失踪了整整一年，乔家几乎把国内掀了个底朝天，也没找到这个孩子。

后来乔逸却自己回来了，出现在乔氏总部深海大厦。

整件事只能用"匪夷所思"来形容，谁都不知道乔逸在这一年间去了哪儿，也不知道他经历了什么，甚至不知道是谁绑走了他。

乔家从孩子回来后就开始疯狂打压消息，但贺深还是听说了一些。

这孩子回家后成了个废人，完全丧失了自理能力，并且惧怕所有人，唯一能够靠近他的只有他的父亲。

乔宗民为了这个孩子，几乎丢下了所有事，全心全意地照顾他。

后来贺深知道的就不多了，那时贺深已经和家里闹崩，也无暇顾及其他。

只在偶尔的只言片语中得知，那孩子在治疗了一年后才能开口说话，可随即他的母亲去世，又给了他更加沉重的打击。

这孩子废了，这是大多数知情人的想法。

乔韶会是乔逸吗？

乔韶的母亲也去世了，他惧怕提起母亲……

乔韶有严重的心理障碍，十分害怕安静……

一个遭遇这样巨大变故的人，气质上的确会有翻天覆地的变化。

贺深用力掐住烟，薄唇绷成了一条线。

不能。

贺深心拧成了一团，他无法想象乔逸都经历了什么，也无法想象这些事发生在乔韶身上。

他由衷地希望乔韶不是乔逸，因为他不想乔韶遭遇过那样痛苦的事。

已经晚上八点钟了，又是假期，按理说不该打这通电话，但贺深连一分一秒都等不了了。

他一定要确认，一定要知道乔韶不是乔逸。

贺深拿出手机，拨通了学校监控室孙老师的电话。

电话那头传来沙哑的烟嗓："小贺？这么晚了有什么事？"

贺深道："老师，我想查一下学校的监控，方便吗？"

孙泉怔了下，道："这个点？"

贺深道:"是的。"

孙泉顿了顿道:"行,我吃了这口饭就去学校。"

他从没把这个学生当成小孩子,再说监控室的整套系统都是贺深设计的,他不给贺深钥匙,这小子也有办法看到想看的,给他打电话说一声,是出于尊敬。

贺深凭借着精准的记忆找到了日期。

乔韶的父亲来过学校,就是那次红包事件发生后,他来向班主任道过歉。

贺深不一会儿就调到了那段监控,他紧盯着屏幕不放,眼睛一眨都不眨地看着这个完全陌生的男人。

他看起来很年轻,气质里带了些文雅,但满脸通红,一看就是喝过酒。

这是乔韶的父亲吗?

贺深试图在他们的眉眼间寻找相似之处。

这个男人的肤色有些白,发色也挺浅的,但是眉眼不像,乔韶的眼睛更圆一些,这个男人的眸子更加狭长……

不过话说回来,乔宗民和乔韶更加不像。

贺深稍微安心了点,他继续看下去,直到看到了乔韶。

乔韶看到爸爸很高兴,他凑上去说话,他爸爸摸摸他头,也说了句什么。

两人看起来很亲昵,不像是陌生人。

贺深将这段监控来回看了很多遍,一直提着的心慢慢落了回去。

怎么可能呢?

乔韶怎么可能会是乔家的小少爷?

乔家的少爷又怎么会到这么偏僻的高中来念书?

出过那样的事,乔宗民怎么还敢把孩子放出来?

不可能的,怎么想都是不可能发生的事。

贺深一直紧绷的嘴角可算是放松了——

自己真是魔怔了才会有这样荒唐的想法。

贺深离了学校，回了出租屋。

他从冰箱里拿了瓶桃汁，甜得让人发腻的饮料进入口腔后也舒缓了神经。

其实他不在乎乔韶是谁，他只是不愿乔韶遭遇任何不幸与痛苦。

他想呵护乔韶的未来，也由衷地希望乔韶的过去没那么多苦难。

乔韶陪着老爸兜风了一圈。

大乔同志兴致勃勃道："怎样，这车不错吧！"

乔韶超敷衍："好好好，棒棒棒，我可喜欢了呢。"

大乔来劲了："那爸再带你去兜一圈。"

乔韶手脚并用，麻利下车："您自己去吧！想兜几圈就几圈，想兜多久就多久！"

乔宗民也下了车："急着回家干吗，又不用写作业。"

乔韶心里有鬼，磕巴了一声道："谁说不用写作业？暑假作业很多的好吗！"

乔宗民这老爸也是有够不靠谱的："这才暑假第一天，你爸我都是最后一天才考虑写不写。"

乔韶："……"

难怪您考双零蛋！

乔韶要离老爸远点，他虽然全校倒一，但他每科平均都有个五六十分呢！

乔韶上楼回屋，去看自己的手机。

乔韶刚解锁手机，就接到了贺深的语音电话。

乔韶立刻接了，贺深的声音响在他耳畔："一秒不见如隔三秋，这么久没见，乔韶同学你不想我吗？"

乔韶故作嫌弃道："说人话。"

贺深低声道："想你。"

乔韶脸一红："不正经说话，我就挂了。"

贺深又冒出一句："想去你家。"

乔韶被他吓一跳。

贺深听到他的倒吸气声，幽幽问："我有这么见不得人吗？"

乔韶正想办法拒绝好朋友来家里玩这件看上去很正常的事。

贺深就转移话题了，正色道："有件事想和你商量下。"

乔韶捧着手机和他说话："怎么？"

贺深先问他："暑假你有什么安排吗？"

乔韶心里盘算了一下，道："没吧……"

其实爷爷叫他去大溪地放松，姥爷要带他去夏威夷见朋友，大乔也想带他去浮潜，不过这些都可以放一放。

贺深继续道："我带你去打工吧。"

乔韶一愣："打工？"

贺深道："嗯，一个暑假能赚不少钱呢，够你下半年的生活费了。"

乔韶搓脸让自己冷静下："可是……"他嗫嚅半天可算是想起来了，"你不是都在家里工作吗？"

是啊，贺深都是在家里干活，哪里还用出去打工？

果然这家伙是在逗他玩的吧？

乔韶一下子失落了。

贺深说："我也不是天天有单可做。"

乔韶道："那就好好休息。"

贺深叹口气："三年攒一千万元，哪有时间休息？"

乔韶想起了他的"负债累累"。

贺深又问他："去不去嘛，我自己很无聊。"

乔韶当然想去，他问："去哪儿打工？"

他记起来了，上次五一假期，贺深就在商场里打工，还卖他一件女装！

这次他们也去商场卖衣服吗？乔韶没试过，挺好奇的。

谁知贺深来了句："我带你去个大公司长长见识。"

乔韶不以为然：大公司？能有大乔的深海集团大吗？

贺深下一句就道:"我弄到了深海集团的暑期岗位,一起去吧。"

乔韶差点把手机扔了!

"深、深海集团?"乔韶震惊反问。

贺深笑眯眯道:"对,你爸的公司。"

乔韶:"……"

对不起,这还真是他爸的公司!

乔韶冷静了点:"你也太厉害了吧,连深海的都弄得到……"

贺深道:"没办法,谁让你同桌成绩又好人又穷。"

乔韶耳朵一痒,不和他贫:"真的能去深海打工?"

贺深道:"就看你想不想去了。"

乔韶他一点都不想去!可是又想和贺深一起打工……

不过……贺深去深海的话,他没准能偷偷给他补贴下。

虽然没法给一千万元,但给个十万八万元也能让他少熬点夜。

乔韶道:"这么好的机会,当然想去。"

打工的事就这么定下了,两人又不知道扯了些什么,等乔韶手都拿累了,挂断通话时发现通话时长一小时五十六分。

乔韶严重怀疑手机的计时系统有问题,他们哪有聊这么久!

放下电话乔韶去洗了个澡,躺到床上后他看到了枕边的木签。

"大吉"二字直往他心窝上戳。

乔韶嘴角扬着:真准。

对了!

乔韶忽然想起来了,他得去还愿!

说起来卫嘉宇这是在哪个庙里请的签筒?

乔韶赶忙拿起手机,给卫嘉宇发了条信息:睡了吗?

卫嘉宇哪里会睡,他好奇反问:没啊,有什么事?

乔韶把自己想问的打了出来。

卫嘉宇一愣:你问这个干吗?

这签筒是深哥给他的,他哪知道是哪个庙?

乔韶道：我得去还愿。

卫嘉宇不疑有他，道：哦，这是……是我爸给我求的，我去问问他。

敲完字，他后知后觉地反应过来了——乔韶考了个全校倒一，还的到底是哪门子愿？

28．我求的不是成绩

乔韶记得挺清楚，纳闷问：你不是说这签筒是你妈去庙里求的？怎么又成爸了？

卫嘉宇哪记得自己当初扯了点啥，含糊道：啊，我妈？

深哥是他妈？篡改深哥性别，他不想活了吗？！

生怕小穷鬼"吹枕边风"，卫嘉宇又赶忙强调：是你听错了，我说的是爸！

乔韶虽然考倒一，但脑子又没问题，他道：你说的是你妈。

这蓝毛怎么回事？

卫嘉宇拉帮手道：我说的是爸，不信你问陈诉！

他找到陈诉的微信，一边给陈诉发个188元的红包，一边对陈诉说：一会儿去群里你只管说是我爸！

说着他拉了个群，让陈诉给自己证明。

陈诉刚做完饭，看到这条微信，面无表情回了个：有病。

红包没点开。

卫嘉宇炸了，直接在群里喷他：陈眼镜，你会说人话不？

陈诉也在群里反问他：你说谁是我爸？

卫嘉宇怒道：我说的是我爸！

陈诉：哦，好儿子。

卫嘉宇无语了。

看热闹的乔韶被逗乐了，哪还会追究是卫嘉宇的爸还是妈，他道：别管是爸是妈，去帮我问问是哪个庙。

陈诉看到乔韶，问道：什么庙？

乔韶正要解释下还愿的事，冷酷无情的卫嘉宇已经把毫无用处的陈诉踢出群了。

卫嘉宇：要这废物有何用！

乔韶笑出声道：你俩现在关系真好。

卫嘉宇火气直蹿：好个头，陈眼镜就是仗着老子脾气好，蹬鼻子上脸！

他说得凶，但乔韶知道这只是朋友间的玩笑话。

想想最初见到的陈诉，再看看现在的陈诉，真的变了太多。

而这份改变，全是卫嘉宇的功劳。

乔韶心里暖乎乎的。

卫嘉宇去给贺深打电话了。

贺深听他一说就明白了大半，他嘴角扬着："我去和他说。"

卫嘉宇也不敢说什么，只能认哥做父，等着小穷鬼嘲笑自己了！

乔韶等了半天没等到卫嘉宇，却等来了贺深的电话。

贺深问他："想去还什么愿？"

乔韶："啊？"

贺深说："我听卫嘉宇说你要去还愿。"

乔韶紧紧握着手里的木签道："卫嘉宇这个大嘴巴！"

让他去问他爸，他就去问他贺爸爸了吗？！

贺深坦白道："我知道那签筒是在哪个庙里求的。"

乔韶打小受姥爷的耳濡目染，还是有点小迷信的，他真的想去还愿："哪个庙？"

贺深笑了下："你先告诉我你要还的是什么愿。"

乔韶："……"

贺深见他不出声，心里更是确定了九成，可他就是想听乔韶自己说出来。

乔韶瓮声道："就……就成绩啊。"

贺深："那别去还愿了，不准。"

乔韶急道："很准的！"

贺深："你都考成这样了还准？"

乔韶："……"

贺深欲擒故纵："早点休息。"

乔韶松了口气，想挂了电话去找卫蓝毛算账。

贺深又道："你不用问卫嘉宇了，这签筒是我去请的，他什么都不知道。"

乔韶一惊，连忙问："你请的？"

这蓝毛嘴里怎么没一句实话！

贺深轻叹口气道："当时我看你太紧张，想让你放松下。"

乔韶一愣一愣的："那你为什么不自己……"

他话没说完已经懂了。

贺深苦笑："你当时处处躲着我，我哪敢再凑上去惹你。"

乔韶心里又甜又涩，一时竟说不出话。

贺深觉得火候差不多了，收网道："可惜这签一点儿不准。"

乔小鱼上钩了："很准的！"

贺深问："你不是抽了个大吉？"

乔韶顿了一下，小声坦白了："我求的不是成绩……"

贺深嘴角含着笑："哦？那你求的什么？"

乔韶用力握着手机，声音也小得几不可察："我当时……"

贺深喉结涌动了一下："嗯？"

乔韶闭着眼说出来了："我求的是能跟你继续做好朋友。"

说完乔韶坚持说道："真、真挺准的，你在哪儿请的，我想去还愿……"

贺深没出声。

乔韶又解释道："我知道没有鬼神，我也不信的，只是舍不得这个好兆头。"

贺深轻呼口气："我知道很晚了……"

乔韶没听明白："嗯？"

贺深哑着嗓子把话说完："……可是我想见你。"

乔韶把深埋枕头里的小脑袋探出来一点:"你等下。"

贺深道:"别挂电话。"

乔韶已经挂了。

贺深有些失落。

很快乔韶又发过来了,这次发的是视频通话。

贺深立刻接通。

乔韶躲在地下的杂物间里,看都不敢看贺深:"行了吧。"

别说他选了面最普通的白墙,即便他待在自己的卧室里,贺深也根本看不到那些精致的装修。

因为他眼中心中只有乔韶。

乔韶见他不出声,余光瞥过来:"看完我就挂了……"

真是疯了,他一口气跑下楼,也不知道有没有惊动吴姨。

要是被吴姨发现了,他怎么解释自己晚上十一点半了躲在这里?

贺深眼睛不眨地看着他:"明天我带你去还愿。"

乔韶也舍不得挂断:"嗯。"

贺深又道:"今天真的不能见一面吗?"

乔韶隔着手机瞪他:"都几点了!"

贺深道:"可是……"

乔韶忙说:"明天就见到了。"

贺深诚实道:"睡不着。"

乔韶怕了他了:"那要怎么办?"

贺深开口道:"给我唱《摇篮曲》。"

乔韶:"……"

贺深反悔来得很快:"算了。"

乔韶都在酝酿了!

贺深看得太明白了,他道:"你真唱了,我把S市掀个底朝天也得找到你家。"

乔韶一惊。

贺深又盯着他看了好一会儿，终于低声道："好梦。"

乔韶心一动，道："要不我……"

贺深打断他："别。"

乔韶咬了下下唇。

贺深道："你要是来找我，确实太晚了。"

什么跟什么！

乔韶实在受不住了，"拜"一声挂了电话。

这浑蛋脑子里都在想什么！

乔韶在杂物间里待了半天，总算让自己恢复冷静。他磨蹭着出来，偷摸回卧室。

回到卧室，他收到了贺深的微信：明天见。

乔韶不想理他了。

过了五秒钟，乔韶才理他：明天见。

贺深不敢再发了，他拿着手机，靠在围栏上，吹了大半夜的冷风。

命运是公平的——

在他经历了漫长的深夜之后，命运给他送来一位天使。

第二天一早，乔韶五点就醒了。

昨晚他和贺深挂断视频通话时已经十二点了，他却只睡了五个小时就醒了。

他洗漱完下楼，乔宗民也醒了："这么早？"

乔韶道："和朋友约了去……登山。"

乔宗民兴致勃勃道："怎么昨晚不告诉我？"

乔韶也不算扯谎了，清清嗓子道："昨晚十点多才定下来。"

乔宗民又问："几个人？"

乔韶道："我和我同桌。"

乔宗民还挺失望："你们两个人？"

乔韶道："嗯……"

乔宗民遗憾道："怎么不多叫几个朋友一起？"

乔韶才不想叫其他人……毕竟他是去还愿的。

好在乔韶心里有别的事，岔开话题："对了，爸，有件事我得和你商量下。"

乔宗民问："怎么？"

乔韶说："我同桌申请了深海集团的暑假临时岗位。"

乔宗民眼睛一亮："小伙子不错啊。"

乔韶乐意听这话，又道："他真的很厉害，全市第一呢。"想炫耀的小语气怎么都藏不住。

乔宗民说："那我找机会去……"

他话没说完，乔韶赶紧提醒道："你别见他！"

乔宗民道："我慰问下员工嘛。"

乔韶道："主要是我想和他一起打工。"

乔宗民一愣。

乔韶把事给说明白了："我也想去打暑期工，我俩一起，所以你稍微安排下。"

乔宗民懂了："放心，保证不会露馅。"

乔韶也没什么太担心的，一来暑期工岗位太低，根本接触不到高层，二来即便偶然碰到了，大乔嘱咐过后，也不会露馅。

乔韶出门打车，到贺深家时才不到六点。

他看了看时间又觉得怪不好意思，来这么早……简直是……

谁知这时门开了，贺深拎着垃圾袋站在门口。

乔韶干巴巴道："早……啊……"

29．考上北大清华

乔韶头昏脑涨："一大早的……干吗？！"

贺深："我看看是不是在做梦。"

乔韶看都不敢看他:"什、什么嘛!"

贺深笑了笑:"怎么这么早来了,吃饭了吗?"

乔韶道:"天这么热,我们早点出门。"

S市就那么几个庙,分布在各个山上,要去还愿少不了爬山,虽然乔韶还不知道是哪个庙。

乔韶接着问道:"你刚才是要出门?"

贺深是个诚实的人:"五点醒了睡不着,想着你要过来,干脆打扫了一遍卫生,刚刚是去倒垃圾。"

乔韶这脸上的温度就没降下来过:"瞎扯。"

贺深道:"垃圾还在外面,对了,你在家等我会儿。"

乔韶记起来了,刚才贺深手里的确拿了什么。

贺深出去了,乔韶打量了一下出租屋。

嗯……还真是焕然一新。

沙发上干干净净,茶几上随意放着的杂志被规整好,地面更是光滑透亮,一看就是被拖把辛苦劳作过。

还真的在打扫卫生啊……

乔韶又看向餐厅那边,餐桌上空无一物,连旁边的饮水机都被擦拭过,水桶上还有点干的水渍,应该是湿抹布留下的。

贺深还真是什么都能干,打扫卫生都这么熟练。

乔韶心里刚美了美,又想起一句话——穷人家的孩子早当家。

贺深什么都会,还不是因为家里没有后勤人员。

也不知道贺深的家里是做什么的,更不知道是什么原因欠下的一千万元,不过能被一千万元压垮,想来也富裕不到哪儿去。

可怜的贺深,肯定吃了很多苦。

被乔韶心疼了大半天的贺深拎了两袋子东西上来。

贺深招呼他:"先吃早饭。"

说着他摊开了便利袋。

乔韶过去一看,不认同:"怎么买这么多?"

贺深道:"吃不完没事。"

买的时候只想着这个乔韶爱吃,那个乔韶没吃过,另一个乔韶可能会想吃,于是就买多了。

乔韶想想贺深的钱来之不易,又道:"不该这么铺张浪费。"这词没用错,对贺深来说真是很铺张很浪费了。

贺深:"没多少钱。"

乔韶为他斤斤计较道:"多少?"

贺深看着他道:"才五十二块钱。"

乔韶蓦地睁大眼:"这么……"

这么少的吗?这一大桌子早餐才花了五十二块钱?

哦,也对,乔韶反应过来了,他在食堂吃饭一顿才三四块钱,这五十二块钱够吃好多顿。

他紧急把少换成:"这么多!"

反正情绪一样,都是惊讶。

贺深一直在看着他,眼睛都没眨动,乔韶最细微的情绪波动他都没有错过,所以——

小孩怎么可能会是乔逸,乔家那位被养在昂贵温室里的小少爷,恐怕都不知道词典里还有"省吃俭用"四个字。

"吃饭吧,"贺深摸摸乔韶发顶道,"多吃点就不浪费了。"

乔韶吃得是真不少,他这个胃见人下菜碟,只要在贺深身边,什么都能吃什么都好吃什么都是美味珍馐。

贺深又怕他吃多了:"饱了就行,别撑着。"

乔韶瞪他:"谁让你买这么多!"还都挺好吃。

贺深越发觉得自己心中的猜疑荒谬——乔韶怎么可能是乔逸,别说乔逸,即便是小富之家的孩子也不会这样吃什么都是美味。

贺深哄他道:"吃不完就放冰箱,我晚上回来再吃。"

乔韶这才松了口气:"也是哦。"

吃过早饭他们一起出门,乔韶问他:"你到底是在哪个庙请的?"

贺深:"到了就知道。"

乔韶看他:"这么神秘?"

贺深笑笑,岔开话题:"下周去深海集团报到,没问题吧?"

乔韶果然重视起来:"周一?"

贺深:"嗯。"

乔韶:"我没问题。"

还有两三天,大乔肯定会安排妥当。

贺深:"别紧张,不是多难的工作。"

乔韶紧张的是怎么才能不动声色给贺深贴补家用,他清了下嗓子:"毕竟是那么个大集团。"

贺深道:"深海挺好的,一直保持着蓬勃的朝气。"

乔韶耳朵都要竖起来了:"你挺喜欢?"

贺深看向他:"不喜欢怎么会申请那里的暑期工?"

当然也有点别的原因,不过贺深的确是欣赏深海集团,甚至可以说是羡慕。

他生在那样的家庭,对乔氏很了解。

乔家一直人丁单薄,从乔如安起就是独生,听说乔宗民有过一个弟弟,但七八岁时就因病去世,乔家就只剩一个乔宗民了。

之后乔宗民的独子出了那样的事,很多人都感慨乔家血脉坎坷。

贺深的爷爷也提过挺多次,不过贺深知道爷爷语气里更多的是忌妒。

同样只有一个儿子,谢家和乔家实在差太远:一个烂泥扶不上墙,另一个却敢打敢拼,年纪轻轻就让家业翻了数倍不止。

乔韶装作不经意其实很好奇地问:"等你以后毕业了,会考虑去深海工作吗?"

贺深顿了一下,道:"有想过,不过他们应该不会录用我。"

乔韶不禁道:"别妄自菲薄,你这么优秀,肯定没问题!"

贺深笑了一下:"你呢,未来有什么打算?"

乔韶愣了一下。

贺深道："也想去深海吗？"

乔韶觉得自己不是想不想的问题，而是想不想都得去的问题。

"再说吧……"乔韶道，"大学还八字没一撇呢。"

想到这乔韶又惆怅了："你成绩这么好，高考肯定……"

贺深握了握他的手道："你也没问题。"

乔韶长叹口气：他有问题，他有很大问题，回头贺深考上北大清华，他出国去了哈佛耶鲁怎么办？

不行，一定得想办法帮贺深还了债，带他一起走！

见乔韶不出声，贺深又道："别担心，到时候你去哪儿我就去哪儿。"

这话让乔韶眼睛一亮："真的？"

贺深笑了："嗯，去蓝翔我都陪你。"

乔韶："……"

这梗他知道，宋一栩天天号叫着。

他撇嘴道："我才不要学挖掘机！"

贺深道："那我们去新东方学烹饪。"

乔韶畅想了一下那画面……被雷了个外焦内酥！

乔韶挥散脑中画面："有点梦想行吗？！"

什么蓝翔、新东方，常青藤名校到底是哪里配不上他们！

等到了山顶，乔韶看到这座 S 市知名庙宇，整个人都傻了。

贺深一脸淡定。

乔韶转头，用不可置信的目光看他："贺深你……你……你就在这儿请的签筒？"

贺深沉着冷静道："这里香火很旺。"

乔韶疯了："可是这、这……你知道这里……"

贺深帮他说出来了："我知道，是送子观音。"

这谁能想到？谁敢想！

贺深在送子观音这里请了个签筒！他还傻兮兮地抽了！还抽了个大吉！如今还傻兮兮地来还愿！

他还的到底是哪门子的愿!

要死不死的是,他俩还碰上熟人了。

卫嘉宇一脸的不可置信:"你们……怎么……"在这儿!

乔韶转头,看到这撮蓝毛时,体会了一把在棺材里仰卧起坐的滋味——死了又死!

贺深也挺意外:"卫嘉宇?"

卫嘉宇赶忙澄清:"我陪我妈来的。"

贺深是真淡定:"恭喜你,要当哥哥了。"

卫嘉宇"呸呸"好几声道:"我妈更年期都过了!她是给别人求的!"

贺深:"哦。"

卫嘉宇又看向乔韶,忍不住问道:"你们一起来的?"

问了也白问,这俩身边就没第三个人!

乔韶真的不知道该怎么解释这个情况!

贺深已经接话:"我们来……"

"还愿"二字生生被乔韶给捂住了。

乔韶红着脸道:"我们是来……来爬山的!"

说完他瞪着贺深,满眼都是威胁的意味。

贺深笑了下,也道:"嗯,来爬山。"

卫嘉宇也不敢多问啊,只能干笑道:"那你们继续爬、爬山,我去找我妈了。"

乔韶连忙点头:"拜拜!"

卫嘉宇走了,乔韶凶贺深:"怎么办?!"

他真的要去送子观音庙里还愿吗?!

贺深道:"我也是没办法。"

乔韶:"……"

卫嘉宇打死也想不到贺深那签筒是从这里请的。

就算真想到了也……也只是觉得更加可怕啊!

他掏出手机给楼骁发消息:骁哥骁哥,我遇到深哥和小穷鬼了!

楼骁懒得戴眼镜，模模糊糊看了眼，心想：遇到就遇到了呗。

谁知接下来就是——

卫蓝毛：深哥居然带着小穷鬼来拜送子观音！

楼骁："……"

30．完成我的心愿

这一刻楼骁怀疑自己眼睛彻底瞎了！

他没回卫嘉宇，只默默把手机拿远，仿佛那里面有什么病毒，挨太近会被传染。

卫嘉宇没等到消息也不意外，他斟酌了一下，还是跟着老妈安分下山了。

提醒是不可能提醒的，一提醒肯定会被打死，这点卫嘉宇还是明白的。

乔韶在庙门犹豫来犹豫去……

贺深道："我们回去？"

庙里来来往往的人不少，百分之八十是女性，剩下的男性也绝不是自己来的，身边都有位女性，像乔韶和贺深这样的几乎没有。

不过也没人留意他们，一来是人多，谁也不知道他们是跟着哪位母亲来的；二来是他们一看就是学生，暑假来这儿爬山玩的孩子也不少。

但乔韶一旦去蒲团上拜一拜，他这注目礼可能就收不完了！

乔韶看他："我来干吗的？"

贺深哄他："这儿风景不错，就当晨练了。"

谁晨练会坐车半小时爬山一小时？

乔韶不理他了，还在认真纠结着。

贺深道："不用那么当真的，我们不是都和好了嘛。"

乔韶："如果没有这个签筒，我可能没勇气向你说出我的心里话。"

贺深一怔。

乔韶看着脚下的石台阶，看了好半天道："我考得那么差，怎么有脸去和你……"

乔韶垂着眸道:"可是我看到了这支签,它告诉我可以。"说着他抬头看向贺深,"这样我哪能不当真?"

说完这话,他轻吸口气道:"我去还愿!"

乔韶不信鬼神,却相信精神的力量,是这支木签给了他勇气。

贺深跟上来:"我和你一起。"

乔韶笑道:"又不是你求的,你还什么?"

贺深认真道:"可是它完成了我的心愿。"

如果乔韶没来找他,如果乔韶没有主动跟他说,贺深绝对不可能主动接受这么好的一个小孩。

哪怕他把乔韶当成今生最后也是唯一想要记住的人,他也不会去打扰乔韶的人生。

乔韶抬头看他:"所以它很重要对吗?"

贺深温声道:"嗯。"

乔韶终于还了愿,心里暖洋洋的。

贺深嘴角也轻轻扬着。

这时背后传来了一阵诧异声:"你俩挺积极呀。"

乔韶后背一绷,头都不敢回!

后面的大妈很热情,说道:"刚结婚就来求子?我家儿子儿媳能有你们小夫妻这觉悟,我……"

乔韶:"……"

贺深反应过来了。

眼看着大妈要热切地拉着"乔小妹"的手和他唠唠怀孕这件人间大事……贺深和乔韶已经头也不回地跑了出去。

大妈还在招手:"哎……别害羞啊……"

乔韶只觉得刮在脸上的风都是热的,他整个人都快烫死了!

两人跑出送子观音庙,一直跑到半山腰的僻静小亭子里。

乔韶跑得很累,撑着膝盖直喘气。

贺深笑了一声，乔韶恼羞成怒，抬头瞪他，谁知看到的却不是戏谑与玩笑，而是仿佛透过树枝落下的正午阳光般爽朗的笑容。

乔韶别开视线道："我哪点像女生？！"

万万没想到啊万万没想到！

他们两个男生鼓起勇气去拜送子观音，没收到奇奇怪怪的眼神也就算了，竟然还收到了莫名其妙的夸奖！

贺深不会拿这个和他开玩笑，只道："哪都不像。"

乔韶还是不甘心："等我好好吃饭，长高长结实了就……"

他说着忽然顿了一下，看向贺深："那个……"

贺深："嗯？"

乔韶心里忽然涩了涩，很不是滋味："你究竟是把我当成好兄弟，还是把我当女生一样照顾……"

贺深明白了，他无奈道："想什么呢？"

乔韶还真有点别扭了："我们第一次见面你还卖我女装。"

贺深道："我是看出你想买件便宜的衣服，不忍心你空手而归。"

乔韶不服："那就卖我女装？"

贺深反问："剪了标签，哪里像女装？"

乔韶："……"

这倒是，基础款的白T恤没太大区分。

"在我心里你当然不是女生……"贺深低声道，听到这里乔韶心里是舒坦的，可贺深接下来就是，"也不是男生。"

乔韶想一把推开他！

"乔韶就是乔韶，"贺深道，"是我最重要的人。"

乔韶："贺深同学……"

贺深："嗯？"

乔韶压着心里的甜蜜，控诉道："你是在说我不男不女吗？！"

贺深笑了，望进他眼里："如果我不男不女，你还把我当朋友吗？"

乔韶被他看得心肝乱颤："……"

贺深凑近他："没听到。"

乔韶又说了一遍。

贺深离他更近了："听不清。"

乔韶一把推开他道："当然！"

贺深道："我也是。"

他俩下山时已经上午十点多。

这个点反而比之前人更多了，毕竟是暑假，陆陆续续有不少学生结伴出行，顶着炎炎烈日也要去山上一探究竟——哪怕山上只有一个送子观音庙。

快到山脚时，他们又碰到一个熟人。

准确点说是他们的同学，这人乔韶没见过，他也不认识乔韶，只是喊住了贺深。

贺深是认识的，不过他神态惫懒，半句话都不想多说。

来人穿着东高的校服，头发乱糟糟的，戴着副黑框眼镜，肤色明明挺白，却总给人一种脏兮兮的感觉，他一开口就暴露了话痨属性："贺深，没想到会在这里看到你，你是来爬山吗？运动下的确是有益身体健康……"

贺深道："嗯。"真是要多敷衍有多敷衍了。

来人却没所谓，两个人的对话他一个人就可以控制全场："……我不知道你是怎么想的，但我觉得个人情绪不该影响到考试成绩，每次考试都是神圣的，不该放弃任何一道题，哪怕这道题很简单……"

他一开口，乔韶就听出了诡异的熟悉感。

数学社社长——柱兄。

他很明显是在质问贺深放弃了作文，丢掉了整整50分。

乔韶听得有点不乐意，不知道内情就这样责备人，也太……

他这念头还没转完，这位话痨已经话锋一转，说道："你这样掉以轻心早晚会翻车，我这次虽然还是比你低了1分，但我可以告诉你，我们年级卧虎藏龙，有匹黑马正在潜伏，等他觉醒之日，就是东高换天之时！"

乔韶确定了，这货就是顶梁支柱，但更加让他不想确认的是，这货嘴里的黑马十有八九是他！

贺深本来都想走了,听他说到这儿又停了下来:"哦?"

还是单音节,只是语气变了点。

顶梁支柱某种程度上也是个神人:"你以为自己真的会永远第一?你以为真的没人能赢了你?你以为这世界上只有你是个天才?不!我告诉你!真正的高手藏于民间,真正厉害的人不屑炫耀,真正的天之骄子都是大隐隐于市!"

乔韶:"……"

别、别吹了,他都快被吹上天了。

贺深看了乔韶一下,对这个奇葩多说了几个字:"还有这样的人?"

顶梁支柱冷笑:"当然,他的智商绝对不亚于你,我可以保证他对数学的领悟能力是旷世罕见的天才,更让人震惊的是他的细心和耐心,以及那宠辱不惊的做题态度……"

乔韶恨不得把耳朵捂起来!

贺深眼中笑意更深,十分耐心地听着顶梁支柱吹的"彩虹屁"。

"这样啊,那我很期待和他较量下。"贺深这样说。

顶梁支柱道:"等着吧,这样的机会不久就会到来!"

他又做了三百字总结,乔韶实在听不下去了,拽了好几下才把贺深拽走。

两人到了山脚下,贺深道:"梁柱这人还挺有趣。"

乔韶:"……"

贺深道:"他就是你们数学社社长。"

乔韶哪会不知道!

他红着脸道:"你和他瞎扯什么?"

贺深沉吟道:"他以前是挺多废话的,但这次嘛,我必须承认他字字珠玑……"

乔韶听不下去了:"我怎么可能赢得了你?"

一个全校第一,一个全校倒数第一,柱兄你买错股了!

贺深侧头看他:"除了你,还真没人赢得了我。"

31．自信点，你很优秀

乔韶无语道："可算了吧，我下辈子都没戏。"

贺深："不要妄自菲薄。"

乔韶："我也不能没有自知之明。"

贺深笑道："自信点，你很优秀。"

乔韶心里熨帖："只有你这么觉得。"

贺深刚要开口，乔韶嘴唇弯了弯，又道："也挺好。"

贺深看向他："嗯？"难得贺深也有没听懂的时候。

乔韶眼睫颤了下，很不好意思却说出来了："我是说……嗯，只有你就足够了。我的意思是只要有你觉得我优秀就很好了，别人怎样觉得我才不在乎……"

两人在山脚下，耀眼的阳光把人从里到外都照了个明明白白。

贺深看到了乔韶的心里。

乔韶也看到了他的。

贺深眼睛不眨地看他。

乔韶嗫嚅半天，又来了一句："我那是、是实话实说。"

贺深："……"

乔韶说完就后悔死了！

贺深突兀地问他："渴吗？"

乔韶："啊？"

贺深拉着他走到角落里的自动售卖机。

贺深只买了一瓶罐装饮料，他单手开了递给乔韶。

"谢谢。"乔韶接过来，本来一点不渴，现在却觉得喉咙干痒，很需要这种冰镇的饮料来缓解下。

贺深道："我也想喝口。"

乔韶又递给他，贺深也喝了一口，再看向乔韶时，他们一起笑了。

心意相通的两个人，无论做什么都很开心。

他们一起吃了午饭，在贺深问了三遍后，乔韶没招架住，同意了去他家"坐坐"。

两人刚下出租车就看到楼下停了一辆白色的宾利车。

看到这车时乔韶一愣，脑中冒出的第一个念头是，老爸来了？

应该不会吧……

大乔自己出门从不开四座车……

不过也拿不准，毕竟乔宗民同志的车多到亲儿子也记不住。

乔韶自个儿心惊肉跳的，也就没发现身边人的僵硬。

直到贺深出声："我给你打辆车，你先回家吧。"

乔韶立马道："不用，我坐地铁就行。"

往常听到乔韶这样说，贺深肯定会二话不说去拦车，但这次贺深只道："到家了给我发个微信。"

乔韶点点头，临走前又多看了那辆宾利两眼。

贺深等乔韶走了才上楼，楼道里随意停了三辆电动车；楼梯扶手上反光，不是因为干净，而是被很多人常年触碰所致；墙面上有张贴过广告后留下的痕迹，空气里更是弥漫着一股说不清道不明的气味，不臭也不干净。

这样一个地方，谢家大小姐会亲自来，可见是等不及了。

贺深能猜到缘由，可是他心里毫无波动，一点儿都不难受。

血脉亲情磋磨到这个地步，还有什么继续维系的意义？

贺深自嘲一笑，看到了与这间出租屋格格不入的女人。

她身着香奈儿今夏成衣，黑白相间的千鸟格把体形勾勒得美丽优雅，脖颈上戴了漂亮的祖母绿项链，耳坠是同款，手腕上是玫瑰金镶钻的萧邦LA STRADA，拎着爱马仕的铂金包，唯独手指空着，没有戒指。

这是谢箐，只比贺深大十二岁的小姑。

贺深看向她，连声招呼都没打。

谢箐也不生气，甚至放下了矜贵，摆出了温柔的姿态："小深，跟姑姑回家吧。"

从出生到现在,盛气凌人了二十九年的谢家大小姐,何曾有过这样低声下气的时候?

可惜贺深不为所动:"我这里又脏又乱,也没什么可招待的,谢小姐请回吧。"

谢箐道:"这说的是什么话?我是你的亲姑姑。"

贺深道:"你不是不许我叫你姑姑吗?"

谢箐妆容精致的脸上露出一丝尴尬:"我那时年轻不懂事,只是嫌这称呼老气,但心里是疼你的。"

贺深没心情和她扯这些,道:"没什么事的话,请回吧。"

谢箐也知道他的脾气,连忙说正事:"你爷爷身体很不好,可能撑不过今年了!"

贺深早就想到了,能让谢小姐纤尊降贵地来这个脏地方,只能是谢永义身体不行了。

谢箐又道:"你爷爷从小就宠你,自从卧床不起更是天天念叨你,你快回去看看他吧。"

贺深抬眼看她:"他真的想见我?"

谢箐的心思被一眼看穿,面上有些稳不住了:"他当然想见你!你是他最疼爱的孙子,他为你付出了那么多心血,为你……"

贺深烦透了这些事,拧眉道:"我已经不姓谢了,谢家如何与我无关。"

见他如此固执,谢箐沉不住气了,她本来就不是什么好性子,要不是……她哪会理这个蠢货生的东西!

谢箐直言道:"你真以为赚够一千万元就能离了谢家?"

贺深沉着脸不出声。

谢箐一字一句往他心窝上捅:"你是在做梦!等老爷子走了,你爸掌权,我看你还能有什么好日子过!你那后妈天天想给你生个弟弟,等她怀孕,你就是她的眼中钉肉中刺,她绝对不会放过你!"

贺深面无表情道:"说完了?"

谢箐彻底绷不住了，气道："你怎么这么蠢，你改了姓又怎样？你骨子里流着谢家的血，你这辈子都是谢家的人，你以为自己逃得了？我告诉你，你爸一旦作死，你和我都是他的陪葬！"

贺深下了逐客令："我的事不劳你操心了。"

谢箐气急败坏道："贺深你会后悔的，你现在无所谓，等你有了牵挂，你会知道自己的逃避有多愚蠢！"

贺深"砰"的一声关上门，谢箐何曾受过这样的屈辱，气得把价值六位数的包用力砸在门上！

乔韶坐在车上，心里直打鼓，他又不傻，自然看得出贺深是故意支走他。

这么说那辆宾利的主人是来找贺深的？找他做什么的？

工作吗？

不可能，雇主的话肯定是先打电话，而不是直接找上门。

这种情况……

乔韶心里"咯噔"一下，只能想到一个可能了。

难道来找贺深的是……债主？

乔韶越想越觉得很有可能！

债主催债可不会只打个电话就放心，肯定会定期上门看看，怕人跑了。

能借出去一千万元的人，想必也开得起三四百万元的车。

这么一想，乔韶真想让司机大哥掉头回去。

不过他忍住了。

贺深那么要强的性子，不会希望他在。

他回到家还在忐忑，估摸了一下时间后给贺深发了个信息：我到家了。

贺深过了会儿才回他：抱歉，说好下午陪你写作业的。

乔韶连忙回他：没事，暑假还长得很。

贺深给他发来了通话请求。

乔韶把门关紧后接了。

贺深声音有些低："乔韶……"

听出他声音不对的乔韶心一紧："出什么事了？我去找你吧，我反正在家也没什么事。"

乔韶焦急的语气全传到了贺深的耳朵里，让他眼中的冰冷融化了许多："别来回折腾了。"

乔韶道："不折腾……"

他话音刚落，贺深忽然问了句："有件事我想问你。"

乔韶坐得笔直，道："你说。"

电话那头顿了挺久，才继续传来贺深的声音："如果我和你想的不太一样，你会不会不把我当好兄弟了？"

这话让乔韶后背一紧——

说起来，他可能和贺深想的也不太一样……

乔韶设身处地一想，马上回道："你怎样我都不会和你有嫌隙！"

说完他惊觉这似乎太直白了。

谁知贺深很快又问他："真的吗？"

不知为什么，乔韶从他的语气中听出了急切和不安，乔韶道："当然！"

贺深竟又问道："哪怕贺深不是贺深？"

乔韶觉得这话有点莫名，他缓解气氛地开了个玩笑："你就是变成卫深、陈深、楼深了，我们也还是好兄弟。"

贺深低笑道："好难听。"

乔韶听出他声音放松了，自己也松了口气："我也觉得。"

"那……"贺深问道，"谢深好不好听？"

乔韶灵光一闪，道："实不相瞒……"

贺深："嗯？"

乔韶眼睛弯成了月牙："我觉得乔深挺好听。"

贺深真心实意地笑了，他道："我姓乔的话，是随你姓吗？"

乔韶脸一红道："不好吗？"

贺深又能开玩笑了："不好。"

乔韶恼羞成怒:"不好就算了。"

翌日,两人一起去深海大厦报到,顺利入职成为暑期工。

这种岗位其实是大集团响应勤工俭学政策设立的,分高中部和大学部,相对来说大学生的岗位更严格一些,相当于一个实习的机会。

高中生就纯粹是体验生活。

他们被安排的工作很简单,无非是跑跑腿,做点简单的表格和文件,偶尔还会跟着市场部去外面看看。

虽然很轻松,但人和人就是不太一样。

比如乔小韶同学,最大的作用是——"哎呀,这孩子好萌!""我生个儿子有这么可爱就好了!""咦咦咦,这真的是高中生吗?"

没错,凡是女性员工,都要如此这般来一句。

贺深就不一样了,上午还在做表格,下午乔韶就发现他被某位研发部大哥带走,换了个乔韶根本看不懂的工作……

他俩收到的评价里有一句是一模一样的,那就是——这真的是高中生吗?

乔韶是因为个子矮长得嫩,贺深是因为工作能力太强懂得太多。

一对比,乔韶只觉得扎心!

一周后,乔宗民忍不住了,让助理去把人事部主管叫来。

主管诚惶诚恐,以为有什么重要的人事变动,慌了一路。

谁知来了后乔总问道:"新来的暑期工表现如何?"

李忱傻了:暑期工?

李主管好歹也是个高层了,哪知道这么鸡毛蒜皮的小事!

但是李忱能爬到这个位置,还是懂事的,他立刻道:"是章志勇负责这方面,需要我叫他过来吗?"

当然需要,乔宗民道:"嗯。"

没多一会儿,人事部的章志勇胆战心惊地走过总裁办,来到了这个传说中的房间!

见到乔宗民的瞬间，章志勇紧张得说不出话。

李忱赶紧问了那个问题。

章志勇愣了愣道："这次的暑期工里有个孩子特别优秀，虽然才十七岁，但是对各种编程软件都十分熟悉，研发部对他赞不绝口，而且他逻辑思维能力很强，说话条理清晰，是位不可多得的人才……"

他噼里啪啦夸了一堆，乔宗民听着还挺舒坦——物以类聚人以群分，儿子这同桌的确不错。

很快章志勇话锋一转道："对比之下，另外一个孩子差太多了。"

乔总眉峰一扬。

章志勇浑然不知自己在喷太子爷，振振有词道："这孩子大概是年纪小，笨手笨脚的，一张简单的表格要做一个小时，而且没眼力见儿，顺手能做的活也看不到，还等着别人给他倒垃圾……"

束手站在角落里知道全部实情的总裁办助理向他投去了怜悯的目光——

敢这样说小少爷的，章志勇你是前无古人后无来者的第一人，不愧名字里有个"勇"字，真是个勇士！

32. 这个同桌挺好的

乔宗民不露声色地继续套话："两人是同学？"

章志勇对大老板自然是知无不言言无不尽："听说还是同桌，关系倒是很好，就是各方面差得有点大。"

亲儿子被这样嫌弃，乔总还沉得住气："具体说说。"

章志勇便道："优秀的叫贺深，差一点的叫乔韶，其实这个乔同学也没那么糟糕，只是对比之下问题较多，不谈工作方面，生活上是等着人伺候，从来都不自己去倒水，吃饭也是等同桌送来，倒垃圾都是贺深帮他……"

章志勇说了一大堆，语气里多少有点义愤填膺，不为别的，主要是他太欣赏贺深，进而觉得那个乔韶太"欺负"贺深。

乔宗民哪里还听不明白，他道："乔韶指使贺深做事？"

章志勇有一说一道："这倒没有……"

乔宗民摆摆手道："行了，回去吧。"

章志勇跟着人事部主管一起走了。

章志勇紧张地问自家部长："老大，我没说错什么吧？"

李忱沉吟道："应该没什么。"

章志勇松口气道："乔总怎么关心起暑期工了？"

李忱虽不知内情，却也猜到了一点："肯定有孩子身份特殊。"

章志勇紧张兮兮道："莫非是乔总的亲戚？"

李忱道："也许是朋友，肯定认识。"

章志勇回忆了一番自己说的话，有些后怕："那个乔韶应该不是吧……"

李忱揣测道："感觉不像。"

章志勇灵机一动："莫非是贺深？"

李忱也是见过这俩孩子的，他品了品："可能性很大，贺深那孩子一看就气度不凡，不像普通人家的孩子，极有可能是哪家的太子爷来体验生活。"

"我觉得也是，"章志勇也道，"那孩子实在太优秀，肯定自小受了精英教育，要不一个寻常高中生哪能知道那么多？关键是为人处世也样样得体，要不是身份证摆在那儿，我真不信他只有十七岁。"

李忱总结了一下："总之好好照顾这俩孩子，有情况了给我发邮件。"

章志勇道："明白！"

李忱不愧是个高管，头顶的天线要比属下灵敏太多，他道："虽说贺深身份不一般，但也别亏待了乔韶，你想想，能让哪家太子爷哄着的小孩，也不是一般人。"

章志勇瞬间领悟了，道："好！"

这些乔韶当然不知道，他这暑期工做得可开心了。

天天和贺深在一起，做什么都喜滋滋的。

这天回家，大乔同志亲自下厨，给他做了顿丰盛的晚餐。

乔韶问道:"今天是什么特别日子?"

乔宗民摘下围裙道:"怎么,不想吃老爸做的饭?"

乔韶警惕地看他:"怕是鸿门宴。"

乔宗民给他一个爆栗:"瞎说什么!"

乔韶摸摸头道:"别这样敲,真的会长不高。"

乔宗民想到白天儿子被嫌弃矮,不舒坦了:"过来,爸给你量量身高。"矮什么矮,明明长高一些了。

乔韶老实站到了身高测量仪上,没一会儿就给出了数据。

乔宗民看了眼后喜上眉梢:"可以啊,长了3厘米!"

乔韶也赶紧凑过来,纠正他:"是2.6厘米!"

乔宗民:"四舍五入就是三。"

乔韶道:"您这入得有点多。"

乔宗民:"反正长个了,这才三个多月,以后还会继续长!"

"这倒是,"乔韶心情很好,"今晚要多吃点。"

父子俩坐下,桌上摆满了他们爷俩爱吃的菜。

菜很多,做得色香味俱全;餐厅里灯光也很温馨,是设计师根据装修风格定制的灯光,有一定舒缓神经的作用;角落里的音响也飘着悠扬的轻音乐,不是什么特别的曲子,重在随机,很少重复。

一切都很好,只是少了个人。

一家三口只剩下两个人,那种寂寞是深入灵魂的。

乔韶恍惚间仿佛穿过了时空,回到过去。

同样的餐桌,同样的菜色,不同的是空气中淡淡的香气,那是母亲最爱用的香薰,味道很淡,有着森林草原般的清新与苦涩。

乔韶以为自己忘了这个味道,可其实一直藏在他心底。

一旦想起,连嗅觉都变了。

乔韶心头又涌起了走上三楼的冲动。

那是属于母亲的国度,那里曾住着他最爱的人。

"来尝尝,"乔宗民招呼他,"我这油焖大虾绝对够味。"

乔韶回神，没表现出什么，他已经越来越好了，甚至能用这么平静的心情去思念母亲。

"够味？您不会放了两斤盐吧！"乔韶一边说着一边拿起筷子。

乔宗民："开什么玩笑，当我还是吴下阿乔？"

这成语改的，乔韶弯唇道："看来我该对您刮目相看……唔……"他吃了一口道，"真的好吃。"

乔宗民神态明显放缓了："好吃就多吃点！"

乔韶知道大乔在担心什么："我最近胃口很好。"

真的很好，他现在吃什么都香，仿佛是在补偿之前缺失的食欲。

何止是食欲，乔韶很清楚自己从贺深那里得到了更多。

乔宗民又给他夹了别的菜，乔韶不想惹老爸难过，打起精神专心吃饭。

他母亲是他的至痛，更是父亲的死穴。

提起来，无异于在溃烂的伤口上撒盐。

乔韶专心吃饭，把大乔夸了个遍，餐桌上气氛融洽。

吃过饭，碗筷就不用收拾了，乔宗民倒了杯红酒，乔韶端着杯鲜榨果汁，一起去客厅里消食。

乔宗民想起白天的事，道："你那同桌不错，部门里都在夸他。"

乔韶也不意外，老爸不打听才奇怪呢，他道："我没骗你，他就很厉害，我以前都说得很含蓄了。"

乔宗民打量着他的神态，来了句："他对你真好。"

乔韶有点心虚："嗯，毕竟同桌。"

乔宗民慢悠悠道："有点好过头了吧，我听说他还给你端茶送水倒垃圾……"

乔韶一惊，喝了口果汁镇定道："哪有那么夸张……"

好像还真有！

贺深总是把他照顾得特别周全，不等他自己察觉到……身边的事就已经被他全做完了。

乔宗民呷了口酒，目光如炬。

乔韶被他看得心怦怦直跳。

乔宗民道："你知道的，我很少过问你的事。"

乔宗民继续道："但这事我必须和你说明白。"

乔韶韶忐忑着，不知道大乔要说什么，老爸不是嫌贫爱富的人啊……

谁知乔宗民下一句是："我觉得你同桌太有心机。"

乔韶小心谨慎地问道："啊？"

乔宗民反问他："他在学校里有这样照顾你吗？"

乔韶哪里敢承认，支吾道："没、没有……"

乔宗民一副果然如此的表情，语重心长道："你太嫩了看不透，但爸爸必须告诉你，无事献殷勤非奸即盗，贺深这小子不是什么好鸟。"

乔韶试探着问了句："怎么说？"

大乔同志老谋深算道："你真当他对你好？要知道暑期工一共就你们两个人，他事事都帮你做了，你又能做什么？"

乔韶一时不知该如何接话。

乔宗民想得也是有模有样了："你什么都做不好，他样样都做得好甚至还帮你做，放到别人眼里，他是不是更优秀了？"

乔韶忍不住帮好朋友说话："那个、他真的很优秀的……"

乔宗民冷笑："你看，连你都这么说他，可想而知其他人会怎么夸他了。"

乔宗民想起白天听到的报告就来气，他儿子怎么就不如一个心机鬼？一群睁眼瞎！

33．我喜欢深海

章志勇的确是吐槽了太子爷，但乔总是公私分明的人，不会因迁怒就把人给开了，只能从另一个角度去找问题。

找来找去，找到的就是儿子被算计了。

如果不是贺深处把事都做了，韶韶会显得这样无能？

如果不是贺深主动伺候，韶韶会是颐指气使的孩子？

所以根源就在这个贺深身上。

乔宗民见儿子被迷了心窍，又来了一句："你好好想想，你只是他的一个同学，他干吗要把你照顾得这样周全细致？"

乔韶："……"

乔宗民凭实力和真相擦肩而过："小小年纪有这样的心机，你以后是玩不过他的。"

乔韶很纠结，贺深还什么都没做呢，就被他爸给嫌弃了，以后摊牌了可怎么办！

本来给他说了一堆好话了，这下全凉了。还指望暑期工继续攒攒好感度，让大乔给他补贴下家用呢，现在……

乔韶不甘心，继续为好朋友说好话："爸，你想太多了，别用成年人的思维定义我们。"

乔宗民道："未成年怎么了？十岁以上智商平等，不要小瞧任何人。"

乔韶又道："他在学校时也对我很好，我现在能吃能喝可多亏了他！"

不说这个还好，一说乔宗民又来气了。

哦，也不能说是气，更多的是酸。

想想吧……老乔家努力了这么久也没让乔韶好吃好喝，凭什么一遇到姓贺的小子，乔韶就越来越好了。

诚然儿子康复乔宗民比谁都高兴，但是，该酸也得酸！

之前是不动声色地酸，如今得知贺深是个心机鬼，乔宗民同志压不住这陈年老醋了。

乔宗民道："怎么就多亏他了，不是还有陈诉、卫嘉宇、宋一栩、解凯吗？"

没错，乔韶在东高遇到了挺多同学，回来和乔宗民说了很多。

乔韶继续辩解："那、那不一样的！"

乔宗民叹口气道："有什么不一样的？贺深不就是你同桌，不就是学习好点，不就是嘴巴甜点，还有什么？"

乔韶有所顾忌，不敢多说，这支支吾吾的模样倒像是被大乔说服了。

乔宗民继续道："别像个色令智昏的老皇帝一样，清醒点。"

乔韶："……"

慢慢地，乔韶也发现了。

自己越是夸贺深，老爸越是气；自己越是表现出重视贺深，老爸越是嫌弃他……难道他得反着来？

可他也没法说贺深坏话啊，不是不能说而是没的说。

这太难为人了！

他想破脑袋也想不出贺深不好的地方。

好在大乔虽然对贺深"羡慕嫉妒恨"，但还保有成年人的公正，他道："他小小年纪有这样的打算也是个能耐，爸爸不是说他坏，只是你看人时要站得更高些，才能看得更全面。人无完人，也难分善恶，只看你如何和他相处。"

这些东西以前乔宗民是从不对乔韶说的。

经过那件事后，他们对乔韶抱有的唯一期望就是他能健康快乐地活着，其他全无所谓。

不过随着他越来越好了，乔宗民也希望他能够拥有更加丰富的人生。

哪怕日后乔韶不愿接手深海集团，乔宗民也希望他能更成熟一些。

父母家人护不了他一辈子，只有自己才是自己恒久的倚仗。

对于大乔同志的成见，乔韶毫无办法。

他说不能说，做又做不过，没几天就放任自流了。

直到暑期工工作完全结束，乔韶都没找到补贴贺深的法子，后来他发现自己是多此一举，贺深早有打算。

他之所以报名暑期工，为的就是接私活。

辛辛苦苦忙碌了一个暑假，半个研发部都认可了他的能力。

大公司的每个部门都有自己的权限，像一些自己没时间处理的事都会外包出去，贺深接的不少工作都是这样的。

乔韶真心佩服："难怪你会报名当暑期工。"

对于一个月能赚六位数的贺深来说，暑期工的几千块钱工资实在不值一提。

贺深给他解释："这只是一方面，我对深海集团的确很感兴趣。"

乔韶眼睛一亮："现在呢，待了两个月还喜欢吗？"

贺深道："挺喜欢。"

乔韶更开心了："等以后毕业了，真的要加入深海吗？"

贺深笑了笑："还有六七年呢，不急。"

这倒也是……

不过贺深喜欢深海让乔韶很开心。

要是大乔不喜欢贺深，贺深也不喜欢大乔，那他这个夹心饼干以后该怎么办？

贺深留意着他的情绪，问："这么希望我去深海？"

乔韶实话实说："当然了，毕竟是我家的公司。"

反正说了贺深也不会信。

贺深笑了："大少爷在自家公司工作两个月都没人知道？"

乔韶道："是咱们待的部门太低层了。"

贺深越听他这样说越是不信，他道："还有几天开学了，少爷的作业写得怎么样了？"

乔少爷不好意思道："还差很多！"

每天忙着打工，都没有时间写作业了。

贺深约他："明天来我家补作业？"

乔韶立刻道："好啊好啊。"

暑假在不知不觉间过去了，等炽热被秋风吹散，夏季也渐行渐远。

开学前一天，规矩了两个月的贺深没忍住："今晚住我这儿吧，明天一早你就不用折腾了。"

乔韶没多想，道："行，我提前把被褥都带来。"

也省了明早大乔念叨着要送他。

他话音刚落，贺深的手机响了。

贺深让开了一些接电话，他起初嘴角扬着，听着听着嘴角绷紧了。

挂断电话后，他对乔韶说："你先回家，我有点事。"

乔韶看出他神态不对，问道："怎么了？"

贺深想了一下，道："楼骁和人打架，被关进局子了。"

乔韶一惊，连忙问道："这马上要开学了，他……"

贺深找出打车软件道："我去看看，你先回去吧。"

乔韶哪放心得下，连忙道："我和你一起。"

34．其实我爸很好

贺深道："你去过派出所？"

乔韶哪有机会去，他刚回家那时倒是要录口供，但他状态实在太差，警察叔叔直接在医院问了问情况，逐渐好转后，乔韶也记不清那一年的事，也问不出个所以然。

"没去过……"乔韶看他，"不过和你一起，我去哪儿都行。"

贺深垂眸看向他。

乔韶意识到自己又说了大实话，赶紧解释："我是说我不害怕，派出所没什么好怕的，那里是正义的执法之地。"

贺深帮他总结了一下："只要和我一起，去哪儿都不害怕吗？"

乔韶："……"

原本贺深真没想带乔韶去的，可小孩都乖成这样了，哪里还放得开手。

"走吧，"贺深道，"去看看楼骁。"

两人上了出租车，乔韶心里很记挂："他真的会和人打架吗？"

刚认识楼骁那会儿，乔韶对他的"骁勇"之名深信不疑，觉得这家伙放到以前战争年代，就是扛着大刀去打仗的。

如今认识久了，早就看穿了他的睁眼瞎本质。

楼骁也就外表冷一点，内里其实窝着一团棉花，对人极好。

贺深目不斜视地看着前方："他会，但从不和学生打。"

乔韶道:"可他为什么要和校外的人打?"

贺深顿了一下,道:"和他妈妈有关。"

说完这句话,他余光瞥向乔韶。

乔韶听到这两个字时瞳孔缩了下,但也只是这样,并没太大情绪波动,甚至还能问道:"他的母亲?"

贺深道:"到了再说吧。"

虽说专车司机都戴着蓝牙耳机,但他们说的话他也都听得到。

贺深不想在外人面前提这些,乔韶能懂。

没多久两人就到了。

这种寻衅滋事的小案子,警察管都懒得管,贺深和乔韶一出现,负责的民警愣了下:"你就是贺深?"

贺深道:"我是。"

民警上下打量了他一眼:"身份证。"

贺深把身份证拿出来给他。

民警看了一眼后问:"2002年的,他同学?"

贺深应道:"是的。"

民警皱了皱眉,喊了一声:"怎么回事啊,不是说联系家长吗,怎么把同学喊来了?"

负责打电话的是个实习小哥,只听他回道:"那小子手机里就这么一个联系人。"

听到这话,乔韶愣了一下。

贺深道:"我能先见他一面吗,我可以找他要他家里人的联系方式。"

民警虽然觉得小小高中生很不靠谱,但想到里面那刺头,也不想再折腾:"去吧去吧。"

贺深和乔韶一起走到了里面的屋子,看到了靠墙蹲在地上的楼骁以及一个骂骂咧咧的男人。

男人三十岁出头,衣着考究,衬衣哪怕全是褶皱也能看出价格不菲,他脸上肿了一大片,说话不利索:"他是要打死我,要不是你们及时制止,他就拿刀子捅我了！你们不能因为他是未成年就放过他！这种垃圾就该被关进监狱，关上一辈子！"

他骂了一通，楼骁像没听见，只抱头蹲在那儿，僵硬得像尊雕像。

"你不骂他的母亲，他会揍你？"贺深一进来就说了这么一句。

本来一动不动的楼骁猛地抬头。

那男人一怔，有点心虚道："我怎么可能骂楼总？是这小子不成器！疯狗一样的性子，见人就咬！"

楼骁又低下头，闷不吭声了。

贺深显然不是第一次做这种事了，他没再理那男人，只对民警说道："一点小争执，都没受什么伤吧。"

民警其实挺烦这些鸡毛蒜皮的破事的，他看向那男人道："丁孝先生似乎觉得自己受了重伤。"

被楼骁揍成猪头的男人叫丁孝。

贺深看向丁孝，语气平和道："丁先生觉得严重的话，我们这就联系律师。"

一听"律师"二字，丁孝"嗤"了一声道："仗着自己未成年就为非作歹，等着吧，还有一两年，我看你成年了还有什么借口！"

说完这话，他拿过民警手里的文件，签了私下和解的字。

民警看了眼楼骁道："行了，走吧，遇事多动脑子少动手，打了人就解气？吃亏的还是你自己！"

这事他们也了解得差不多了，其实挺心疼这孩子的。

哪家庭正常的孩子通讯录里会只有一个朋友的电话？

问他家里人的联系方式，他一字不吭，再问就说自己没爹没娘，关牢里挺好。

整个过程，乔韶都没出一声。

大家估计把他当成贺深的弟弟，也都没太在意。

楼骁跟着他们出来，贺深问他："吃饭没？"

楼骁面无表情："吃了。"

"你吃个鬼，"贺深招了辆车，"走，去吃饭。"

楼骁板着张脸，周身冷气四溢，这要是寻常人估计早退避三舍了，偏偏贺深毫不在意，把人推到了车里。

乔韶一脸蒙，贺深对他是截然不同的态度："想吃什么？"

乔韶："……"

难道不该问问可怜的楼骁同学吗？

贺深一眼看穿他的未尽之言："不用管他，他吃过饭了。"

乔韶眨眨眼："什么？"

贺深想了下，对司机说了个地名，是他们去过的一家日料店。

楼骁虽然一脸的凶神恶煞，但坐到副驾驶座后还是系好了安全带，动作竟还有点乖。

谁敢想这是在局子里六亲不认的刺头！

因为料理店很近，所以七八分钟就到了。

楼骁一下车便道："我在外边略站会儿。"

贺深道："我俩先进去点菜。"

楼骁应了声："嗯。"

乔韶跟在贺深后面进了包厢，他好奇问道："不怕楼骁跑了吗？"

贺深正在平板电脑上点菜，抬眼看他："他能跑哪儿去？"

乔韶也答不上来……

贺深一边添加菜品，一边道："放心吧，他知道轻重。"

乔韶憋了一肚子话："楼骁这到底是怎么回事？"

贺深顿了一下，道："那个男人应该是他妈的新欢。"

乔韶蓦地睁大眼。

贺深轻叹口气道："回家再说。"

乔韶连连点头："好……"

直到上菜了楼骁才从外面回来。

乔韶招呼他："快吃点东西吧。"

楼骁应了一声，坐下就吃了起来。

日料大多是生食,他直接把整份生鱼片倒进了芥末酱油里,像扒米饭一样大口吃了起来。

乔韶看呆了:"不……呛吗?"

这么多芥末不顶得慌吗?

楼骁低头道:"不。"

贺深知道他脾气,对乔韶说:"不用管他,你的鳗鱼饭来了,趁热吃。"

乔韶点点头,一边吃自己的一边也忍不住看向楼骁。

只能说贺深很懂他,来这家日料店显然也是考虑过的。

贺深点了七八份生鱼片,楼骁一个人全吃了。

他不是在品尝美味,而是在用芥末发泄心情。

贺深不阻止,乔韶也不好说什么。

直到楼骁把碗里的芥末酱油全部吃光,才停下来。

贺深给乔韶夹了块玉子烧,瞥了他一眼。

楼骁仍旧板着脸,只是神态冷静多了。

他放下筷子道:"老贺,我决定退学了。"

听到这话,乔韶一惊,连忙看向贺深。

贺深神态平静,似乎一点都不意外,只问:"想好了?"

"嗯,"楼骁道,"我受够她了。"

乔韶不知道这个"ta"是哪个字,但他觉得是"她",是楼骁的妈妈。

贺深也放下筷子了,他看向楼骁:"我的建议是你先休学。"

楼骁摇头:"没必要,过几年再回来我也还是这样。"

贺深道:"决定了可就没有退路了。"

楼骁自嘲地笑了下:"我什么时候有过退路。"

乔韶忍不住了,他道:"到底怎么了?不能不上学啊,你还未成年……"

一个高中生不念书了还能做什么?

楼骁又不是贺深……即便是贺深也不行啊,学历对一个人的重要性真不是金钱可以衡量的。

楼骁看向乔韶:"我是去做自己想做的事,留在这里才是虚度光阴。"

乔韶问道:"你要做什么?"

楼骁嘴角露出了极其罕见的笑容:"打职业。"

乔少爷直接蒙了:"啊?"

贺深笑了下:"他不懂。"

楼骁似是彻底想通了,整个人的精神面貌都不一样了:"不管最后怎样,我想去拼一把。"

贺深道:"无论做什么,做到极致都是圆满。"

楼骁轻呼口气道:"嗯,我决定了!"

贺深看向他,缓解了气氛道:"回头我送你副眼镜,打职业的话,视力不好可不行。"

后来,乔少爷才知道楼骁是个很厉害的人物。

原来游戏打得好,还能为国争光啊!

乔韶长见识了!

楼骁的事贺深没瞒着乔韶。

一来是他俩这关系,没有瞒着的必要;二来是楼骁也不介意乔韶知道,自从贺深接受乔韶做朋友后,他就把乔韶和贺深画等号了。

楼骁家境很好,但家庭状况却很糟糕。

他至今都不知道父亲是谁,从小到大只有一个风流成性的母亲。

楼汝楠的情史罗列出来,整个S市的男人都比不过。

她成立的汝南传媒势头很强,赚得也是盆满钵满,可她无论如何都摆脱不了一个"睡出来"的名头。

楼骁打小就和她不亲近,她对这个意外得来的孩子也没什么兴趣,虽然勉强养着,却也没尽过一天身为母亲的责任。

楼骁对她却是感情复杂。

哪个孩子不依恋母亲?哪怕这个母亲连正眼都不给他。

楼汝楠轻视他,连带着她的情人也看不起楼骁。

楼骁对这些毫不在乎,只是有一点他忍不了,就是这些男人辱骂楼汝楠。

只要他听到了,一定会发脾气。

他跟别人起过许多次冲突,全是为了楼汝楠。

而楼汝楠知道后的态度只是——你能不能别惹事。

乔韶听贺深说完,整个人都呆住了。

这天底下竟还有这样的母亲!

贺深轻声问他:"你的妈妈对你好吗?"

乔韶怔了一下,眼眶有些疼,却把心里的话说出来了:"她很爱我,是天底下最爱我的人。"

可他却永远地失去了她。

贺深道:"别难过,她一定不想看你伤心。"

乔韶怔了怔,脑中竟又浮现出一段过去的记忆。

还是在谢家的宅邸中,他给妈妈拿来一朵漂亮的百合:"妈妈,你看这花开得好大。"

她的声音是那么温柔,仿佛就响在他耳边:"小笨蛋,你把它摘下来,它不会想家吗?"

乔韶道:"它只是一朵花。"

她说:"一朵花也有它牵挂的根茎。"

乔韶皱了皱眉。

她又道:"就像我牵挂着你和大乔。"

"乔韶?"贺深的声音唤醒了他。

乔韶猛地回神,才发现自己出神了。

"怎么了?"贺深担忧地问他。

乔韶揉了下眼睛道:"没事。"

贺深还想再问,乔韶道:"我今晚还是回家吧,等开学后又很久不能回家了。"

贺深点点头。

乔韶怕他担心,又道:"到家了我给你发微信。"

贺深:"好。"

乔韶临走前，又忍不住叫他："贺深。"

贺深："嗯？"

乔韶笑了一下："其实我爸很好，他对我很好，以后也一定会对你很好。"

贺深愣了一下，等再回神时，乔韶已经走很远了。

乔韶拐到另一个街道才停下，他站住的时候手在抖。

他从未像现在这样明白自己该做什么。

他已经失去了妈妈，不能再让她牵挂的根茎这样痛苦下去。

乔韶拨通了张冠廷的电话："张博士，有什么好办法能让我恢复记忆吗？"

张冠廷似乎并不意外，却还是问他："怎么忽然这样说？"

乔韶轻呼口气，反问："我爸需要我，对吗？"

张冠廷顿了一下，声音温和："是的，他需要你。"

乔韶胸腔里激起了无数的力量，这一刻他终于清晰地看到自己站在了黑暗与黎明的分界线上。

而他有了迈过去的勇气和力量。

"告诉我，我该怎么办？"乔韶问张冠廷。

他要想起一切，他不能再逃避了，大乔已经很痛苦了，他不能再丢下大乔！

张冠廷问："你是又想起什么了吗？"

乔韶说了自己的那段记忆。

张冠廷想了一下，说道："为什么你一直在回忆在谢家的这段记忆？"

乔韶怔了一下，他自己也不知道，他明明和谢家毫无牵扯，根本不认识那家的人……

张冠廷道："你要不要找机会再去谢家看看？"

35．爷爷，我是谢深

去谢家吗？

乔韶道："是希望我去记忆中的场景看看吗？"

张冠廷道："对，也许会唤起更多相关记忆。"

这应该不难，乔韶道："我回家和我爸说一下。"

虽然乔家和谢家走动很少，但同在 S 市，又有着规模相当的企业，少不了会有各方面的合作。

张冠廷道："尽量去想起的地方走一走，重复一下发生过的事，效果更好。"

乔韶道："我明白了，多谢张博士。"

临挂电话时，张冠廷略显突兀地问了句："你们和好了？"

乔韶轻声道："嗯……"

张冠廷温声道："挺好的，情感有着极其强大的精神力量。"

乔韶用力点头："是的，他给了我勇气！"

贺深不仅给了他面对过去的勇气，也让他看到了现在。

他终于能够迈出这一步，是因为看到了大乔。

他的父亲，那个失去了挚爱却强撑着顶起一片天的男人，需要他。

这一个认知给了乔韶无穷无尽的力量！

他不能颓废下去了，他不能再让大乔痛苦了。

即便父亲是座雄伟的高山，也仍需要绿荫庇护，否则在漫长的风吹雨打中，总会消磨殆尽。

乔韶回到家时，看到吴姨正在打扫卫生。

吴姨道："乔先生下午一直在家。"

乔韶一愣，点头应下。

吴姨不便多说，只问："新送来的生蚝很肥，晚上要吃吗？"

乔韶说："行，辛苦吴姨了。"

吴姨立马笑了："和我客气什么。"说完去厨房忙活了。

乔韶先去卧室换了衣服，他走出门时轻呼口气，用力攥紧了拳头。

爸爸在三楼。

他要上去，他要看看妈妈。

乔韶站在楼梯口，闭了闭眼。

勇敢点，乔韶，不要退缩了，你很想念她不是吗，她所有的东西都在三楼，你们无数的回忆都在那里，上去……上去看看她。

乔韶抬脚，走上了台阶。

雪花纹的大理石上铺了浅灰色的地毯，地毯经常清洗更换，踩在上面似乎还能感受到阳光的蓬松。乔韶只觉得脚下很软，像踩在云朵上，轻得让人心慌。

没事的！

乔韶压制住逐渐涌上来的眩晕感，努力向上迈步。

这只是一个台阶，是家里的楼梯，是他小时候走过无数次的地方。

乔韶走得很慢、很吃力，他全身关节都在叫嚣着刺痛，连大脑都逐渐混乱，胃里更是阵阵翻腾，仿佛要把吃的东西全吐出来……

不要怕，不要怕，三楼没有黑暗与恐惧，只有美好与温馨。

——你最爱的人就在那里。

忽然，乔韶停下了。

他从睡衣口袋里掏出手机，抖着手点开了微信。

贺深对他说的每字每句如同神奇的咒语般将他环绕，绷紧的神经慢慢舒缓，身上的痛楚也减轻了，除了胃部还在隐隐作痛。

好太多了，已经好太多了！

乔韶低头看着微信对话框，翻着自己与贺深的聊天记录，一步一步走上了三楼。

二十四级台阶，乔韶走了整整十分钟。

当他终于站在三楼时，他眼前的一切都虚晃了一下。

他上来了……

从十一岁离开这个家,到现在已经六年。

他终于来到了这个幼年时最爱的地方。

视线聚焦后,乔韶看到了自己的父亲。

一个千杯不醉的男人醉倒在一地华丽的衣裙中。

那是母亲的衣服,是历经时光仍旧遗留下的主人的美丽,是故去之人落在人间的眷恋,更是被留下的人赖以维系的旧物。

乔韶一动不动地站着,看着如山一般强大的父亲蜷缩在美丽的衣裙中,像个沉浸在虚幻美梦中的孩子。

他失去了母亲。

而父亲失去了挚爱。

痛苦不会因为年龄而放过任何人。

乔韶一刻都待不下去了。他转身走下楼,默默回到卧室,在关紧门的那一刻,泣不成声。

自己都做了什么?

自己怎么能这样自私?

爸爸这些年是怎么熬过来的?

妈妈走了,爸爸是以什么样的心情照顾他的?

每晚一定回家,无论是在国内还是国外,无论离了多远,大乔一定会回来陪他。

因为大乔知道他畏惧安静,尤其惧怕一个人在一栋房子里。

大乔知道乔韶需要他,他承受着丧妻之痛,用尽全力地爱护乔韶。

乔韶呢?

乔韶自己又做了什么?

只知道沉浸在自己的痛苦里,丝毫没有察觉到父亲的悲痛。

他需要爸爸。

他的爸爸又何尝不需要他!

而他直至今日才明白过来。

乔韶用力擦干眼泪,心中越发坚定了。

一定要想起过去,一定要摆脱桎梏,一定要健健康康地活着,他要让爸爸欣慰,更要成为他的后盾!

晚餐的时候,父子二人都恢复如常。

乔宗民捏了捏眉心道:"中午应酬了一场,喝得有点多。"

乔韶没拆穿他,道:"偶尔喝多点也没什么,你还这么年轻。"

乔宗民乐了:"儿子都快成年了,我还年轻?"

乔韶道:"男人四十一枝花,大乔同志您开得正旺呢!"

乔宗民笑呵呵的:"没大没小。"

他们家从来也没过大和小,乔韶从小就是直呼爸妈昵称,这是乔宗民和杨芸默许的。

一个和谐的家庭,不需要称谓来束缚,真正的敬爱不依赖于一声爸妈。

晚餐是芝士焗生蚝、炭烤小羊排、清蒸海鲳鱼;配菜有素炒四季豆和白果山药。

不算多丰盛,但爷俩吃得很开心。

饭吃一半,乔韶道:"对了爸,有件事和你商量下。"

大乔正在给他剔鱼刺:"嗯?"

"这鱼本来就没什么刺,我自己来就行啊……"乔韶说着便改说正事,"张博士建议我去谢家老宅看看。"

乔宗民手一顿,问:"去他家干吗?"

他对那一家子怪人都没好感,半点不想儿子过去。

乔韶说了缘由:"我也不知道为什么总想起去谢家赴宴的记忆,张博士建议我故地重游。"

乔宗民顿了一下,问:"你认识谢家的人?"

乔韶摇头道:"不认识。"

乔宗民想了想后道:"谢家现在乱糟糟的,老宅更是闭门谢客,想过去还真不容易。"

自从乔韶回来，乔宗民除了几个亲信，不许任何人打扰乔韶，更不要提那些商场上的应酬了。

乔宗民从不带乔韶出席任何场合，一来是乔韶的精神状态不允许，二来是他也不愿其他人把儿子当稀罕物围观。

乔韶道："上次我是因为什么去的？"

乔宗民道："是谢永义的寿宴。"

乔韶回忆了一下："好像就是这个季节？"

乔宗民："差不多。"

乔韶心思一动："那他的寿辰是不是快到了？谢家不办宴吗？"如果是同一个时间段同一个场景，他去了会不会想起更多东西？

乔宗民显然也想到了，但是他皱眉道："谢永义疯疯癫癫的，恐怕谢家不会大张旗鼓地准备寿宴了。"

"这样啊，"乔韶只能道，"那就另找机会吧。"

乔宗民对儿子说："我会留心安排的，想去总去得成。"

如今形势复杂，他贸然开口想去看望谢永义，怕会被人过度解读。

当然只要有益于乔韶恢复健康，他无论如何也会想办法过去的。

贺深一回家就看到了楼下的白色宾利车。

谢箐又来了。

两个月的暑假，谢箐联系他无数次，更是登门造访五六次。

除了第一次，贺深都没见她，但这次……

贺深已经有了打算。

无牵无挂的时候，他恨不得谢家全盘覆灭，所有人包括他自己都不得好死。

可现在不一样了。

躲是躲不开的，逃也逃不掉。

贺深从不畏惧一切，他只是觉得恶心。

接管谢家让人恶心，继承这污秽的血脉让人恶心，看到那一张张自私的面孔更让人恶心至极。

但他明白,自己永远也摆脱不了。

哪怕换了姓氏,哪怕离家出走,哪怕赚到那所谓的一千万元与他们断绝关系,谢家也不会放过他。

贺深之前是恨不得与他们玉石俱焚,但现在他不想了,他舍不得让乔韶难过,所以他要回去。

他要扫平一切障碍,哪怕背负这个让人作呕的姓氏,也要给乔韶一个平稳干净的未来。

贺深看到谢箐后第一句话是:"爷爷在老宅吗?"

谢箐愣了一下,转而目露惊喜:"你终于要回去了吗?"

贺深面色平静道:"爷爷抚养我长大,我怎么能丢下他不管。"

他语调轻缓,没什么起伏,可谢箐莫名就感受到了一阵后脊发凉的寒意。

谁能想到这是个十七岁的少年?

谁能想到这是个未成年的孩子?

谢箐越来越明白了哥哥的那句话——谢永义培养了一个怪物!

不过这无所谓,她唯一的希望是谢家不倒!

当晚,贺深随着姑姑谢箐回了谢家的老宅。

谢永义白手起家,耗费几十年心血打下了这片商业帝国。

这是他引以为傲的产业,是他亲手设计的庄园,是彰显了他财富的华丽城堡。

然而他始终敌不过岁月和疾病的侵蚀,成了一个老疯子。

贺深刚出现时,半疯的谢永义破口大骂:"你这狗东西,和你爸一样的不成器!还敢改姓,你去当贺家的狗吧!我这里不要你这种……"他还没骂完已经咳得不成样子。

被这样骂了一通,贺深也面不改色,他甚至大步上前,从护工手里接过了水杯,来到老人面前:"来,喝口水。"

谢永义呆了呆，转头看他。

贺深笑了笑，眉眼温和，声音沉静舒缓："爷爷，我是谢深。"

36．坚决不爬墙！

这一刻，谢箐后悔了。

她后悔把贺深带回来了。那女人的确可恨，但眼前的少年却给了她更加深沉的恐惧。

不……谢深必须回来，只要有他在，至少谢家不会败落。谢家不倒，其他的对她来说都无所谓。

贺深三言两语就把发疯的老人哄住了，谢永义混浊的眸子因为他的温顺而迸发出惊人的光芒，他拉住贺深的手道："小深，是爷爷的小深吗？"

贺深忍住心底的恶心，轻声道："我在这儿。"

谢永义焦急道："你这阵子去哪儿了？我布置的书都背过了吗？合同看完了吗？还有公司的章程……"

贺深道："放心，我都看完了。"

谢永义立刻道："记住了吗？理解了吗？我考一下你……"

他错乱的脑子里一时间竟想不出自己要考什么，贺深就顺着他喜欢听的说："我对比了管理信息系统的英文原版，感觉中译本还是有不少误读的地方。"

虽然糊涂了，但听到了熟悉的东西，谢永义还是来了精神："好孩子，这本就该读原著，译本扭曲了劳顿的很多观念，你把这本也背过来了吗？"

贺深微笑："您要听吗？"

谢永义道："来，背给我听。"

贺深用流利的英语将这本枯燥到足以让年轻人疯掉的书背诵出来了。

整个卧房里，除了喜上眉梢的谢永义，其他人都心惊肉跳后背发凉。

这是一个高中生该背诵的东西吗？

这是一个孩子该会的知识吗？

这老疯子都要求了些什么?

更加可怕的是,贺深全部做到了。对于如此严苛的要求,如此非人的训练,如此不合情理的支配,他交出的是彻头彻尾的满分试卷。

谢箐是早就见识过的。

十多年前她就知道自家出了个天才。

而谢永义又把他逼成了一个怪物。

卧房里的医生和护工大气不敢出一声,窗外已经坠入傍晚,逐渐潜入地平线的太阳,是摇摇欲坠的夕阳,也像冉冉升起的朝阳。

如同屋里的一老一小:一个垂暮,一个初升。

贺深背诵整整半个小时,直到谢永义睡了过去。

确认他睡熟的刹那,贺深的声音戛然而止。

没人敢抬头看他,因为谁都知道他温顺的面具已经卸下,取而代之的必然是冷硬与嫌恶。

贺深轻而易举就能哄住谢永义,哪怕他离家这么久。

谢深回来的消息很快就在谢氏传开了。

谢承域找到儿子时,贺深连声"爸"都没叫。

谢承域生得仪表不凡,年过四十五也如同三十出头,仍旧年轻英俊。

他不开口时特别唬人,一旦张口那轻浮的声调、被酒色掏空的虚弱便暴露无遗。

他端出父亲的架子道:"回来了就老实点,别惹你爷爷生气了。"

贺深一声不吭地走过去,谢承域怒斥道:"你这家伙嚣张什么?老子是你亲爹,你……"

贺深转头,凌厉的视线锁住了他。

谢承域心一缩,又骂了句:"即便老东西真把家业全给你,我也是你爹!你这辈子都别想甩掉我。"

贺深冷冷地看着他:"你确定要留在我这里?"

谢承域强撑出架子道:"怎么,你还能杀了我不成?"

贺深弯唇笑了,只是眼底没有丁点笑意:"才过五年,你就把我母亲忘了个一干二净？"

谢承域一时语塞。

贺深垂下眼睫，平静道："精神病是会遗传的，爷爷已经疯了，您也小心些身体。"

谢承域瞳孔猛缩，等他回过神时，贺深已经走远。

他还是对着贺深的背影破口大骂："混账东西！害死你妈不够，还要把我也当精神病患者关起来？丧尽天良的东西，早晚会遭报应的！"

贺深头也没回地离开了谢家。

老宅离市区很远，开车要一个多小时。

可贺深宁愿来回坐两个多小时的车，也不会在那里歇下。他只是决定了回去收拾这个烂摊子，可不想被拖进地狱。

耳中突兀地传来谢承域的话，贺深咬紧牙关，压住指尖的颤抖点亮了手机屏幕。

像是心有灵犀般，他收到了一条微信——

乔韶：睡了吗？

非常寻常的三个字，最普通不过的一句话，却让贺深冷透了的胸腔瞬间盈满了融融暖意。

他一下子忘记了谢承域，忘记了谢永义，将那个坟墓一般的老宅抛之脑后。

贺深打字：想吃糖。

乔韶回他很快：都几点了？想蛀牙吗？

贺深执拗地给他发道：想吃甜的。

末了还带了个委屈巴巴的表情。

这家伙是在撒娇吗？洗好澡吹干头发趴在床上的乔韶嘴角眼里全是笑意：明天给你带，今晚不许吃了。

贺深道：现在就想。

乔韶注定当不了严父，这就有点招架不住了：那……吃了要再刷一次牙。

贺深发了个叹气的表情，附言：可是没的吃。

乔韶纳闷了：你书桌上那一罐子糖呢，都被你吃了？你这不行啊贺深深，吃这么多糖，身体受不住的！

贺深真想看看他，可想想车程，到家估计得十一点半了，小孩的确该睡了。

他只能遗憾道：晚安。

谁知乔韶竟发了一句：视频吗？

贺深轻吸口气道：太晚了，睡吧，明天见。

乔韶道：你今晚怎么了，莫名其妙的？

贺深没法解释，但心头萦绕了一整天的阴霾全部消失了。他觉得自己身体里充满了无穷无尽的力量，这一刻他真的可以为乔韶上刀山下火海。原来有了牵挂，活着会变得如此有意义。

开学报到那天自然是一片鬼哭狼嚎。

宋二哈从进教室那一刻起就开始号叫："暑假啊，我亲爱的暑假啊，你怎么就离我而去了！"

解凯也号叫："我的游戏，刚上王者段位啊！"

宋二哈悲愤回头："老子才钻石段位！"

解凯呵呵道："谁让你把把送一血。"

乔韶听不大懂与游戏相关的，但他很喜欢教室里的氛围：年轻的高中生，永远都是嘈杂的、吵闹的、活力无限的，多好。

贺深来的时候教室里已经坐满了人。

他一进来，教室静了那么一两秒，随后班级的女生群里炸了——

"两个月没见，贺神更帅了啊！"

"每当我觉得这个男生不能更帅时，他就刷新了我的认知。"

"咱们学校的新校服'有毒'，隔壁阿胖穿了越发土肥圆，贺神穿了越发高富帅！"

"等等，我们贺神富吗？"

"贺神的好朋友富啊！楼骁是个百分之百的富家子弟！"

"姐妹这话不对啊，我们贺神的好朋友分明是乔可爱。"

"双男神不好吗？干吗要爬墙！"

"我们乔乔只是发育晚，等过几年，也是妥妥的男神好吗？！"

明明整个暑假都在一起，冷不丁在学校见面，乔韶竟有点别扭。

老唐站在讲台上，笑眯眯地说了一通后，道："一个好消息，这次暂时不分班了。"

大家早就知道了，但还是欢呼了一阵。

老唐推了推眼镜，放了个大招："虽然不分班，但座位得换一换了。"

乔韶一愣。

这时老唐的视线挪了过来道："很多同学的位子都不太合适，这次刚好统一换一换。"

乔韶慌了，忙看向贺深。

贺深一个没忍住，低笑出声。

37. 谢深真行啊

乔韶瞪他：这家伙还笑得出来！

贺深左手在纸上写了一行字："我们不是同桌了怎么办？"

乔韶顾不上惊奇他左手写字还这么工整了，回道："我看你挺开心的！"还在笑！

贺深写："我心里特别难受。"

乔韶信了他的鬼话："不是同桌也好！"

贺深问："真的？"

乔韶才是真难受，他期盼了好久终于开学了，谁知竟要面临换座这种惨事，别提有多失望了。

"对！不是同桌我也能安心学习了！"

可是他就看不到贺深，也无法随时让贺深教他功课了。

不等贺深写完字，老唐已经开始安排了："乔韶，你去林笑笑的位子。"

乔韶"噌"地站起来，道："好的。"

乔韶整个胸腔都空了一半，他没敢看贺深，只是低头收拾东西……

老唐又道："先不急着收拾，换完座位一起。"

乔韶手一顿，应道："嗯。"说完头也不回地去了林笑笑的座位。

林笑笑的座位也不靠前，只能算中间位置，可与贺深却隔了整整三排的距离。

乔韶坐下，手脚都不知道该往哪儿放，林笑笑的同桌是于源溪，她向他打个招呼，乔韶僵硬地回了一句，说的是什么自己都不太清楚。

冷静……

乔韶轻呼口气，让自己别这么慌。

只不过是分开坐而已，还在一个班就很好了，再说上课时间本来就该专注上课，坐在一起反而影响学习，分开挺好。

真的挺好。

乔韶也只能这样拼命安慰自己了。

老唐对班里的学生都了如指掌，换座遵循的基本原则就是男女不同桌，凑一起玩闹的隔开，成绩差但安分的和好学生凑一起，成绩差还不老实的放眼皮子底下……

如此这般一通安排，乔韶得到了些许安慰。

他的前座是陈诉和解凯，后座是宋一栩和他的毒舌同桌，虽然他与贺深分开了，好歹前后还有一圈熟悉的人。

宋一栩在后面鬼叫："老秦啊，咱俩怎么又坐一起！"他同桌姓秦，是班里的物理科代表。

秦颂："我也想知道为什么你这样阴魂不散。"

宋一栩被噎了个半死："啊啊啊，我要换同桌，我和这家伙没法过啊！"

坐他前头的乔韶心里气气的：身在福中不知福的宋二哈，他多想这辈子都不换同桌！

基本快安排完了，乔韶这边还是坐着于源溪。

基于男女生不会同桌的原则，于源溪是肯定会被调走的，所以乔韶的同桌还没定下。

老唐把视线挪了过来："于源溪，你和王烁换一下。"

王烁是男生，乔韶心里凉飕飕的，知道自己的新同桌定下了。

王烁坐到乔韶旁边，和大家打招呼，宋一栩勾搭他："老王，你和秦颂换换可好，我觉得咱俩挺配。"

王烁和宋一栩很熟："不如你去问问老唐，说你非我不嫁，我没准就和你一桌了。"

宋一栩喷他个大"呸"！

乔韶忍了好几次，终于忍不住了，他回头看了眼贺深。

就在这时老唐喊了贺深的名字。

乔韶心都揪起来了，也不知道贺深要和谁同桌！

唐煜没怎么犹豫道："贺深你和王烁换一下。"

乔韶眼睛睁得贼大，这一刻他很想确认一下，自己身边这货是叫王烁没错吧，班里就一个王烁，没有第二个了对吧！

屁股还没坐热的王烁又跳了起来，还挺兴奋的："哎哟我去，贺神那位子我想了一年了！"睡觉圣地啊，风水一流有没有。

直到贺深坐到他旁边，乔韶才回过神来了，他看向贺深，贺深眨了下眼："惊不惊喜？"

乔韶："……"

贺深道："真的不想和我同桌？"

乔韶在本子上写了一行字，慢腾腾地递给贺深。

贺深看得一清二楚，那圆润的笔迹像它的主人一样甜软——不惊喜，是狂喜。

贺深高兴坏了。

怎么会有这样好的乔韶。

贺深将这张纸撕了下来。

乔韶一愣："干吗？"这是他的课堂笔记本！

不等贺深写完字，老唐已经开始安排了："乔韶，你去林笑笑的位子。"

乔韶"噌"地站起来，道："好的。"

乔韶整个胸腔都空了一半，他没敢看贺深，只是低头收拾东西……

老唐又道："先不急着收拾，换完座位一起。"

乔韶手一顿，应道："嗯。"说完头也不回地去了林笑笑的座位。

林笑笑的座位也不靠前，只能算中间位置，可与贺深却隔了整整三排的距离。

乔韶坐下，手脚都不知道该往哪儿放，林笑笑的同桌是于源溪，她向他打个招呼，乔韶僵硬地回了一句，说的是什么自己都不太清楚。

冷静……

乔韶轻呼口气，让自己别这么慌。

只不过是分开坐而已，还在一个班就很好了，再说上课时间本来就该专注上课，坐在一起反而影响学习，分开挺好。

真的挺好。

乔韶也只能这样拼命安慰自己了。

老唐对班里的学生都了如指掌，换座遵循的基本原则就是男女不同桌，凑一起玩闹的隔开，成绩差但安分的和好学生凑一起，成绩差还不老实的放眼皮子底下……

如此这般一通安排，乔韶得到了些许安慰。

他的前座是陈诉和解凯，后座是宋一栩和他的毒舌同桌，虽然他与贺深分开了，好歹前后还有一圈熟悉的人。

宋一栩在后面鬼叫："老秦啊，咱俩怎么又坐一起！"他同桌姓秦，是班里的物理科代表。

秦颂："我也想知道为什么你这样阴魂不散。"

宋一栩被噎了个半死："啊啊啊，我要换同桌，我和这家伙没法过啊！"

坐他前头的乔韶心里气气的：身在福中不知福的宋二哈，他多想这辈子都不换同桌！

基本快安排完了，乔韶这边还是坐着于源溪。

基于男女生不会同桌的原则，于源溪是肯定会被调走的，所以乔韶的同桌还没定下。

　　老唐把视线挪了过来："于源溪，你和王烁换一下。"

　　王烁是男生，乔韶心里凉飕飕的，知道自己的新同桌定下了。

　　王烁坐到乔韶旁边，和大家打招呼，宋一栩勾搭他："老王，你和秦颂换换可好，我觉得咱俩挺配。"

　　王烁和宋一栩很熟："不如你去问问老唐，说你非我不嫁，我没准就和你一桌了。"

　　宋一栩喷他个大"呸"！

　　乔韶忍了好几次，终于忍不住了，他回头看了眼贺深。

　　就在这时老唐喊了贺深的名字。

　　乔韶心都揪起来了，也不知道贺深要和谁同桌！

　　唐煜没怎么犹豫道："贺深你和王烁换一下。"

　　乔韶眼睛睁得贼大，这一刻他很想确认一下，自己身边这货是叫王烁没错吧，班里就一个王烁，没有第二个了对吧！

　　屁股还没坐热的王烁又跳了起来，还挺兴奋的："哎哟我去，贺神那位子我想了一年了！"睡觉圣地啊，风水一流有没有。

　　直到贺深坐到他旁边，乔韶才回过神来了，他看向贺深，贺深眨了下眼："惊不惊喜？"

　　乔韶："……"

　　贺深道："真的不想和我同桌？"

　　乔韶在本子上写了一行字，慢腾腾地递给贺深。

　　贺深看得一清二楚，那圆润的笔迹像它的主人一样甜软——不惊喜，是狂喜。

　　贺深高兴坏了。

　　怎么会有这样好的乔韶。

　　贺深将这张纸撕了下来。

　　乔韶一愣："干吗？"这是他的课堂笔记本！

贺深郑重其事地把这张纸收进口袋："我拿回去处理下。"

乔韶："啊？"一张纸有什么好处理的。

贺深解释："家里有过塑机，我给它过个塑。"

乔韶惊了，压低声音问："为什么要过塑？"

贺深理所当然道："要保存一辈子，不过塑怎么能行。"

乔韶："……"

就这么一行字，有什么好保存一辈子的！

中午吃饭的时候，乔韶收到了老爸的短信："怎样，新同桌好吗？"

乔韶眉头一皱，发现事情并不简单，他给大乔打了电话："大乔同志，你怎么知道我换座了？"

乔宗民道："我让小陈去找你们班主任聊了聊。"陈灏是乔韶名义上的酒鬼父亲。

乔韶："你让老唐给我换的？"

乔宗民可有道理了："本来你也不该在最后一排，调一下才正常。"

乔韶："你是想让我换同桌吧！"

乔宗民清清嗓子："离那个心机鬼远点挺好，省得被坑。"

乔韶可算是找到罪魁祸首了！偏偏这是自家老爸，他气都没处气："你别有偏见，他真的对我……"

乔宗民道："你瞧瞧，他要不是个男生，我都怀疑你恋爱了。"

乔宗民又道："对了，要是有喜欢的女生一定要告诉我，你老爸我很开明的。"

乔韶说的都是大实话："我没有喜欢的女生。"

乔宗民道："没事，有了也不用害羞，我帮你出主意。"

乔韶有点愁，怎么大乔就跟贺深杠上了！

乔韶没和乔宗民说自己的同桌还是贺深，他想了下觉得陈叔对老唐肯定没说清楚，毕竟是酒鬼人设，又不是"霸总"，哪能直接下命令。

乔韶揣摩着，陈叔一定是跟老唐说了自己的身高不适合在最后一排，大乔以为只要他能去前排，就可以和贺深分开，毕竟贺深一米八九，坐前头也不像话，哪知……老唐不按常理出牌。

直到下午自习时，老唐找乔韶谈话，乔韶才看清了整个换座背后的风云暗涌。

老唐语重心长道："贺深提前找过我，说开学还想和你同桌，还说自己一定能找到办法让你好好发挥，考出该有的成绩。"

乔韶恍然大悟，知道为什么自己还能和贺深一桌了。

唐煜继续道："贺深是好样的，对你很上心，当然你也不要有压力，慢慢来，老师知道你很努力。"

乔韶心里又甜又涩的："嗯，我会好好调整心态的。"

唐煜道："老师相信你俩！"

第一周似乎眨眨眼的工夫就过去了。

乔韶每天都更期待明天，天亮了就能见到贺深，只要有贺深在的地方，他做什么都觉得很有劲。

周末是小休，上学期乔韶都是不回家的，但这学期他要回去，主要是想多陪陪大乔，哪怕只有一晚上。

对此贺深同学很不满意："只有一晚上，来回跑什么？"

乔韶道："我要多回去陪陪我爸。"

贺深也不能说什么，只眉峰紧皱着。

贺深看他："你一直不带我去你家，我有这么见不得人吗？"

其实乔韶不太想瞒着贺深了，可让贺深相信，就得带他回家，一回家就会碰上大乔，冲大乔对贺深那城墙般厚的偏见……

算了算了，还是从长计议，不见为妙！

"再等等……"乔韶委婉道，"等我爸再好点。"

他的意思是大乔的偏见问题，显然贺深误解了，他想的是酗酒问题。

也不怪大乔对贺深有偏见，毕竟贺深对大乔也偏见很深。

贺深不强留了，只道："路上小心。"

乔韶应道:"周日见。"

贺深:"到家给我发微信。"

乔韶也舍不得他:"好。"

贺深又道:"还有视频。"

乔韶走出去几步了,又跑了回来。

贺深:"怎么,落下东西了?"

乔韶抬手拍了拍贺深的肩:"我走啦。"

贺深看着小孩只觉得有趣,伸手拍了拍乔韶的背。

他们本来没什么的举动,但是在有心人偷拍的效果里可就不一样了,重叠一起的侧影,半抱着的姿势拍出来,就像两个人在接吻。

装修得富丽堂皇的顶层公寓,一个妆容精致的女人嗤笑着看着手中的照片:"谢深真行啊,真是帮了我大忙了。"

她对面是个戴着眼镜的男人,只听他道:"只要把这些照片捅出来,谢深就完了。"

女人冷笑:"要挑个好时候。"

男人道:"他不是想给老东西办寿宴吗?"

女人也想到这里了:"对,到时候当着所有人的面曝光,即便谢永义没老糊涂也保不住他!"

男人阴狠道:"谢深自作自受,别怪我们不客气。"

女人顿了一下问:"这个男孩没什么身份吧?"

男人道:"他那个破高中里,能有什么厉害人物?"

女人放心了:"也对,都是些穷酸种。"

乔韶一回家,就听到了老爸给他的好消息:"你说巧不巧,几年没办宴的谢家,要给老爷子正经过生日了。"

乔韶一喜:"是在谢家老宅吗?"

乔宗民道:"肯定。"

乔韶挺纳闷的:"怎么忽然要办宴了?"

乔宗民说:"听说是谢家那离家出走的孙子回去了,老爷子被哄得病都好了七八成,所以想庆祝下。"

乔韶才懒得管这些,能让他"故地重游"就可以了。

乔宗民还嘱咐他道:"回头去了,你离谢家那孩子远点。"

乔韶对这位谢家少爷毫无兴趣:"我又不认识他,当然会离得远远的。"

乔宗民说:"我不是干涉你交友,只是谢家这一家子都有问题,我看那孩子也不正常。"

他这么一说,乔韶反而好奇了:"怎么不正常了,那孩子多大了?"

乔宗民想了一下,道:"应该和你同岁,不过我好多年没见过他了,上次见到时他才十岁左右。"

乔韶不认同道:"才十岁的小孩,大乔你怎么这样说他?"

乔宗民凝重道:"他可一点都不像个小孩,十岁就能上清华北大了。"

冷不丁的,乔韶想起贺深曾说他十一二岁时有准备参加高考……

38. 乔宗民不会来的

清华北大这么容易上了吗?他们 S 市的天才有点多啊!

因为这点,乔韶对谢家这位大少爷多了点好感,他道:"这不很厉害嘛,怎么就不正常了?"

乔宗民道:"我不会看错,那孩子心里全是恨。"

乔韶皱眉:"恨谁?"

乔宗民道:"所有人。"

您直接说恨整个世界得了!乔韶乐道:"爸,人家早过叛逆期了,现在肯定长大啦。"

乔宗民也不解释了,只道:"好啦,反正你离他远点。"

乔韶无所谓道:"行,打个招呼就不理他了。"

乔宗民点了点头,没再多说。

谢家那孩子他印象深刻,虽然只见过几次,却次次都让他心惊。

谢氏的情况他还算了解，谢永义思想陈腐，一心只想把自己的家业延续下去，儿子谢承域是个不成器的，他就把所有心思都放到了唯一的孙子身上。

这孩子也实在优秀，学什么都很快，聪明得可怕，这种天才如果生在普通家庭还好点，生在谢家简直是造孽。

谢永义掌控欲极强，把对儿子的失望化作期望，加倍付之于孙子身上，对他的要求严苛到了非人的地步。在那样的环境下成长，想也知道这孩子的心理不会太健康。

尤其谢承域是个异常胡来的，听说还虐待发妻……林林总总地加在一起，一个过分聪明的孩子怎么会不心生怨恨？

乔韶回家了，贺深也回了谢家。

谢箐拿着手里的名单道：“请了不少人呢，你这是要大张旗鼓地宣布自己回来了？”

"这不是你期望的吗？"贺深用上品狼毫蘸了昂贵的徽墨，在请帖上写下遒劲有力的小楷。他在亲自写请帖，写给参加爷爷寿宴的"亲朋好友"。

谢箐侧头看他，心底又升起了丝丝缕缕的后悔：她真的不是打开家门，放了匹恶狼进来吧？十七岁的少年有这样的心性，十七岁的少年会这样隐忍，十七岁的半大孩子会把事情张罗得如此周全明白吗？

自从贺深回来，谢永义的精神越来越好，他很清楚爷爷喜欢什么，很懂得如何讨他欢心，很明白做什么可以让他越发"清醒"。

以前是谢永义掌控了谢深的人生，现在是谢深随意摆弄谢永义的生命线。

可怕的是，谁都拦不住。

谢箐攥紧了手里的名单，安抚自己：她与他可以说是无冤无仇，即便真要报复，也轮不到她，只要谢深不毁了整个谢家，一切都无所谓。

再说谢深不可能毁了谢家的，这么滔天的财富，只要不是疯子，都不会舍弃。谢家不倒，她这辈子就有享不尽的荣华富贵。

"乔宗民？"谢箐看到这个名字挺意外的，"他会来？"

贺深："来不来是乔总的决定，请不请是我们的礼数。"

谢箐冷笑："你是故意恶心你爸吧，乔宗民前阵子才骂了他。"

之前国内有个重要的峰会，乔宗民面对面地骂了谢承域一通，谢承域那只纸老虎，除了在女人身上有本事，其他什么都不是，被骂得连还嘴的本事都没有，只能回家大发雷霆。

贺深纠正："乔总的发言没有半个脏字，怎么能叫骂人？"

谢箐语塞，又道："你请了也白请，乔宗民不会来的！"

贺深刚好写下"乔宗民"三个字，也不知是想起了什么，他弯了下唇。

一直盯着他看的谢箐竟有些后背发凉，她从未见谢深真正笑过，以至于看到了也当成是逼真的虚假。

她完全看不透贺深，心底的畏惧也就越发升腾——这怪物到底在算计什么？

眼看着一张张请帖写好，谢箐想到一事："庄新忆就这么消停了？"

庄新忆是谢承域五年前娶进门的妻子，也是谢箐的眼中钉、肉中刺。

贺深不怎么在意："估计在找我的把柄。"

见他这么轻松，谢箐也没太上心，随口问道："你能有什么把柄给她？"

贺深道："不知道。"

谢箐一愣，声音拔高："你什么意思！"她已经彻底站到贺深这边了，他要是垮了，她绝对会被庄新忆生撕活剥！

贺深很平静地说："他们想要捏造点什么还不容易？"

谢箐像看疯子一样看他："你是不是知道什么？"

贺深没理她，活动了一下手腕，继续写请帖。

贺深手腕很稳，每个字都写得工整漂亮，他继续道："不用担心，我的任何事都不会影响谢永义，我的事他会在乎吗？"

他没说下去，谢箐却明白了：重要的是他回来了，而谢永义早就没的选了。

谢箐还是心神不宁，张口问："你就放任她在寿宴上闹？"

贺深冷笑道："趁着谢永义清醒，闹一闹挺好。"

起初谢箐没听懂，后来她明白了，紧接着像有一条毒蛇在她的脊背上游走般，让她一点也动弹不得。

的确……

最近的谢永义很清醒，还能思考，还能分辨出是谁在"害"谢深。如果庄新忆在寿宴上闹了，才是自寻死路，就像贺深说的，有谢承域这个前科，谢永义根本不会在乎贺深有什么污点，他只会更恨把这些曝光的人。

谢永义时间不多了，他等不到下一个"谢深"了。

乔宗民收到谢家的请帖时，乔韶已经返校。

这张大红底色嵌着黑边的请帖设计得十分用心，既烘托出了寿宴的隆重与喜庆，又彰显了格调和优雅，算是一份不可多得的艺术品了。

乔宗民打开请帖，闻到了上好的墨香气，也看到了漂亮的小楷，这字迹丰腴雄浑，线条遒劲有力，一看就是练了许多年才会有的笔力。

乔宗民轻笑了一声，把请帖扔给陈灏："谢家这小子真不简单。"

陈灏看到了署名："谢深？"

乔宗民道："韶韶同桌叫贺深，怎么心机鬼都爱用这个字？"

这话陈灏不好评价，委婉道："小韶的同桌是个好孩子。"

乔宗民心里总不舒坦，摆摆手岔开话题："给韶韶准备的礼服怎么样了？"

陈灏道："在加紧赶制了。"

乔宗民算算时间道："嗯，抓紧时间吧。"

按理说一套在这种场合用的西服至少得提前半年定制，但乔韶临时起意要去，也就只能凑合了。

不过也无所谓，乔宗民的独子、深海集团唯一的少东家，哪怕是穿件地摊货去赴宴，也只会被人仰望。

谢家的寿宴是在周五，乔韶提前去找老唐请假，让他意外的是——

"你周五不来了？"乔韶问贺深。

贺深也挺意外的，反问他："你家里有事？"

乔韶哪里说得明白，只含糊道："嗯，有点事。"

贺深担忧问："要紧吗？"

乔韶连忙道："不要紧，只是得请个假。"

贺深也没多问，只说："有要紧事的话告诉我。"

乔韶点点头，又问他请假是去做什么。

贺深没瞒他，直白说："周五我爷爷过生日。"

乔韶愣了一下，心想：好巧啊！

不过他一点都没多想，天底下同一天过生日的爷爷多了去了，他说："那我提前祝他老人家生日快乐！"

贺深应了一声。

乔韶又想起一事，纳闷："说起来……爷爷生日都能请假吗？老唐准了？"按理说高中生很难请假的，爷爷过生日这种理由，嗯……有点牵强。

贺深解释道："他大病初愈，很想我回去。"

乔韶又愣了：貌似谢家老爷子也是大病初愈，所以办个寿宴庆祝庆祝？

真的好巧啊，天底下的爷爷们都一块康复一块过生日吗？乔韶再怎么"脑洞大开"，也绝对想不到眼前的贺深其实姓谢。

"这样啊，"乔韶温声道，"那你要好好陪陪他。"

贺深笑了下，岔开了话题问他："周末又不能见面了吗？"

这次是大休，他俩还都周五请假，周末又悬了。

乔韶想了一下，道："微信联系吧，没什么事的话我就去找你。"

39．我以为你很穷

贺深真的想见他，尤其是周五过后，一切尘埃落定了他只会加倍思念乔韶。

似乎是察觉到了他的情绪，乔韶笑道："好啦，我周末一般没事，肯定找你。"

听到他肯定的答复，贺深眉眼舒展了："一定。"

乔韶承诺："一定。"

上课铃声响了，乔韶正要往教室赶，贺深却又拉住了他。

乔韶看他："嗯？"

贺深："有件事想问下你的意见。"

乔韶怕耽误课："下课再说？"

贺深道："很快。"

乔韶停住脚步，跟他站到了教学楼的阴影处："行，你说。"

贺深垂眸看他，认真问道："我可以把你介绍给我家里人吗？"

乔韶蓦地睁大眼，错愕道："什、什么？"如果介绍给家人的话，是不是家世也得坦白了……

贺深问："可以吗？"

乔韶半晌才反应过来，虽然一时不知道如何应对，但是他心里滚烫，连带着声音都像被高温烤过，有点失真："怎么想起要介绍给家里人？"

贺深重复问道："我能说吗？"

乔韶低下眼睫道："你想说就说嘛。"

乔韶心里甜滋滋的，但他又想起，以目前大乔对贺深"心机深"这个印象来说，应该是不能接受贺深做自己儿子的好朋友。现在介绍给老爸认识，怕贺深被欺负。

贺深笑了，道："你不用急。"

乔韶还想再解释下，谁知贺深竟又问了句："乔韶，如果我和你想象中的不太一样，你会不会跟我绝交啊？"

乔韶立刻被他转移了注意力，仰头看他："你能怎么不一样？"

贺深犹豫了一下："比如我的家庭……"

乔韶马上明白了，他看着贺深，认真说道："没事的，不就是欠了债吗，我和你一起还！"

贺深一愣。

乔韶又道："咳，你别看我这样，其实我……"

贺深笑弯了眼睛，道："一千万元呢。"

乔韶马上道："没问题的！"

贺深道："寻常人一辈子都赚不了这么多钱。"

乔韶委婉道："没准哪天我买两张彩票就够了！"感觉说这个都比说自己老爸是乔宗民的可信度更高。

上完最后一堂自习课，乔韶收拾东西准备回家。

宋一栩羡慕得眼都绿了："你俩一起请假，是去干什么见不得人的事？"

乔韶心虚，瞪他一眼："我俩是各自家里有事。"

宋二哈发表的完全是嫉妒之言："我不信，你俩就是要一起去玩了，肯定大吃大喝畅快玩，不管我们这些学生狗的死活！"

二哈蠢归蠢，无意中却当了次预言家。

乔韶懒得理他，背了书包走人。

回到家，乔宗民招呼他道："来，试试礼服。"

乔韶道："肯定没问题的，明天穿就是了。"

大乔同志比他还着急些："你好久没穿了，不需要适应适应？"

说来也是，小时候经常跟着爷爷应酬，各种各样的小西服穿过不少，早习惯了。但自从被绑架再回来后他就没了一切应酬，已经多少年没正经穿过了……

乔韶道："行，那就试试。"

一旁的吴姨上前道："我来帮你。"这种衣服一个人穿是有点不方便。

其实男士礼服比女士的简单太多，尤其是现在，无非是各样西服的变种。去国外参加宴会还要考究一下大燕尾和小燕尾，国内就很随意了，大多时候连三件套都不穿。

乔宗民给儿子定的这身西服虽然很赶，但做工却是一顶一的，毕竟花了人民币八位数，金线都可以缝进去了。

乔韶许久没穿这么工整的衣服，穿上了也不局促。毕竟打小接触，记忆都在骨子里。

乔宗民打眼一看，道："好看！"

吴姨更加捧场："韶韶真帅！"

乔韶正了正自己的温莎结，也笑了："爸你眼光真不错，这身还挺显高。"

乔宗民道："不用显，你本来就长高很多。"

乔韶道："嗯嗯，长了2.6厘米呢。"

乔宗民不认同："那是两个月前，现在高5厘米了！"

为了定西服，乔韶全身都仔细量过，乔韶透过镜子看他："这次没四舍五入？"

乔宗民可有理了："入了又怎样，4厘米也很多了，这才多久。"

行吧行吧，五个月长4厘米，的确不少了！

试过礼服，乔韶先上楼了，他还没开门就听到了手机响，乔韶先是一愣：手机就在手里，怎么声音在屋里？

哦……乔韶想起来了，他的另一个手机。

乔韶推门进屋，翻了半天才从某个角落里把许久没碰的手机拿出来。

是赵璞玉打来的，他为数不多的童年玩伴。

"喂？"因为忘了很多事，乔韶对旧友生疏了很多。

赵璞玉也有小半年没联系他了，一听他声音还怔了一下。

乔韶直白问："有事？"

赵璞玉道："我听我爸说，你明天要去谢家？"

乔韶应下："嗯，想去看看。"

赵璞玉："那我也去。"

乔韶不置可否道："哦。"

赵璞玉顿了一下，有些干巴巴地问道："你现在好些了吗？"

乔韶眉心轻皱了一下，道："挺好的。"

两人一时有些沉默，赵璞玉半晌又开口道："换个环境真的管用啊。"

乔韶知道赵璞玉在纠结什么，道："对我来说挺管用的。"

赵璞玉停顿半天，还是问道："你不打算回来了吗？"

乔韶道："暂时没这个打算。"

赵璞玉有点恢复本色了："你要在那破地方待三年？"

乔韶声音淡了些："东高挺好的。"

赵璞玉知道自己说错话了，但让他道歉是不可能的，可他又不想刺激乔韶，于是生硬改口："对了，谢家那位神童回来了，你尽量避开些吧。"

一个两个的怎么都对谢家的这位大少爷如此偏见？

乔韶有点可怜他了："你认识他？"

赵璞玉"嗤"了一声："也就你爸不提，我爸妈恨不得一天在我耳朵边念十遍！"

乔韶："念什么？"

"他的名字啊，真是服了，我哪里做不好了，他们就说谢深怎样怎样，谢深这么好他们生我干吗？！"

乔韶愣住了。

赵璞玉还在说："谢深那家伙十岁考清华北大，算是人吗？！"

乔韶打断了他："谢深？"

赵璞玉诧异道："你连神童的大名都不知道？"

乔韶道："我爸没和我说过。"

赵璞玉羡慕死了："大乔同志真是我见过的最开明的父亲了！"他们爹妈恨不得把这个别人家小孩的照片挂他们床头，乔宗民竟然提都不提，同是爹妈，差距也太大了！

乔韶更关注的是："'shen'是哪个字？"

赵璞玉说："深浅的深。"

乔韶更愣怔了。

赵璞玉察觉到他的出神，问道："怎么了？"

"没什么……"乔韶觉得自己这想法太荒唐了，他道，"我同桌名字里也有个'深'。"

赵璞玉没当回事："放心吧，谢深那妖孽不会去你们那小破高中的。"

乔韶不乐意了："东高很好的。"

赵璞玉无语了，敷衍道："嗯好……"

能好到哪儿去？能和他们那百分之八九十毕业生被常青藤名校录取的高中比吗？

挂了电话，乔韶自个琢磨了一会儿。

贺深……谢深……

总觉得后面这个名字很耳熟，不单纯是因为和贺深的名字像。在哪儿听到过？乔韶想了大半天，隐约要想起一点点了，贺深发来了视频电话。

想个鬼！

乔韶拿着手机跑去杂物间，早把"谢深"二字忘到大西洋彼岸了。

周五这天，乔宗民下午四点左右回家接乔韶。

乔韶已经穿戴整齐上了车，出席这种场合自然不能开跑车，这辆过千万元的劳斯莱斯虽然土却是必需品。

爷俩坐在后排，乔宗民打量着儿子："紧张吗？"

乔韶笑道："有什么好紧张的。"他知道大乔意有所指。

乔宗民道："以后大家可都知道你是谁了。"

乔韶心里有数，他去参加这次晚宴，意味着自己今后不再是躲在家里的乔逸，而是崭新的乔韶了。

乔韶看向父亲："以后我会陪着你。"

乔宗民一愣。

乔韶道："这样的场合，我会站在你身边。"

他这稚嫩中带着坚定的一句话，差点让乔宗民失态。

多少年了。

自从妻子离开，他独自一个人……多少年。

乔宗民笑了下，叹息："嗯。"

他们的宝贝长大了，有担当，是个男子汉了。

车子一路驶出市区，开进谢家老宅时慢慢过滤了嘈杂与喧闹，迎来一片心旷神怡。

花园被园艺师精心设计过，每一处草坪都挑选了最优良的品种，在规规矩矩中长成了一片郁郁葱葱，灌木更是被修剪出了动人的形状，一层一层，一叠一叠，举目望去任谁都会赞不绝口。

　　车子开进那扇金色的大门，足足开了七八分钟才停在了宴会厅前。

　　宴会厅里，得知乔宗民到了，贺深向身边人告了声罪，出来迎接贵客，他站在门前，嘴角挂着得体的微笑。

　　这时车门打开，车上的人下来了，一袭笔挺西装的高大男人带着从容英俊的笑容。

　　另一侧车门也打开，一双黑色系白带的小皮鞋落地，修身的西裤把腿型拉得笔直，深色的小燕尾服里是干净的珍珠白衬衣，系得工整的温莎结上是一张俊秀精致的面庞。

　　非常漂亮的少年，他弯起的唇边有着养尊处优的矜贵和俊雅。

　　贺深视线微移，看到他的刹那愣住了。

40. 好巧啊，原来我们一样

　　乔韶也看过来了……

　　他在傍晚的余晖中看到了对面的男生：一身帅气西服，身量修长得仿佛红毯上的明星，他少见地把额间发梳了起来，露出了光洁的额头，越发英俊的同时也添了几分成熟魅力。

　　贺、贺深？！

　　乔韶大脑一片空白，整个人都"死机"了！

　　短暂的对视后，贺深先恢复过来，他谦逊有礼地向乔宗民问好，乔宗民察觉到了儿子的异样，有些分心地应了一声。

　　贺深看向乔韶，黑眸平静，薄唇吐出的字也清清楚楚："这位是乔逸吗？"

　　乔宗民是认不出贺深的，他们打暑期工那阵子他故意避开，也没闲工夫去看视频，所以不知道贺深长什么样。这会儿他见乔韶出神，还以为儿子是来到谢家后想起来了什么……

当着一群人,乔宗民也不好问什么,只能先介绍了一下:"那是以前的名字了,他现在叫乔韶。"

听到这俩字,贺深瞳孔猛地一缩,暴露了他沉着冷静的表面下的惊涛骇浪。

贺深向着乔韶伸手,指尖几不可察地颤了一下:"你好,我是谢深。"

熟悉的声音,熟悉的手,可是人却没那么熟悉了……

乔韶恍然回神,握住了他的手:"你好,我是乔韶。"

松开手后,贺深侧身道:"两位请。"

乔宗民看了儿子好几眼,见他面色苍白,心里有些着急,只是还没有要发病的迹象,他决定再等一等,怕打断了乔韶的回忆。

宴会厅布置得清雅华丽,这两个词似乎有些矛盾,可让人心旷神怡的清风俊雅的确需要华丽来装衬。

乔韶连一丁点儿打量周围的心思都没有,满脑子都是标点符号,一会儿问号,一会儿叹号,最后是无数个省略号。

什么情况!贺深怎么会在谢家!贺深就是谢深?

说好的负债累累努力还债呢!

他以为他同桌很穷,怎么就成谢家少爷了?

等等,贺深也知道他身份了!在这样的场合,这样毫无准备的时刻知道了!

剩下的就是省略号了,想不出所以然的乔韶只能被省略号的点点点填满思绪了……

乔韶这魂不守舍的模样太明显,乔宗民忍不住了,他刚要开口,贺深竟主动问:"乔韶是有些不舒服吗?"

乔宗民对他很警惕,道:"可能有点晕车。"

贺深又道:"那我带他去楼上客房休息下吧。"

乔宗民正要拒绝,乔韶回神了,道:"好。"

乔宗民看向儿子,眉峰微扬。

乔韶巴不得马上和贺深独处，哪还管得了这些，赶紧对老爸说："晚宴还早，我一会儿再下来。"

乔宗民没出声，眼里全是暗示，翻译一下大概就是：不许跟谢家小子走，这小子不是好鸟，你会被他骗得团团转。

乔韶领悟了个七七八八，但装没看见，他看向贺深："麻烦……你了。"

贺深温声道："没事，跟我来。"

乔韶大步跟上去，留大乔同志在原地生气——能怎样呢？这么多人看着，他也不能把儿子给抢回来。算了，两人也不过是刚认识，等以后切断联系就是了。乔宗民自我安慰了一番。

谢家这宴会厅大得很，已经快到六点，来的客人也很多了。

好在贺深找的路很好，尽量避开了与人打招呼，乔韶只需要跟在他身后，不和人碰上视线就行。

绕过了主厅，贺深迈上了白色大理石铺陈的旋转楼梯，乔韶一步一步跟上去，只觉得皮鞋落在大理石上的声音尤其清晰，仿佛砸在胸腔的鼓点。

上到二楼，贺深还客气有礼地说道："来这边。"

乔韶跟了过去。

他们踩在柔软的地毯上，走过三间屋后，贺深推开了最靠南的一间客房门："请。"

乔韶提着一口气，抬脚走了进去。

在关门声响起的瞬间，乔韶连屋里的陈设都没看明白，就被抵在了墙上。

两人几乎是同时开口："你……"又同时住口。

乔韶看着贺深，贺深也在看着他，他们像是刚认识彼此般，恨不得把对方的里里外外都看个明明白白。

过了不知道多久，乔韶小声道："我爸真的是乔宗民……"

贺深："……"

乔韶垂下眼睫道："我说过的……"

说完他忽然意识到……贺深也对他说了不少……

那时他们滑冰后回家聊过一次，贺深对他说过："其实这是我家给我的考验，我要是在二十岁前赚够一千万元就可以自立门户，否则就得回去继承家业。"

当时乔韶连半个字都没信，一直以为他是为父还债，如今再看，这全是大实话！

谢家会缺这一千万元吗？谢家要真败落了，欠的债怕得是数百亿元！

这时贺深终于开口了，声音里没了在外面装出来的冷静沉着，带着无法掩饰的沙哑与颤抖："你真的是乔逸？"

乔韶的心莫名揪住："嗯，不过早就改名了。"

贺深似是哽了一下，再出声时声音更颤了："……害怕安静是因为那一年吗？"

乔韶没想到贺深会问这个，两人在这样戏剧性的场景下相遇，在这样不可思议的场合知道了彼此的身份，贺深不该像他这样惊讶错愕吗，他为什么这样难过……

是了，贺深是在为他难过，为曾经的乔逸难过。

乔韶心里瞬间涌满了汩汩热流，之前那莫名的生疏感消失了，他无比清晰地知道了眼前的人是谁。

贺深就是贺深，他认识的贺深。

"已经不要紧了，"乔韶对他说，"自从去了东高……自从遇到你，我已经好很多了。"

确定乔韶身份的瞬间，他是惊讶的，可随之涌上来的只有心痛。

他脑中不断交替浮现着两张照片——一张是十岁时天真烂漫的乔逸，一张是被乔宗民抱在怀中瘦得皮包骨的乔逸。

一旦知道这全是乔韶，贺深只觉得眼前漆黑，整个人像被扔进了深黑的冰潭，冷得彻骨。

"真的没事了，"乔韶温声道，"这次我来谢家也是想找回更多的记忆……"

贺深松开他一些，问道："找回记忆？"

乔韶道："对，我小时候来过这里，想起了挺多在这儿的事，所以想故地重游，看能不能刺激下记忆。"

贺深关心他的身体："有想起什么吗？"

乔韶无奈笑："都快被你吓死了，哪还想得起什么？"

贺深微怔，终于恢复正常了："抱歉，一直没和你说清楚。"

乔韶连忙道："我还不是一样。"

贺深心中一刺，道："你说过很多次。"

乔韶道："我也没认真，真想摊牌不会那样说。"

乔韶神态挺轻松的，倒是贺深眉宇间一直无法舒展，他轻声问："你会……怕我吗？"最后三个字声音极轻。

乔韶道："你有什么好怕的？"

贺深低声道："乔先生应该有告诉你吧，谢家的事……"

"谢家是谢家，你是你，我的朋友是你！"乔韶忽地想起来，"对了，我们是朋友的事得先瞒着大乔，我爸对你还真有点成见，我得再劝劝他……"

他话没说完，贺深眉峰微挑，道："跟我来一下。"

乔韶不明所以："嗯？"

他俩一出门，迎面就碰上盛装打扮的庄新忆。

庄新忆是故意等在这儿的，她一眼就认出了乔韶是照片上的男孩，讥笑道："谢深你真行啊，是要把他带来给你爷爷祝寿吗？！"

因为谢承域故意避开乔宗民，所以庄新忆以前也没机会见到乔宗民和他那位"娇生惯养"的独子，因此她不知道眼前这个人是乔宗民的儿子。

41．乔宗民不会放过你

庄新忆很意外，她的人跟她说贺深领着一个少年上楼时，她也没想到贺深会把自己的同学带到这里。

居然让她正面撞上了！真是得来全不费工夫，谢深果然还是年轻气盛，以为没人发现，趁人多混乱带着同学参观老宅？真当这是他的家了？

真当自己能为所欲为了？

她现在就把他扫地出门！

庄新忆只顾着看乔韶的脸，以至于没留意到乔韶一身手工缝制的定制西服。其实看到了也没什么，她只会以为是贺深给他准备的。

贺深问："您在说什么？"

庄新忆心里冷笑：现在知道用敬称了？晚了！

"不用藏着掖着了，"庄新忆从手包里拿出几张照片，晃了晃道，"你如果不想身败名裂，就赶紧滚出谢家！"

虽然照片重叠在一起，但只看第一张就足够了。

上面的两个人，从侧脸也能看出是谁。

乔韶心底一惊，这是什么时候拍的？看上去像是在……深海打工？

贺深对庄新忆说道："我不知道您在说什么。"

庄新忆盯着他们，满心都是恶心感："别装了，我不仅有照片还有视频，你现在不走，别怪我在宴席上当众公开！"

还有视频？乔韶心更惊了！他虽然不知道这女人是谁，但能清晰感觉到她浓浓的恶意，那是一股恨不得把贺深大卸八块的恨意。

管她是谁，反正不是好人！

贺深不慌不忙，仿佛没听到庄新忆说的话，他道："对了，给你们介绍一下。"

庄新忆笑出声："介绍什么？我对他没兴趣！"她怕脏了耳朵。

贺深没理她，先对乔韶说："这位是谢承域的妻子庄新忆。"

乔韶还是知道谢承域的，大乔骂过他很多次，是谢深的父亲，这么说这个年轻女人是贺深的后妈？

有这么个糟心的后妈，难怪要离家出走！

贺深又看向庄新忆，慢慢说道："这是乔韶……"

庄新忆不耐烦道："谢深你不用浪费口舌，你这次是自断臂膀，我也不想闹得太难看，识相的就早点滚出……"

她话没说完，就听贺深平静道："他是乔宗民的独子。"

庄新忆愣住了。

乔韶讨厌死这女人了，但面上还是要保持该有的风度，他道："阿姨您好，刚才在大厅里没见着你，我爸就在楼下，一起去打个招呼？"

庄新忆一副见了鬼的表情。

贺深对乔韶说："时间差不多了，我们下去吧。"

乔韶应道："嗯。"

他们走过庄新忆身边时，贺深又停住了。

庄新忆如芒刺背，那精心雕琢的指甲用力掐进了手包的小羊皮。

贺深压低声音道："你觉得我会在乎你在背后搞小动作吗？"

庄新忆连呼吸都凝滞了。

贺深继续道："你的那些照片和视频都可以放出来，到时候看看究竟是谁被赶出谢家。"

庄新忆面色苍白，咬紧牙关道："就算谢家管不了你，但是他可是乔家的孩子！"

贺深道："那又怎样？"

庄新忆道："乔宗民不会放过你的！"

贺深道："你可以试试。"

庄新忆发狠道："你让他儿子卷进来，乔宗民不会放过你的！"

贺深提醒她："更不会放过杜撰这些的人。"

庄新忆心底一凉。

贺深不用再说什么了，带着乔韶去了宴会厅。

庄新忆站在原地，直到手机响了才回过神。

她的心腹问她："视频都准备好了，等宴会正式开始……"

庄新忆几乎破了音："销毁！全部销毁！"

所有照片、所有视频必须马上销毁！一旦曝光出去，乔宗民一定会查到底，到时候谢深是死是活不好说，她肯定完蛋了！

谁不知道乔宗民对这儿子宝贝到了极点？谁不知道乔逸曾遭遇了什么？

让乔宗民知道有人跟踪他儿子，怎么会善罢甘休！

难怪谢深敢回谢家，难怪谢深有恃无恐，他居然不择手段到这个地步！

下楼的时候，乔韶轻声对贺深说："你后妈也太过分了。"

贺深很惭愧："抱歉。"

"你道什么歉，你是受害者！"乔韶无比心疼他，"如果我不是大乔的儿子，你不是要被她害死？"

太阴险了，在这种场合胡乱发那些照片和视频，贺深要怎么办？！

贺深顿了一下，道："我知道她在背后搞了些事情，也知道她会选在今天闹起来。"

乔韶错愕："啊？"

贺深轻呼口气道："我原本是不介意她搞这些事情的。"

倘若乔韶只是个普通孩子，不会有什么影响，在庄新忆的引导下，所有矛头都会指向贺深，所有脏水都会泼在他身上，贺深对往自己身上泼脏水根本无所谓，反而对抹黑谢家名声这种事，他乐意奉陪。

至于对他的影响，其实远没庄新忆想的那么大。

即便他真在深海打过工又如何？

谢永义那边他完全哄得住，非但不会给谢永义掉面子，甚至会让他觉得自己放得下架子。在这个谢家，连谢承域都没有话语权，更不要说庄新忆了。

之前贺深离家出走，不是逃走，纯粹是太过恶心，而且他很清楚，只要自己走了，谢家早晚会崩。

他努力赚够一千万元，也不过是想在心理上与他们划清界限。

可现在他有了乔韶，有了牵挂，不再孑然一身，他不想给他们任何机会来欺负乔韶，所以他回来了，回来扫平一切障碍，给自己一个更加安稳的未来。

不承想……

贺深心情复杂道："你还真是乔宗民的儿子。"

乔韶怪尴尬的："我不是故意瞒着你……"

贺深只有面对他才会有这个年纪该有的孩子气："乔乖乖，等晚些时候你得好好给我解释一下。"

乔韶有种要被秋后算账的感觉……等等……他不忿道："我还不是被你瞒得很惨！"

贺深道："我没装穷。"

乔韶哑然，道："我也没想装穷的，就想当个普通人。"谁知道选错参照物，把穷穷的陈诉同学当普通人了！

"说起来，"贺深忍着笑，"天凉了，卫嘉宇还说要把去年秋天买了没穿的衣服拿来给你。"

乔韶："……"

贺深："他没告诉你吧？说是要给你个惊喜。"

乔韶："……"

贺深忍不住笑了："要是让他知道你……"

乔少爷沉痛道："是我对不住他！"

贺深眼中的笑意在回到宴会厅后逐渐消失。

乔韶回到了父亲身边，乔宗民看他，乔韶道："已经没事啦。"

乔宗民压低声音问他："谢深没欺负你吧？"

您这成见也太深了吧！乔韶道："他很照顾我！"

乔宗民提醒他："你别被他表面上的温和骗了，这人一看就心思很重，心里装不下任何人。"

他敷衍应道："我知道了。"

乔宗民总有点不安，对谢家这位礼数周全滴水不漏的小少爷很不放心。

那就是匹孤狼，他家宝贝却是只小绵羊，这俩做朋友就是羊入狼口，他能不担心吗？

谢承域也不能一直躲着乔宗民，在寿宴即将开始时过来打了声招呼。

乔宗民来都来了，也没想为难他，态度尚可。

庄新忆自然是跟在谢承域身侧，她补过妆的脸上也难掩尴尬，都不敢看乔韶。

乔韶心思一动，道："庄阿姨，我真的不是小偷。"

他这话一出，在场三人都怔了一下。

乔韶用开玩笑的语调说："我刚去二楼休息，庄阿姨见我脸生，以为我是小偷，要把我赶出去。"

乔宗民脸色立马沉了下来。

庄新忆心惊肉跳，慌得想不出该怎么解释。

谢承域的确讨厌死了乔宗民，但也真的不敢得罪他，当即对庄新忆发作道："你怎么回事，怎么能把客人当小偷！"

庄新忆咬紧后槽牙道："我……我……"

乔宗民面无表情道："既然谢夫人不欢迎我们，那我们这就回去了。"

乔宗民来了，结果没待几分钟又走了，这让人怎么想？回头让老爷子知道了，得发作成什么样！

谢承域狠狠瞪了庄新忆一眼。

庄新忆连忙道："对不起，是我不好，是我糊涂了，乔总……嗯，乔韶你别见怪。"

乔韶一点不想听她的道歉，道："庄阿姨不用道歉，您没错，是我长得太像小偷了。"

庄新忆站得僵直，指甲都刺到掌心了。

乔宗民面色更冷了。

谢承域察觉到周围人在侧目，对妻子斥道："你身体不好就去休息，今晚别下来了！"

庄新忆脸惨白惨白的，只觉得颜面丢尽，却连一个"不"字都不敢说。

等这两人走了，乔宗民立刻问儿子："怎么回事？"

乔韶把在二楼发生的事改头换面说了一下："……她太过分了，可想而知谢深平日里在家有多可怜。"乔小韶很努力了，想尽一切办法为好同桌说话。

谁知乔宗民开口就是："我早说让你离谢深远一点。"

乔韶："啊？"

乔宗民道："你瞧，你这不就被他利用了！"

乔韶满脑袋问号。

乔宗民忧心忡忡道："他这是故意借你打压他后妈，你还真乖乖给他当枪使。"

乔韶："……"

乔宗民给他分析利弊："你以为他为什么要带你上楼休息？他是给他后妈设了个套，你当庄新忆这么蠢地把你当成小偷？肯定是谢深误导了什么，让她栽坑里了。"

乔韶张口结舌："不……这……那个……"

乔宗民道："所以我说你离他远点儿，就他这心机，把你卖了你还要给他数钱！"

乔韶无语了。

乔韶默默听老爸数落了半天好朋友，心情很糟糕。

这时一个大男孩跑了过来："乔韶？"

乔韶转头，看到了熟悉的人："赵璞玉。"

赵璞玉身高一米八五，宽肩窄腰，结实魁梧，长得也风流倜傥，否则还真没当"渣男"的资格。

赵璞玉向乔宗民打了招呼，乔宗民对他很有好感，道："你俩玩吧，我去那边看看。"

走之前还给乔韶使了个眼色，大意就是：这样的傻大个儿才是值得结交的朋友。

这个坎过不去了！乔韶真要被他爸愁死了！

赵璞玉见着乔韶是真的开心，上上下下打量他："长高了啊？"

乔韶对他还是挺亲切的："最近吃得好睡得香。"

赵璞玉纳闷道："你那小破高中有这么好？"

乔韶道："非常好特别好无与伦比地好。"

赵璞玉："我不信。"

乔韶还在想大乔对好朋友的成见，敷衍道："你不信拉倒。"

赵璞玉乐了："还真恢复了不少啊！"

乔韶看向他："嗯？"

赵璞玉道："你小时候也总不拿正眼瞧我。"

乔韶："……"他爸的暗示没错，这傻大个儿是不怎么聪明的样子。

大概是找回了儿时的感觉，赵璞玉对乔韶亲近了许多，问他："你还是有点瘦啊，多少斤了？"

体重是乔韶心底的痛，他道："反正胖了不少。"

赵璞玉道："胖？我能把你举起来。"

乔韶不乐意了："少吹牛。"

赵璞玉笑了："就你这小体格……"说着竟伸手过来，乔韶没躲开，让他掐住了腰。

赵璞玉一惊："你腰也太细了吧……"

乔韶火了："放手！"

赵璞玉居然把他举了起来……

乔韶爆炸了："赵璞玉！"

他用力挣扎着想下来，赵璞玉怕摔到他，慢慢把他放下来，搂着他的肩。

这傻大个儿又冒出一句："乔韶，你好软啊。"

乔韶："……"

要死不死的，他听到了贺深的声音："有什么需要帮忙的吗？"

42．你们关系真好

赵璞玉仗着角落里没人才瞎闹，一旦有人看到，他立刻松了手。

乔韶一回头就看到了贺深。

乔韶离赵璞玉远了点，说："没什么。"

赵璞玉傻乐道："我们老友见面，有点激动哈！"

贺深不动声色地看了看赵璞玉："你们关系真好。"

不等乔韶说什么，赵璞玉道："穿一条裤子长大的兄弟，能不好吗？"说着一把揽过乔韶，哥俩好得很。

乔韶一把拍开他道："谁和你穿过一条裤子！"

赵璞玉道："这你都忘了？咱俩还一起洗过……"

乔韶随手抓了个东西就塞他嘴里："饿了吧？吃点东西！"少说点能死啊赵石头！

赵璞玉呜里哇啦道："哨子你要害死我，老子花生过敏啊！"

乔韶："……"原来自个儿抓的是块花生点心。

赵璞玉捂着餐巾"呸呸"半天。

贺深叫住一位服务生嘱咐了一声，服务生立马来到赵璞玉身边道："先生这边请，我带您去吃点抗过敏的药。"

赵璞玉想说也没那么严重，毕竟自己没咽下去。

贺深道："去漱漱口也好。"

赵璞玉道："也是。"

随后，赵璞玉风风火火地跑了。

乔韶还是有点担心的，花生过敏不比其他，真发作了还挺吓人，他忘的东西太多，也记不清这石头花生过敏了。

贺深道："放心，真过敏了也有家庭医生。"

乔韶一想也对，谢家这么大个宅子，举行这么大个宴会，哪能不安排这些。

赵璞玉还在的时候，贺深还挺能装，这会人一走，他吐槽道："我都没和你一起洗过澡。"

乔韶："……"

贺深继续道："更没和你穿过一条裤子。"

乔韶面颊微红道："你听他瞎扯！"

贺深："无风不起浪。"

乔韶解释道："我那时最多三岁！"

贺深："哦，他比我早认识你十四年。"

乔韶语塞。

这时贺深靠近："帮你整理下领带。"

乔韶脸又烧起来了。

刚才赵石头一通瞎闹，他衣服都乱七八糟了。

贺深微微俯身，手指灵活地解开他的温莎结，随后又仔细打了一个更加漂亮的。

乔韶后知后觉地发现："你会系领带！"

贺深道："嗯。"

乔韶控诉道："那还总让我给你系？"

贺深幽幽道："没穿过同一条裤子，还不让互相系领带吗？"

乔韶："……"

过不去了，这个坎也过不去了，他身边的男人怎么都这小肚鸡肠！大乔是，这家伙也是，乔韶怀疑自己要年少秃头！

宴会期间还举行了一个小型慈善拍卖会，这是惯常有的，尤其是寿宴这种场合，更是会弄得很隆重，得到的善款也的确会用到实处。

乔宗民出 500 万元拍了一幅谢永义珍藏的字画，很给面子了。

谢永义一整个晚上都精神很好，对贺深安排的寿宴极其满意。到了后半场，贺深劝了他一句后，他也早早去休息了。

谢承域只能在远处看着，心情极其复杂：说气吧，真的气，被自己儿子比下去了能不气吗；要说特别气吧，其实也没有，管他谢深怎么优秀，还是他的种！

等谢永义一走，贺深就能抽出身了。

乔宗民应酬多，乔韶起初还跟着，后来有点累，就躲到角落里去了。

赵璞玉来找他："你们东高人怎么样啊？"

乔韶瞥他一眼："怎么了？你不是看不起我们小破高中吗？"

赵璞玉道："我这不是在想，你没有我的日子有没有交朋友嘛。"

乔韶知道他的意思，直白道："有。"

赵璞玉眼睛一亮:"真的吗？你现在恢复得不错嘛,都能交朋友啦？"

乔韶想了一下,应该是因为交了朋友,所以才恢复得快吧:"差不多。"

赵璞玉更好奇了:"哪天约出来一起玩呀？"

乔韶看了他一眼:"我可以把他介绍给你,但你得答应我一个条件。"

赵璞玉心潮澎湃道:"你说,上刀山下火海,兄弟在所不辞。"

"这倒不用,"乔韶道,"只要别让我爸知道就行。"

赵璞玉了然:"为什么？你爸知道你交朋友应该很开心才对呀,难道是因为家境不好？叔叔不会因为这个不让你交朋友吧？"

乔韶说:"不是,他家里挺有钱,主要是我爸现在对他有成见。"

唉,有钱人家的小孩也不好当啊……

赵璞玉道:"能多有钱？"就那小破高中。

乔韶对比了一下,道:"比你家有钱。"

赵璞玉惊了:"你扯吧,比我家有钱的我能不认识？"

乔韶看傻瓜一样看他:"我有说过你不认识吗？"

赵璞玉更惊了:"谁啊,我认识的？"

谈话间,贺深迎面走了过来。

赵璞玉背对着,没看到他过来,还在催促乔韶:"别卖关子了,告诉我你新认识的小伙伴是谁,咱们都认识的话,应该很能玩到一起去吧？"

他这话声音不高不低的,贺深刚好听到了。

乔韶自然看到他过来了,不过他别开了视线,对赵璞玉说:"回头。"

赵璞玉:"啊？"

乔韶道:"他就在你后面。"

赵璞玉一副见了鬼的表情,说道:"他也来了啊,到底是谁啊……"

一回头,看到那位别人家的孩子谢深。即便对视了,赵璞玉也没多想,还跟贺深打了个招呼,然后四下张望。

贺深径直走了过来,一步一步走得很稳,唯独手指不受控制地颤了颤。

赵璞玉遍寻不到线索。

赵璞玉只好转头问乔韶:"哨子你不带这么耍人玩的。"

乔韶翻了个白眼，把贺深拉到身边："喏。"

赵璞玉："啊？"

乔韶偷瞄了一眼大乔，发现他正忙着和人说话后，低声道："他是我在小破高中新认识的朋友。"

赵璞玉："什么？"

这下赵璞玉真成石头了："你你你……你们……"

乔韶道："小声点！"

赵璞玉嘴里能塞个鸡蛋："这……这……"

第四章 彩虹

Chapter 4

乔韶不需要安慰 完结篇

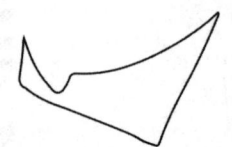

43．一朵百合

已经石化的赵璞玉"啪嚓"一声，碎成一地石头渣了。

受到惊吓的赵璞玉半个字都没说，落荒而逃。

贺深余光看了眼乔宗民，问乔韶："要不要去外面走走？"

乔韶道："好啊。"

他来这儿可是要找记忆的，结果记忆没找到，找到"负债"同桌了。

贺深道："这边来。"

乔韶问他："你能走开？"

贺深说："没什么事了。"

虽说他是宴会主人，但正式的流程走完后，大家更倾向于互相交流。尤其还有个乔宗民在，赴宴的谁不想和乔总谈谈？贺深毕竟是个毛头小子，他们也放不下身段来找他聊。

乔韶也看了老爸一眼，发现他没法抽身后，对贺深道："带我出去看看。"

贺深与他躲着人群一起去了外面。

九月的夜晚已经退去夏夜的炎热，变得凉爽，他们虽穿着整套西服，也不会觉得闷。

谢家这园子太大，哪怕点缀了无数灯饰也略显空旷。

贺深关心他："会怕吗？"离了宴会厅，外面还是过于安静了。

乔韶道："你在就没事。"

贺深惦记着他的身体："去花园看看？"

乔韶也想找回记忆："好，看看能不能想起什么。"

贺深欲言又止，想问又怕刺激到乔韶。

乔韶感觉到了，坦白说道："我全都想不起来了。"

直到现在，贺深也没能摆脱乔韶是乔逸这件事给他带来的冲击，这份冲击力与其他全无关系，只是揪心他过去的经历。

被绑架了整整一年，乔韶究竟经历了什么？乔宗民掀翻整个S市都没有把人找到，乔韶到底被藏在哪里？一年后乔韶又怎么独自回来了？

回来后的乔韶身体和精神完全崩盘，又是经历了怎样的治疗才恢复到现在的模样？

贺深过目不忘，所以他可以轻而易举回忆起两人相遇后的点点滴滴。

初见时乔韶瘦得像个小学生，严重发育不良，再想起乔韶第一天睡在他家时惊醒的模样，贺深只觉得心脏被剜了个洞。

贺深有很多想问的，可又一个字都不敢问。

乔韶轻叹口气："那一年的事我全忘了，甚至连之前的记忆都忘了个差不多，经过两年多的治疗我基本恢复生活，也回到学校念书，不过一直吃不下东西也睡不好觉，还很怕安静。"

贺深手指颤了颤，握着乔韶的手像握着一个易碎的瓷器。

乔韶道："我病着的那两年里我妈妈因病去世，我……"他有些难受地自嘲道，"把她也忘了。"

贺深心里一刺，体会到了同样的痛楚："别难过。"这三个字很徒劳，可是又能再说什么？失去了深爱的亲人，这种痛苦只有经历过的人才能明白。

乔韶轻呼口气，打起精神道："后来我的心理医生建议我换个环境，去一个完全陌生的环境。"他在之前的中学里有太多熟人了，哪怕改了名字，所有人也都知道他是乔逸，大家都知道他经历了什么，都知道他患有严重的创伤后应激障碍。

因为这些，无论是老师还是学生全都小心翼翼地待他，连傻乎乎的赵璞玉都不敢和他大声说话。

被这样特殊对待，乔韶别说走出来了，根本是越陷越深。

所有人都在无形中提醒他：你被绑架了一年，你有病，你不是个正常人。

乔韶处于那样的环境，心理状态只会越发糟糕，反映到身体上就是更加严重的厌食失眠。

贺深问他："所以你来东高了？"

乔韶道："对，我隐瞒身份不是因为我是大乔的儿子，而是因为我是乔逸。"当初的事闹得太大，新闻铺天盖地，如果他暴露了自己是乔逸，那么东高就会变得和他之前的中学一样，他又会是一个被特殊对待的人，他转校的意义就没了。

贺深关心的是："这么看，新环境对你很有效？"

乔韶转头看他："是你对我很有效。"

贺深心一颤。

乔韶说完才发现自己又说了大实话，赶紧补充道："就……就还有陈诉、宋一栩、卫嘉宇他们……"

贺深低声重复了一遍："你也对我很有效。"

乔韶没太听明白："嗯？"

贺深对他笑道："没什么。"

乔韶怪他："别吊人胃口。"

贺深道："以后再说。"

乔韶很不满。

贺深说："我想多听点你的事。"

乔韶见他实在不想说，就没再追问，又讲了自己想起的记忆片段，都是发生在谢家的事。

乔韶有一段记忆是在谢家寿宴上，自己摘了一朵花送给母亲。

贺深听到后竟怔了一下："能记起是什么花吗？"

贺深这么一问，乔韶脑中还真浮现出了花的模样："粉色的……挺大，很香……"乔韶想起来了，"百合！"那是一朵粉色的百合花！

贺深道："确定吗，现在已经九月了，百合的花期已经过了。"花园里有百合园，也有粉色的百合，但是过了7月，基本已经败了。

乔韶没那么好的记忆力,但是这段他记得特别清楚:"是百合,错不了的。"

那时还小,不懂是什么花,如今却是知道的,他又回忆了一下,道:"那百合应该不是露天养的。"

百合这花虽然花期是夏天,但花店里时常能买到,哪怕冬天也有温室培育出的百合。

贺深轻吸口气道:"是十年前吧。"

这个乔韶真记不清了,他道:"反正那时我挺小的。"

贺深道:"跟我来。"

乔韶跟上他,穿过一条小径,来到宅邸东侧的一个偏门。

此时已经是八九点钟,天全黑了,挂在天边的月亮弯弯的,光线很淡,越往东边走,宅邸的灯光也越弱,到了这个偏门处,已经只剩下昏黄的地灯了。

贺深又问他一次:"怕吗?"这里已经非常安静了。

乔韶道:"还好。"

贺深道:"那我开门了。"

乔韶莫名有些紧张,眼睛眨也不眨地盯着这扇落满时间印记的小门。

门"吱呀"一声开了,乔韶看到了一个小小院落。

院子里很荒凉,但是很干净,靠墙的一侧有一株翠色的大树,树下有一把陈旧的藤椅,藤椅旁有张小桌子,上面放着一个空花瓶。

看到这一幕的瞬间,乔韶眼前豁然开朗。

夜色消失了,陈旧退去了,取而代之的是耀眼的白日和崭新的一切。

乔韶想起来了……

十年前在谢家,他烦了枯燥的宴会,独自一人偷跑出来,跑着跑着乔韶来到了这扇偏门前。

他看到前面有个小孩,想去找他玩,结果却听到了训斥声。

一个看不清面容的女人喝道:"小深,你要去哪儿!老爷子正在到处找你呢!"

听到这动静，乔韶躲在了灌木丛里，只露了一双大眼睛偷偷看着。

他看不到小孩的脸，只看到他背着手，手里攥着一朵粉色的漂亮的花。

男孩声音很轻："我……马上回去。"

女人道："今天是老爷子的寿宴，你跑到这里来，让老爷子知道了怎么办？"

男孩支吾道："我只是来看看妈妈……"

保姆道："夫人病了，你不该打扰她！"

男孩道："她没有。"

女人怒斥："夫人病得很重，你不要胡闹！"

男孩坚持道："她没病的，她很健康，她就在这里，我……"

女人一把拉住男孩的胳膊道："不行！她今天不能出屋，你再胡闹的话，我就要告诉老爷子，让你以后都不能来这儿了！"

男孩妥协了："我跟你回去，但能让我把这朵花给她吗？"

女人看到了那朵粉色的百合，嫌弃道："小深，你别为难我了，今天谁都不能见她，快跟我回去。"

男孩咬着牙道："我不见她，我把花放下就走。"

保姆一点都不松口："不行！"说着她蛮横地扯住男孩，试图将他拉走。

男孩也不过七八岁的模样，哪里挣得开，他声音里带了哀求："我答应妈妈了，我答应给她一枝百合花，让我给她行吗，我答应我妈妈了。"

可惜那人完全没有松手的意思，甚至还打落了他手中的花："别闹了！"

花落在地上，沾上了泥土，男孩怔怔地，彻底放弃了挣扎。

躲在灌木中的乔韶看清了男孩的脸，尤其看清了他白净面庞上失望至极的表情。

乔韶走了出来，看到了那朵落在地上的漂亮花朵，他把花捡起来，试着推了推门，发现门是锁着的，他喊了一声："有人吗？"也没人回应。

乔韶有些遗憾，他想帮男孩完成心愿，可惜门打不开，墙也翻不过去……

怎么办呢？那男孩那么想把这朵花给他妈妈。

乔韶回过神来，看向贺深："那朵花是你的……"

贺深却道:"你果然来过这里。"

乔韶已经找不到自己躲过的灌木丛了,他道:"嗯,我那时候就见过你。"

贺深遗憾道:"可惜我没看到你。"

乔韶抬头看他:"当时我想帮你把花给你妈妈的。"

"我知道,"贺深道,"不过门锁着,你进不去。"

乔韶惭愧道:"然后……我就拿去给我妈妈了。"

那时小乔韶的想法很简单——

既然给不了这个妈妈,那就送给自己的妈妈。

全天下的妈妈都是一样好,给谁都一样!

贺深心里一片温暖,对他说:"谢谢。"

人的记忆多神奇,乔韶没有过目不忘的能力,他甚至忘记了很多事。可在与贺深相遇后,他一点一滴地想起了贺深,想起了源自儿时的触动。

44．你还记得我?

乔韶觉得很神奇:"你说我潜意识里是不是还记得你?"

所以他才会断断续续地想起在谢家经历的事,因为他见到了贺深,哪怕认不出他,意识最深处却知道他是那个可怜的仅仅是想给母亲一朵百合花的孩子。

贺深心中的滋味难以描述,他道:"也许吧。"谁能想到,在那么久那么久之前,乔韶就在帮助他。

乔韶心里记挂着,问道:"你妈妈究竟怎么了?"

事到如今也没什么好瞒着的了,这些贺深曾经以为不可能对任何人诉说的话,是可以对乔韶说的。这世上大概也只有乔韶是真心想知道,所以贺深愿意全告诉他。

贺深道:"来这边。"

他们坐到了藤椅上,贺深看着空着的花瓶,慢慢说道:"我母亲是个无父无母的孤儿,做了一场梦,醒来后就被永远困在了这个庭院里。"

贺深的母亲叫贺蕊，是个弃婴，自小在孤儿院长大，是谢家资助了她念书，她天资极高，自从入学次次都考第一，后来更是考进了国内的最高学府。

接着她遇到了谢承域。

谢承域生得风流倜傥，又是她的"恩人"，想要坠入爱河太简单了。

贺蕊死心塌地地爱着谢承域，谢承域却只是贪恋她的清秀可人，等谢承域腻了时，贺蕊怀孕了。

谢永义知道这事后大发雷霆，把谢承域骂了个狗血淋头，可这事却不能这样轻松放下。

贺蕊是谢氏资助的贫困生，一直以来谢永义都拿她的优秀大做文章，为谢氏营造了极其正面的形象。如果此时爆出谢承域玩弄贺蕊，那之前塑造的所有形象将全盘崩塌，还会被有心人添油加醋，利用这事在舆论上打压谢氏。

谢永义为顾全脸面，逼着谢承域娶了贺蕊，如此一来再没人能说三道四，只会惊叹这童话般的爱情故事，对贺蕊羡慕不已。

可事实上，贺蕊悲剧的人生才刚刚开始。

婚后没多久贺蕊就看清了谢承域的风流本性，她的爱情破灭，她的生活也毁了。

丈夫不喜欢她，谢永义瞧不上她，谢箐更是不屑与她相处……主人家这样，下面的人更是看人下菜碟，对她冷嘲热讽。

贺蕊是个聪明的女孩，可在这种情况下，细腻的心思只会给她带来更加深重的痛苦。

她在生下谢深后患上了严重的产后抑郁，一度想自杀。

自杀未遂后，谢家对她进行了极其严密的监护，不准她有任何独处的机会。

这对于贺蕊来说是加倍的折磨，她独自待在这个偏院里，等不到任何人，一天一天一年一年，她就像那离了根茎的花朵，逐渐败落。

唯一的慰藉是她的孩子。

谢深的早慧给了她安慰，也让她惶恐不安。

她恨透了谢家，却走不出去，她多希望儿子能够脱离这个地狱，不要像她这样……

说到这里时贺深停了下来，因为他对面的乔韶眼眶通红，眼泪在明亮的眸子里打转。

贺深勉强笑了下："别哭。"

乔韶道："她是爱你的！"

贺深道："嗯，她爱我。"

可正是这份爱，逼死了她。

谢承域曾说，是谢深害死了自己的母亲，某种意义上来说，的确如此。

自从谢深被谢永义重视，成了他培养和炫耀的资本后，贺蕊的精神状态越发不好。

谢深努力讨得爷爷欢心，只是为了让母亲过得更好一些。

贺蕊却恐惧着谢家的血脉，觉得儿子渐行渐远。

她不停地告诉谢深："妈妈会带你走的。"

谢深回答她："没事的妈妈，以后会好起来的。"然而这没能安抚贺蕊，反而让她越发畏惧，越发惊恐。

直到谢深十二岁那年，贺蕊忍无可忍，试图带着谢深逃离谢家，这毫不周全的计划被保安制止后，她听到负责看护自己的人说："夫人，您消停点吧，小深为了您已经这么辛苦了，您能别再拖累他吗？那么小个孩子没日没夜地学那么多枯燥的东西，我们看了都心疼，他做那些都是为了您啊，您帮不了他什么，但也别拖他后腿行吗？"

这一番话成了压垮贺蕊的最后一根稻草。

她熬了十多年，为的就是谢深，她执拗地认为带他离开才是让他幸福。

可现在有人告诉她，她的孩子这么辛苦全是她害的。

这让她彻底失去了活着的信念。

贺深回忆起那一幕，鼻尖似乎还萦绕着血腥气，他慢慢道："我用了三天时间把谢氏历年的重要策划全背了下来，谢永义才准我去见她，可当我推开门时,她割腕自杀了。"

乔韶心一悸,站了起来。

贺深轻呼口气道:"她最后对我说的三个字是……"

贺深声音颤抖着:"……对不起。"

乔韶五脏六腑都要被戳烂了,他心疼得厉害,强撑着哽咽道:"她是想保护你。"

贺深说不出一个字,他始终记得,永远也不会忘记那一天的那一幕。

他目睹了母亲的死,发疯一样地寻找原因,得到的却是那样的无可奈何。

就像乔韶说的,她想保护他,可他也想保护她。

为什么不再等等,为什么不再坚持一下,他就快长大了,他就要有自己的力量了,他马上就能将她从桎梏中解救出来了。

可是她走了。

唯一爱他的人,为了给他自由,永远离开他了。

"以后有我,"乔韶的声音像是射进深渊的一束耀眼的光,他说,"以后我会保护你,有我在,没人能欺负你!"

贺深怔了怔。

乔韶用无法遮掩的哭腔说道:"不要谢家了,以后我家就是你家,我爷爷我姥爷我爸都特别好,他们一定会像爱我一样爱你。"

他说得断断续续,激动且真诚,一言一语像一股股温热的清泉,将贺深眼前的猩红一点一点洗褪,换来一片前所未有的清明。

贺深低声道:"嗯。"

他们都失去了母亲,可乔韶还有爱他的家人,贺深却一无所有了。

好在乔韶遇到了他,乔韶会把自己有的一切都分享给他。

慢慢平复了情绪后,贺深又问乔韶:"还想去其他地方看看吗?"

乔韶脑中浮现出那个雪白色的小亭子,他道:"有个地方想去。"

贺深站起身来:"记得大概的位置吗?我带你去。"

乔韶点头道:"是花园里的一个亭子,白色的。"

贺深知道是哪儿了,道:"走吧,离这儿不远。"

他们一起离开了这个庭院。

贺深没有回头,这是他第一次从这里走出去,却没有听到母亲那声悲戚的"对不起"。

他们走了最多三四分钟,乔韶就在夜色中看到了那个小亭子。虽然是夜晚,但小亭子仍旧被自下而上的灯光照得明亮耀眼。

贺深问他:"你是在这儿把花送给妈妈的吗?"

乔韶点点头:"是的……"

他只说了这两个字,记忆便像受惊的蝴蝶般从花丛中飞出,颤着蝶翼,扯出了如梦似幻的过去。

他看到了坐在亭子里的母亲,看到她温柔的笑容,听到她的轻声细语:"一朵花也有它牵挂的根茎,就像你和大乔。"

小乔韶听得一知半解,说道:"他说要送给妈妈。"

杨芸微怔,问道:"他?"

小乔韶解释了一下自己听到的。

杨芸接过了粉色的百合,眉心轻皱了下:"那孩子呢?"

小乔韶道:"被他爷爷叫走啦。"

那时的乔韶还不懂全天下的爷爷不是都像他的爷爷一样好。

杨芸收下百合,嘴唇弯了弯:"所以你把这朵花带给我了?"

小乔韶有点惭愧:"作为补偿,我可以把妈妈借给他一天。"

杨芸笑了:"真的?"

小乔韶反悔了:"还是一小时吧。"

杨芸揉揉他头发道:"小气鬼。"

小乔韶辩解道:"我会说话算数的,我肯定不会白拿他的花!"

杨芸说:"你都不知道他叫什么。"

小乔韶道:"总会再见到的,我回家就把这事写到传家日记里,一定不会忘的!"

记忆到此戛然而止,乔韶面色苍白,身体都在不由自主地颤抖着。

贺深紧张地唤他："乔韶？"

乔韶转头看向他，嘴唇动了动，吐出了四个字："传家日记……"

他终于知道自己为什么不敢上三楼了，也终于知道自己为什么无比惧怕却执着着想要上三楼了。

因为那里有一把可以打开他记忆的"钥匙"。

45．妈妈，好久不见

贺深没太明白："日记？"

乔韶压住了怦怦直跳的心脏道："我们回去吧。"

贺深问他："你……"

乔韶摇摇头道："时候不早了，大乔该担心了。"

他这样，贺深也不好再问，只能安抚他道："走吧。"

他们回到了宴会厅，乔韶去找了爸爸，乔宗民一看儿子这通红的眼眶，心一揪，立马向身边人道了声歉，避开人问他："想起什么了？"

乔韶嘴唇颤着，低声道："我想回家。"

乔宗民立刻道："好，我们这就回去。"

宴会也进行得差不多了，乔宗民说儿子身体不太舒服，没人敢留他。

送他们离开时，贺深满目担忧，可又不好上前询问，只能给乔韶发了条微信。乔韶没带手机，所以看不到，其实带了也不会看，他全部心力都用来控制颤抖的手了。

用了近一个小时的时间才到家，好处是乔韶已经平稳了心情。

乔宗民一进屋就问他："怎么了？"

乔韶抬头看他，嘴唇颤抖着道："我们的传家日记……"

乔宗民犹如被电击般，浑身都起了一层鸡皮疙瘩："你……"

乔韶觉得这话对爸爸的刺激太大，他轻呼口气道："我想上去看看。"

乔宗民声音低哑："我陪你。"

"不，"乔韶对爸爸说，"我自己上去。"

乔宗民紧紧攥拳，站在了楼梯口："好，我在下面等你。"

乔韶甚至不敢看爸爸，他能够想象到爸爸的表情，一定是悲痛到了极点。

在这个失去挚爱的深渊里，最痛苦的其实是他的父亲。

乔韶穿着工整的西服，一步一步走上铺着银灰地毯的楼梯，走到二楼时他停顿了一下。微微喘了口气后他握紧了扶手。正常情况下乔韶很少会碰楼梯扶手，毕竟年轻，几步就跳上去了，可如今他像个年迈的老人，需要扶手作为拐杖，支撑着自己走上三楼。

三楼是他小时候最爱去的地方，因为爸妈的卧室在那儿，他们的书房也在那儿。

小乔韶因为独自睡二楼闹了好多次，后来乔宗民看妻子要心软，强行把他拎了下去，用的理由是——男子汉大丈夫得有担当。

杨芸虽心疼，却也怕娇惯了儿子，难得硬起了心肠，不看儿子红彤彤的眼睛。

谁承想，长大后的乔韶竟然失去了走向三楼的勇气。

乔韶走完最后一个台阶时，如同爬上了几千米的高山，难以言说的疲倦和沉重死死压在了他的胸口。

不要怕，乔韶告诉自己，不要怕……

他的父亲需要他，他的家人需要他，他的贺深也需要他，他要更勇敢一些，他要面对过去，面对回忆，面对忘却的痛苦和遗失的幸福。

乔韶站在了妈妈的书房外，杏色的雕花木门后就是他的过去。

推开，进去……

"韶韶！"

乔宗民到底是不放心，上到三楼看到了昏倒的乔韶。

儿子倒在妻子的书房外，面上苍白，毫无血色，死死抿紧的嘴角溢出了血色。

乔宗民急疯了，一边轻唤着他的名字，一边用力掰开他的嘴，怕他咬到舌头。

吴姨叫来了家庭医生，医生给乔韶打了一针后总算稳定下来。

乔宗民整个人像被水洗了一般，头发衣服全被冷汗打湿了。

吴姨心疼道："先生您去冲个凉吧。"

乔宗民摇摇头："不用。"他不想离开儿子一步，恐惧攫住了他的心脏，他无法容忍心爱之人再被死亡夺走。

直到第二天，乔韶才悠悠转醒，他看到熟悉的天花板，心中涌起阵阵无力——自己还是做不到，哪怕知道了钥匙在那儿，却还在畏惧着。

真是个懦夫啊！

"饿吗？"乔宗民的声音响起。

乔韶转头，看到爸爸还穿着昨天的衣服，头发乱糟糟的，面上全是忧心与疲倦。

大乔一宿没睡……

乔韶心里又是一阵自责。

乔宗民一点不敢提昨晚的事，问他："想不想吃点东西？"

乔韶坐了起来，看向父亲："爸，能请张博士来一趟吗？"

乔宗民想起昨晚的一幕，心中十分后怕："别急，慢慢来，等过几天再……"

乔韶打断他："我想见张博士。"

乔宗民："……"

乔韶盯着父亲道："我可以的，爸，相信我。"

乔宗民眉峰紧拧着，声音里有着谁都没有听过的无力感："韶韶，其实你什么都想不起来也没关系，爸爸……"

"不！"乔韶道，"我要想起来，我不该忘记她！"

乔宗民鼻尖酸了，这个只曾在妻子葬礼上痛哭的男人红了眼眶："我……这就去联系张博士。"

乔韶放松了身体，靠倒在床头。

张冠廷来的时候，看到憔悴的乔宗民愣了一下："乔总您……"

乔宗民道："我没关系，去看看小韶吧。"

张冠廷没再说什么，上楼去了乔韶的卧室。

乔韶的精神已经好多了，他看到张冠廷后直白道："张博士，我知道怎样才能恢复记忆了。"

张冠廷道："却没有勇气推开那扇门吗？"

乔韶垂眸："我是不是太没用了？"

张冠廷温声道："你很坚强，是我见过的非常坚强的孩子。"

乔韶攥紧了被褥道："可是我做不到……"明知道前方就是终点，明知道跑过去就能结束，他却停在了最后一步。

张冠廷看向他的视线轻缓又温柔，用如同从梦中飘来的声音对他说："为什么非要自己去做？"

乔韶一愣。

张冠廷继续道："为什么不叫上他一起，他不是给了你很多勇气吗？"

乔韶猛地抬头，瞳孔缩了缩。

张冠廷给了乔韶答案："让他陪你吧，有他在，你一定可以推开那扇门。"

贺深吗，和他一起吗？

乔韶神情怔怔的，心里却涌出了新的希望。

"我……我找他，"乔韶说完又想起来，"我先和我爸说一下！"

张冠廷微笑道："别慌，你们可以的。"

乔韶呼了口气道："谢谢你，张博士。"

张冠廷道："等你好消息。"

正所谓一语惊醒梦中人，乔韶自己始终无法做到的事，却可以和贺深一起做到。

他因为贺深而有了食欲，因为贺深能安然入睡，他甚至因为贺深而想起了那么多事，所以这一次，只要有贺深在，他一定能够拿起那把"钥匙"。

乔韶等张博士一走，向乔宗民说："爸，能让贺深来我们家吗？"

乔宗民一怔，没反应过来这其中的关联。

乔韶喉结动了一下，道："我和张博士谈过了，他建议让贺深陪着我去三楼。"

乔宗民皱了皱眉："为什么是他……"

这种情况下乔韶也不敢多说什么，只道："大概是，他……对我来说很重要。"

乔宗民眸色闪了闪，道："只要是对你身体有益的事，我都支持。"

乔韶心里一暖，道："我叫他过来。"

乔宗民说："给我地址，我让人去接他。"

乔韶也拿不准他在哪儿，道："不用，他自己来就行。"说完他就给贺深打了电话。

贺深一宿没睡，心里一直记挂着乔韶，此刻看到乔韶来电，他立刻接了："小韶？"

乔韶临近要说了，又有点不好意思，他清清嗓子道："方便来我家一趟吗？"

贺深完全没想到乔韶会让他去乔韶家。

乔韶有些拘谨："我有件事需要你帮忙。"

他这么一说，别说是去乔家，刀山火海贺深也不会皱皱眉。

贺深道："给我发个位置。"

乔韶道："嗯！"

挂了电话，乔韶看老爸若有所思，忽地又想起一事，他道："那个……"

乔宗民看向他。

乔韶觉得这事必须提前说，不然老爸受到的冲击更大："其实贺深原本姓谢。"

乔韶硬着头皮说："他原本叫谢深……"

乔宗民声音微扬："谢家那孩子？"

乔韶连忙解释道："他之前离家出走了，自己在东高念书，过得很不容易，你别对他成见那么大，他和谢家那些人不一样的。"

乔宗民太震惊，以至于连话都说不出来了！他千叮咛万嘱咐，生怕儿子被坏小子哄骗了，结果……

乔韶提醒他："你说过的，只要是对我有益，你都支持。"

乔宗民道："可谢深……"

乔韶道："不是他的话，我现在还吃不下睡不着什么都想不起！"

乔宗民语塞了。

贺深来得很快，他昨晚应该是回了出租屋，否则不会这么快赶到。

乔宗民亲自给他开门，看到这张昨晚才见过的虚伪面孔，他差点把门摔上！

贺深很有礼貌："您好。"

乔韶连忙迎出来道："快进屋。"顺便提醒了大乔一眼。

大乔好委屈，可是又不敢说什么，只能板着脸，像尊雕像。

乔韶也不敢和贺深太亲近，怕刺激太过，把大乔气坏了。

贺深心里全是乔韶，一眼就看出他的精神不太好："昨晚没睡好？"

其实乔韶睡得很好，不过精神受了刺激，面色有些难看，他道："还好。"

贺深道："找我来有什么事吗？"

乔韶道："陪我去个地方。"

贺深："嗯？"

乔韶道："跟我来。"

乔宗民站在一楼大厅里，心里五味杂陈，生出了自家白菜被猪拱了的悲凉感。

怎么回事，儿子为什么会跟谢家的臭小子走这么近？！

乔韶拉着贺深上到二楼，一步一步往三楼走时他小声说："三楼是我爸和我妈的地方。"

贺深隐约明白了。

乔韶像是在说给他听，也像是在说给自己听："自从我回到家，就再也不敢走上三楼。"

贺深感觉到了乔韶的紧张，他道："那里有你母亲的东西吗？"

246

"很多，"乔韶深吸口气道，"我不敢想起她，也就不敢走上去。"

贺深努力缓解着他的心情："你现在……"

乔韶看向他道："我现在能上来了，但是有样东西，我不敢独自面对。"

贺深道："我陪你。"

乔韶应道："嗯，我需要你陪着我。"

这话让贺深心里一暖，同时也更加心疼他。

又来到了母亲的书房外，乔韶这次的感觉比之前好太多。

虽然还有些畏惧，手也在不受控制地颤抖，可只要感觉到从心底传来的属于贺深的温度，他就能够保持冷静。

乔韶闭了闭眼，转动了门把手——妈妈，好久不见。

他在心里呢喃着，走进了这间失去主人的书房。

刹那间，熟悉的一切扑面而来，他仿佛看到了整片书墙下，坐在米色沙发里，一边喝着清茶一边翻着书的母亲。

她很美，是他心中最美的女人，哪怕穿着宽松的家居服，也像落入凡间的天使，连她嘴角最淡的笑容都溢满了神圣的光辉，能够给他最深切的慰藉。

乔韶眼睛眨也不眨地看着，连呼吸都快凝固了。

"小韶。"贺深轻声唤他。

乔韶从恍惚中回过神来，一边对他说着一边走向了没人的书桌："这里放着我们的传家日记。"

贺深跟着他走了过去。

乔韶打开了一个木质的箱子，里面整齐地摆着十几本厚厚的日记。

大多数封面是红色的，还有金色和绿色，每个封面上都有烫金的年份。

乔韶抖着手拿出几本："这是我们三个人的宝物。"

贺深并不太了解这是什么，也不知道自己该不该看。

然而乔韶已经当着他面翻开了其中一本，里面是三种截然不同的字体。

一个是娟秀的小楷，一个是粗犷的草书，还有一个是稚嫩的明显出自小孩子的字迹。

看到这一幕的同时，乔韶的眼泪滚落，他道："从我能握住笔那天起，妈妈就准备了这样的日记本，我们三人每天都会在上面记一点东西。"

他用手指摩挲着陈旧的纸页，轻声道："你看这一天我爸写的是'孙老头真不是个东西，又灌老子酒'；我妈写的是'大乔同志打翻了花瓶，小乔同学浑水摸鱼不想写作业'；还有我写的'喝醉的大乔臭死了，妈妈快来和我睡'。"

贺深愣住了。

那是很窄的一张纸，能够书写的地方并不多，他们写的东西也十分琐碎简单，可是充斥了一个家所有的温馨与甜蜜。

乔韶一边笑一边流眼泪，翻着日记本的手仿佛穿越了时间和空间，又回到了那遥远却永恒的过去。

他不会写字的时候，是胡乱画的；后来会写字了，可复杂些的不会写，所以用拼音代替；再后来……乔韶翻到了自己失踪的那一年。

2014年，这是一本深灰色的日记本。

乔韶颤着手翻开，看到第一行字他完全失态，泣不成声。

翻开的深灰色日记本上，娟秀的字迹早被消散在过去的无数泪水晕染了形状——"小逸，妈妈想你。"

一个母亲对儿子最深沉的爱，全在这厚厚的日记本中。

46．她不想看到你这样难过

连续几个月，日记上只有这一行字。

三个人的传家日记，只剩下一个人，而这个坚持写下去的人，也只能写这几个字——时至今日，再看这一笔一画都能体会到她的痛彻心扉。

贺深不知该如何安慰乔韶。

他从未体会过正常家庭的温馨，也难以想象乔韶以前的家庭有多美满，没有得到过也就无所谓失去，得到了却永远失去，究竟有多痛苦是无法用任何言语去形容的。

乔韶哭得很凶，上气不接下气，仿佛要把压在心底五年之久的所有痛苦都宣泄出来。

刚回家时，他没有流一滴眼泪，接受治疗的两年他哭不出来，母亲去世后他无声地哭了一场，然后忘记了一切。

现在他一点一点想起来了，压抑许久的泪水冲破了心灵的桎梏，全部涌出来了。

贺深心疼得不知道该怎样。

乔韶只是哭，像刚出生的孩子一般，哭得一塌糊涂。

也不知过了多久，直到嗓子都哭哑了，乔韶才慢慢收住了眼泪。

贺深看着他道："她不会想看到你这样难过的。"

乔韶眼睛又湿润了，可是没再逃避，他用力擦了下眼睛道："帮我好吗？"

贺深一愣。

乔韶手抖得厉害，盯着日记本道："你帮我翻，我想看完。"

这是他自始至终无法面对的一年，他忘了自己经历了什么，也不肯去想她经历了什么。

而现在一切都摆在面前，他想看看。

看看自己，也看看她。

贺深五脏六腑都搅得生疼："要不等晚点……"

乔韶摇头道："就现在，我一定、一定要看。"

贺深顿了一下，道："好。"

他伸手，手指像是碰到了滚烫的烙铁般，一页一页地翻着这藏满了一位绝望母亲的泪水的日记本。

三个月后，日记本上的内容逐渐多了起来。

虽然还是只有她一个人的字迹，却写了满满一整张纸，她一点一滴地记录着家里发生的事，用平静语气说着自己看到的一切。

这不像日记，更像一封又一封的长信，写给她那不知在何处的儿子的信。

乔韶一字不落地看着，这一刻他仿佛回到了家里，仿佛就在她身边，仿佛从未离开过。

一股无法形容的力量充盈了他的胸腔，他感觉到背后有一只温柔的手轻轻推了他一下，将他从无尽的黑暗推到了耀眼的光明中。

温暖遍布全身，乔韶回头，看到了母亲温柔的笑容。

乔韶眼睛不眨地看着她，哽咽道："对不起。"

他想起来了，一切都想起来了。

贺深几乎破音："乔韶！"

躲在门后的乔宗民大步走进来，将昏迷的乔韶抱了起来。

贺深急道："伯父，乔韶他……"

乔宗民眼眶通红，声音低哑："我已经叫了医生。"

贺深松了口气，也顾不上许多了，大步跟了上去。

医生检查了乔韶的身体后道："没什么大问题，只是太疲倦了，需要好好休息。"

屋里的两个男人都松了口气。

乔韶昏迷着，乔宗民与贺深一言不发，两人守在床边，一站就是一整夜。

乔韶做了个梦，一个真实的梦。

那天天气很好，是四五月的天气，他跟着爸妈去了深海大厦，他在楼里待得无聊就跑出去玩。

在一个阴影处，他看到一个眉眼温柔的女性。

他问她："你在找什么？"

女人看到他时眼眸倏地一亮，她的声音温柔轻缓："小朋友，阿姨眼睛不好，你能帮我带路吗？"

小乔逸仰头看她，女人亚麻色的头发松松地绾在耳后，有一点像他的妈妈，因此乔逸对她很有好感，他道："好啊，是要送你回家吗？"

女人温声道："我家离得很近，你带我回去好吗？"

小乔逸立刻道："嗯，没问题！"

女人伸出手，指尖微颤道："能牵着我的手吗？"

小乔逸大方地握住她的手道："放心，我一定能送您回家。"

"谢谢你，"女人由衷地感激道，"谢谢你啊好孩子。"

接着一阵怪异的香气拂向小乔逸，他晕了过去。

乔韶从冷汗中惊醒，贺深就在床边："还好吗？"

乔韶哆嗦着："爸……"

乔宗民道："我在！"

乔韶仰头看他，瞳孔剧颤着，说道："我想起来了……"他全都想起来了。

那一年乔韶就待在广夏区，距离深海大厦只有500米的距离。

那女人把他关在一个废弃的地下停车场，和他整整待了一年。

那是一间只有一盏白炽灯的屋子，除了最简单的几件家具，其他的什么都没有，女人起初温声细语地哄他，在乔韶激烈反抗后，她给他戴上了脚镣，彻底禁锢在那间屋子里。

那屋子安静极了，没有任何外界的声音，只有永无休止的女人的说话声。

她告诉他："小宝，我是你妈妈。"

她不停地对他说："妈妈一直在找你。"

她用着近乎洗脑的声音告诉他："妈妈终于找到你了。"

一天、两天、三天……她只用极其简单的食物维持着两个人的生命所需。

乔韶挣扎过，努力过，试图逃跑过，可她对他寸步不离，连睡觉都在紧紧盯着他，生怕眨眼的工夫他就丢了。

这样的生活持续了整整一年，因为女人从未走出屋子，所以根本没有寻找的线索。

世界很大，世界又很小。

这么一个方寸之地，却因为与外界彻底断绝联系，成了谁都找不到的神秘之地。

一年后女人准备的食物和水都耗尽了，她是活生生饿死的，她到最后也不肯离开乔韶，她把所有食物都给了乔韶，直到自己死去。

乔韶踉踉跄跄地走出了地下室，凭着求生欲和最后的本能回到了深海大厦。

之后他见到了自己的母亲。

当杨芸用力抱着他，说出那句"妈妈终于找到你"时，乔韶的精神彻底崩溃，他像见了鬼一般疯狂挣扎，从母亲的怀抱里离开，再也不许她靠近一步。

直到母亲因病去世……

乔韶经过了长达两年的治疗，勉强摆脱了噩梦，却永远地失去了深爱的母亲，在重创与深度自责之下，他忘记了一切。

无论是痛苦还是幸福，无论是噩梦还是美梦，他全部忘记了。

倾诉完这一切，乔韶看向父亲，眼睛红肿不堪："对不起……"

乔宗民一把将儿子抱入怀中，同样压抑数年的情绪奔涌而出："她爱你，直到她生命的最后一刻，她也在牵挂着你。"

47. 告诉小逸，我很满足

父子俩相拥而泣，长达数年的噩梦终于消散，他们拨开了层层云雾，看到了在耀眼光芒下温柔笑着的挚爱。

杨芸是病逝的，在乔韶失踪的那一年里，她没日没夜地想办法找孩子，熬了几天几夜后她晕倒了，本以为是疲劳过度，体检后却查出了肝癌。

当时乔宗民差点疯了，杨芸抱着他说："大乔，我觉得小逸一定会回来的。"

乔宗民死死拥着她，像溺水的人抓着最后的浮木。

杨芸温声道："我这病是在为儿子挡灾，相信我，他一定会平安回来。"

乔宗民心如刀割，可是他不能倒下，这个家已经塌了一半，他必须撑起来。

现有的医疗条件，虽然无法治愈肝癌，但只要有足够的金钱，是可以不断延长寿命的。医学每时每刻都在进步，新的药物和治疗方式也在被研发，以他们的条件，可以给杨芸提供最好的治疗。

只要拖一年，再拖一年，拖上五年，可能就会有新的突破，治不了的病也会有新的进展……

可是杨芸的心理状态太差了。

乔韶失踪的一年，杨芸彻夜难眠，每天都在承受着钝刀磨心的痛苦，她硬撑着一口气，接受着痛苦的治疗，只想着要找到儿子。

一年后乔韶回来了，杨芸紧绷的那根弦松了，只觉得死而无憾。

其实乔韶对她的排斥与恐惧没有压垮她，她只是庆幸孩子回来了，她日夜乞求的心愿实现了，她愿意交付自己的生命，只求她的孩子后半生平安顺遂。

杨芸直到死亡的前一刻，对乔宗民说的也是："告诉小逸，我很满足。"她至死怕的都是清醒的乔韶会自责。

她给乔韶留了一封信，这信乔宗民之前不敢拿给乔韶，现在却可以了。

乔韶颤抖着手打开，一字一行看下去，看得泪眼模糊。

他的妈妈告诉他，她这一生都很满足，遇到乔宗民很满足，生下乔韶很满足，这么多年的生活她非常幸福，最后儿子回来了她真的心满意足。

时间没有长短，十年的幸福并不比百年的人生短暂，而她已经得到了最美好的一生。

乔韶是哭着睡过去的。

人的精神是有承受极限的，乔韶想起了所有的事也接受了所有事，这消耗了他大半的心神。

虽然疲倦，但他不再做噩梦了，他抱着妈妈给他的信，梦里是温暖与祥和。

他仿佛又回到了无忧无虑的童年，回到了父母身边，感受到了最纯粹的爱与被爱。

直到他彻底睡熟，乔宗民才看向贺深："过来。"扔下这两个字他脚步放轻地出了门。

贺深又看了看乔韶，觉得他短时间内不会醒来后，跟着乔宗民走出去。

乔宗民回到三楼，打开一间上锁的门，贺深脚步顿了一下，乔宗民走进去，看都不用看便拿起一个遥控器，打开了投影仪。

苍白的荧幕上出现了一段录像。

贺深看了一眼，手已经攥成了拳头。

乔宗民也眼睛不眨地盯着，他的声音很低，有些空渺："这个女人叫祁静宜……"

荧幕上被高清处理过的画面上呈现的正是乔韶口述的那一幕，他如何遇到了这个女人，如何帮助她，如何被拐走……

当时听乔韶说时，贺深满心疑虑。

深海大厦位于闹市区，这里的监控应该是很周密的，乔宗民丢了儿子，怎么可能找不到这段录像，怎么可能会查不到这个女人？

乔宗民道："我和他母亲从来不拘着他，他想出去玩也是纵着他，虽然也让保镖跟着他，但那人大意了。他以为就在深海大厦，是最安全的地方，而且这么多年都没出过事，心理上松懈了。"然后就出事了。

乔宗民每想到这里都会自责，他轻呼口气继续说："韶韶失踪后，我们很快就查到了这段监控，也找到了这个女人的所有信息，可始终查不到后续。"

他对贺深讲了这个女人的事。

祁静宜，一个因为失去儿子而彻底疯了的女人。

她是个单亲妈妈，因为有轻微精神病而被离婚，连带着有些痴傻的儿子也留给了她，她艰难地抚养着儿子，过得狼狈不堪。可即便这样努力生活了，儿子还是被她害死了——她出门忘了关火，十岁的儿子煤气中毒而亡。

之后她疯了。

乔宗民顿了一下，艰涩道："当初查到这些时，警察都觉得不乐观。"如果是单纯的绑架，不管多少钱，乔宗民都会把儿子赎回来，可这样的精神病患者，谁都无法想象她会做出什么事。

贺深明白了："祁静宜整整一年没有出过地下室，也就没有任何寻找的线索。"

乔宗民点头道:"我们都以为她死了。"带着乔韶一起死了。

监控拍到了祁静宜拐走乔韶,却没拍到她将他带去哪里。

祁静宜所在的那个地下停车场警察也找过,可始终没发现那间隐蔽的房间。

之后警方排查了所有交通工具,更是把全城监控刷了一遍又一遍,可惜一无所获。

这两人如同人间蒸发般,生不见人死不见尸。

谁能想到祁静宜躲在了这样一个密闭的空间里?

她在儿子死后,过着异常正常的生活,足足用了两年时间准备,囤积了大量方便食品和矿泉水,只想和"儿子"永远待在这个安全的地方——这次她不会再让他遇到任何危险,不会再让他受任何人歧视,更不会再让他离开她。

乔韶回来后,警方很快就查到了那个房间,也看到了祁静宜的尸体。虽然乔韶一个字都说不出,也无法描述自己这一年经历了什么,但只看结果也隐约猜得出。

彻头彻尾的悲剧,完全的无妄之灾。

祁静宜拐人并没有针对性,她看到乔韶的时候,只是觉得这个孩子真好看,只有她的孩子才会这么好看,于是带走了他。

这是所有的前因后果了。

乔韶在这一年里受到了严重的精神迫害,回家后畏惧成年女性,畏惧安静,畏惧"妈妈"这两个字。

如果杨芸没有患病,乔韶会慢慢康复,会重新接受母亲,可杨芸撑不住了。

稍有好转的乔韶听到了母亲的死讯:自责、愧疚、恐惧、痛苦……无数情绪像一座座大山般压在他神经上。在他无力承受之时,身体启动了自我保护机制,他全忘记了。

关了投影仪,乔宗民看向贺深:"你觉得你适合做他朋友吗?"

如此开门见山的一句话,让贺深后背紧绷。

这是没办法的，乔宗民肯定看出来了——这没日没夜的守护，不是普通朋友会做的。

贺深垂眸道："他是我最重要的人。"

贺深喉咙里像堵了块铅，又重又涩。

乔宗民道："我不干涉他交朋友，但是你很特殊，你能保证你会一直在他身边吗？乔韶好不容易康复了，我不想他好不容易从一个深渊出来，又被你拽入另一个深渊！"

贺深薄唇紧抿，沙哑道："我会保护他。"

乔宗民一把拽住他衣领，逼视他："别拿这种轻浮话来糊弄我。"

他声音低冽，充斥着久居上位的人才有的气势与压迫感。

贺深处于绝对的弱势，一个只有十七岁的少年，如何比得过这位在世俗中叱咤风云的男人？

普通人可能早被乔宗民震得抬不起头了，但贺深抬头了，他盯着乔宗民，用着近乎倔强的语气道："我一定会保护他！"

乔宗民盯着他，贺深一点都没躲闪。

昏暗的屋子里，装满了沉重过去的空间，两个强势的男人剑拔弩张。

"滚。"乔宗民松开手，对贺深下了逐客令。

贺深记挂着乔韶。

乔宗民看向他，目光冷凝："滚出去！"

贺深眼睫微垂，向他鞠了个躬道："对不起。"

乔宗民冷冷看着他。

贺深继续道："我不会放弃的。"

乔宗民随手抄起一个东西，向着贺深砸了过去。

贺深躲都没躲，他额间被飞来的烟灰缸擦破皮，渗出血。

乔宗民看都没看他："别让我再看到你！"

贺深双目黯淡，又道了声歉后离开了。

他没去看乔韶，而是出了乔家，站在门外。

阴霾了一天的云朵终于架不住沉重，下起了滂沱大雨。

贺深一动不动地站着，脑子里回荡着乔宗民的话。

你适合他吗？你适合他吗？

贺深手指颤了颤，自嘲地笑着。

他配不上乔韶，可他想把后半生所有的关怀都给乔韶。

雨下得很大，扬起的水雾把街道弄得雾蒙蒙，贺深笔直站在那儿，像迷雾中的灯塔，异常清晰也异常坚定。

乔宗民收回视线，拨通了电话："老陈，把那孩子接进来。"

乔韶醒来时状态不错，乔宗民刚好进来，问他："饿不饿？吴姨给你煲着粥。"

乔韶肚子立马配合着响了几声："很饿。"

乔宗民立刻道："我去把粥端过来。"

"不用啊，"乔韶直接下床道，"我去餐厅吃。"

乔宗民见他精神状态很好，心口的大石才落地："我陪你一起。"

乔韶四下看了看，欲言又止。

乔宗民当没看见。

乔韶想找手机，乔宗民催促他："快来吃东西。"

乔韶找半天没找到手机，只能先去餐厅。

坐下后他又四处看看……

乔宗民给他搅动着粥碗："有点烫，你小心点喝。"

乔韶忍不住了："爸，贺深呢？"

乔宗民："……"

乔韶清了下嗓子道："他回去了？"贺深跟着熬了两天两夜，会回去休息也正常。

乔宗民道："吃饭。"

乔韶一边喝粥，一边打量着大乔的神态。

乔宗民哪会不懂他的心思，自家崽子就是这么单纯才让他放心不下啊！

大乔放下碗筷道："就这么惦记那小子？"

257

乔韶一口粥入喉,被吓得呛了起来:"咳……咳咳……"他脸涨得通红,"爸爸爸,您说什么呢……"

乔宗民心有不甘道:"爸不管你交朋友,有钱也好,没钱也好,但怎么能是谢深那小子……"

乔韶不痛快了,他抬头看向父亲,正色道:"他怎么了?生在什么样的家庭是他能选择的吗?拥有什么样的血脉是他能够决定的吗?他在一片淤泥里长得笔直青翠,我们不该加倍欣赏他吗?"

乔宗民:"……"

反正事都说开了,乔韶也不害怕了,他放下筷子道:"大乔同志,请你放下有色眼镜,好好看看贺深,他到底哪里不好?"

乔宗民余光瞥了眼门口湿漉漉的少年,心里老大不痛快。

乔韶道:"贺深次次考第一,学东西又快又准,还不怕吃苦,你知不知道谢家有多坑啊,让他三年赚一千万元,他才多大啊,这要求放到寻常高中生身上就是笑话好吗,可是他能做到,在没有任何启动资金,没有人脉,没有人帮助的情况下他能做到!"

乔韶还"怼"了一下老爸:"我敢打赌十七岁的你也做不到!"

乔宗民:"……"

乔韶越说越来劲,振振有词道:"你真的不知道他有多好,脑子好使肯吃苦,做事耐心有韧劲……"

他话没说完,顺着大乔的视线看到了门口的贺深。

乔韶眨眨眼:"哎……"

乔宗民后悔了,后悔把这臭小子叫进来了!

48. 父爱如"山"

乔韶说这一大堆好话是为了给大乔洗脑,可没想让当事人听见,要知道贺深就在门口,他打死也说不出那些心里话啊!乔韶窘得不行!

很快他看到贺深浑身湿透,乔韶"噌"地站起来,走过去问:

"怎……怎么淋雨了？"

贺深嘴唇动了动，许多话涌到嘴边，却像被糖粘住喉咙一般，说不出来。

乔韶道："快去冲个凉换身衣服，现在天冷了，会着凉。"

他刚说完就皱了皱眉："这里是怎么了？"他踮着脚才够得着贺深的头发，拨开湿漉漉的额间发，那儿有个不大不小的伤口。

雨水已经冲干了血迹，伤口却因为泡了水越显严重。

贺深哑着嗓子道："没事。"

乔韶皱了皱眉，正想说怎么这么不小心，就听他爸来了句："我拿烟灰缸砸的。"

乔韶转头盯老爸："什么？"

贺深开口道："乔先生不是故意的。"

乔总敢作敢当，不遮不挡："我就是故意的。"

乔韶："……"您可真骄傲啊老爸！

明明贺深才是年轻气盛的年纪，说话却比大乔理性得多，他道："如果乔先生真的有意，我不会只是擦破一点皮。"

乔宗民冷笑一声，语气仍旧糟糕，做的事却挺像样："赶紧带他去冲凉，感冒了回头再传给你怎么办？我去给他找身衣服。"

扔下这凶巴巴的话，他上楼去了。

乔韶的衣服贺深肯定穿不了，他是去拿自己的衣服给贺深换了。

乔韶也不敢耽误："来我屋。"

贺深跟着他去了二楼，乔韶把他推进了自己的浴室。

隔着浴室门，乔韶心里挺忐忑的，他说："你别怪我爸，他有点太紧张我了。"

浴室花洒是声音很小的那种，水冲在身上也不嘈杂，门也没关严，所以贺深稍微提下音量，乔韶就听得一清二楚："我很理解乔先生。"

乔韶心疼他："我没想到我爸会动粗。"

贺深解释道："他没真的想伤我，那角度我稍微动一下就躲开了。"

乔韶听得更心疼："那你怎么不躲开？"

贺深沉默了一会儿，道："因为是我对不住他。"

乔韶怔了怔。

贺深似乎关了花洒，声音更加清晰地从浴室里传出来："我知道自己不适合做你的朋友，知道我们走得太近不可避免会有各种各样的麻烦，我的家庭情况……但是在我心里，你是我最重要的朋友……在你身上我看到了生命中美好的东西……"他声音逐渐低了下来，每个字都像是从胸腔直接振动出来的。

乔韶急声问："你怎么能这样说？"

贺深没出声。

乔韶道："大乔不知道详细情况，你自己不知道吗？如果不是你，我能吃好喝好睡好吗？如果不是你我能有勇气想起过去、面对一切吗？如果没有你，我还在慢性死亡！贺深你别妄自菲薄，明明是你救了我的命！"

乔宗民攥紧了手中的衣服。

两个小孩的每字每句他都听到了，其中蕴含的感情他也感觉到了。

他轻叹了口气，靠在了墙上。

乔韶半天没听到贺深的动静，忍不住唤他："贺深？"说着就想推门进去。

这时乔宗民进来了，他道："干吗呢？"

乔韶吓一跳，握住门把手的手连忙缩了回来。

浴室里传出了贺深有些哽咽的声音："我洗好了。"

乔宗民道："衣服放外面了。"态度在努力改变。

贺深道："多谢。"

乔宗民看了儿子一眼，乔韶不明所以。

乔宗民只得提醒他："还不出去？"

乔韶满心记挂着贺深，哪舍得出去："我出去干吗？"

乔宗民严肃道："吃饭！"

乔韶："啊？"

乔宗民握住儿子胳膊，把他往外拎。

贺深动作利索，穿好衣服下楼了。

乔家父子已经重新坐到餐桌前，乔韶看到他眼睛一亮："你还真能撑起大乔的衣服啊。"

两人其实身高差不多，乔宗民更结实一些，贺深毕竟才十七岁，不过乔宗民找的这身衣服很好，虽然是ZILLI的，却不显老气，反而沉淀了少年锐气，衬得贺深越发雅致。

听到儿子的赞美，乔宗民一边舀了三份粥，一边"哼"一声。

乔韶拿出准备好的创可贴道："过来一下。"

贺深余光看了眼乔宗民，谨慎道："我自己来就行。"

乔韶已经站起身道："你自己看不到的。"

他已经拨开了贺深的短发，把创可贴仔细贴到了伤口上。贺深为了配合他，也微微低头，让他更方便些。

乔家的餐厅是长形餐桌，乔宗民愣是把乔韶和贺深隔开，毫不客气地坐他俩中间，像一座不可逾越的大山。

不都说父爱如山吗，大乔同志很称职了！

吃过饭后，贺深提出该回去了。

乔宗民道："回哪儿？"

贺深说："我在校外自己租房子住。"

乔宗民道："折腾什么，明天你俩一起去学校。"

贺深一怔。

乔韶也愣了一下，兴奋地问："贺深今晚可以留下？"

乔宗民又加了条件："睡一楼的客房。"

乔韶翻个白眼："行行行！"

虽然一楼的比二楼的客房差一些，但也比贺深的出租屋强很多，再说这么晚了，还要打车回去多累。

乔宗民一晚上都盯着他俩，直到他们各自回屋。

乔韶回了卧室赶紧找到手机，给贺深发信息：房间还行吗？

贺深很快回他：很好。

乔韶忍不住抱怨：我二楼这边的客房更好一些。

贺深躺在柔软的床铺上，由衷道：真的很好，我睡客厅沙发都可以的。

乔韶心里又甜又酸，想想贺深两天两夜都没怎么睡，心疼道：早点休息吧，明天见。

贺深给他发了个语音："明天见。"

乔韶来回听了很多遍，越听心里越舒坦，甚至有点想下楼……

算了算了，他怕一出门看到大乔同志站在那儿，会吓死人的！

第二天，乔宗民让司机送他俩去上学。

乔韶想了下也没推辞，和贺深一起上车。

一路上两人也不敢多说什么，到了校外，乔韶下车时，意外碰到了熟人。

卫嘉宇看着这300多万元的车子，一脸蒙："乔韶？"这是他的穷鬼室友吗？

乔韶："……"

这时另外一边的车门也开了，还穿着一身ZILLI的贺深下了车。

卫嘉宇眨眨眼，懂了……原来是深哥家的车子。

49. 新的开始

卫嘉宇愣了半晌，背着书包转身就跑，仿佛看了什么不该看的东西。

司机已经开车走了，乔韶看向贺深，无语道："他这是吓跑了吗？"

贺深还得回一趟出租屋，虽说他这身衣服学校里应该没人认得出是名牌，但为低调起见，还是换上校服比较好。

乔韶当然要和他一起，两人一路走一路聊。

乔韶道："刚让卫嘉宇吓死了。"

贺深安慰他："他肯定当成是我家的车。"

乔韶也这么想的，接着他又想到："他知道你原本姓谢？"

贺深道:"除了老楼没人知道。"他和楼骁曾在一个初中读过,后来楼骁受够了同学背地里骂他有个私生活不检点的妈,就来了东高这个没人知道他家庭背景的学校。

乔韶懂了:"卫蓝毛以为你家里就是普通有钱。"

贺深笑了下:"差不多。"

乔韶叹口气:"我也想做个普通的有钱人啊!"比卫蓝毛有钱也没事,只要别让人知道他爸是乔宗民,都怪大乔,有事没事总抛头露面干吗?好吧,也怪他,一开学选错了参照物……

想到陈诉,乔韶赶紧叮嘱贺深:"你可得帮我瞒着啊。"

贺深也不多问:"嗯。"

乔韶解释道:"我主要顾及着陈诉,他好不容易开朗些了……"同病相怜的至交好友一夜成了巨富,这刺激……挺大吧。

贺深笑了下,道:"我觉得你想多了。"

乔韶看他:"嗯?"

贺深道:"真正的朋友只会希望自己的朋友越来越好。"

乔韶一想也对,陈诉可能会震惊,但肯定不会因此和他绝交,不过他还是道:"还是再等等。"

贺深理解他:"我知道,现在就很好不需要改变,对吗?"

"对对对!"乔韶有点不好意思地说道,"我很喜欢现在这样。"

一旦暴露了身份,整个东高估计都会震三震,从学生到老师甚至是校长和食堂阿姨,都会忍不住来"参观"他。

乔韶很享受现在轻松自在的生活,一点不想被当成大熊猫围观。

这周,楼骁已经和俱乐部那边谈妥,两天后起程去 C 市。

对此卫嘉宇已经在宿舍里鬼叫好久了:"我的天哪!骁哥太酷了!酷男孩!他竟然要去打职业!"

对这个陈诉和乔韶其实都一知半解。

卫蓝毛盘腿坐床上,疯狂科普:"MOL 你们知道不?"

新一代酷哥陈诉冷漠刷题,乖宝宝乔韶茫然摇头,卫嘉宇兴致勃勃地给乔韶说了起来：MOL是多么厉害的一款游戏，多么风靡全球，以及举办过多么有规模多么盛大的比赛，国内国外好多赛场，什么为国争光……吧啦吧啦说了一堆后，乔韶惊叹："这么厉害吗？"

卫嘉宇差点从上铺蹦下来："那是相当厉害！"

乔韶道："没想到楼骁这么有追求。"

卫嘉宇可骄傲了："我早说我骁哥不是一般人，你们还不信，我跟你们讲，以后骁哥扬名立万，那身价分分钟几千万元！"

乔韶眨眨眼。

卫嘉宇继续吓他："你没听错，是千万级，普通人一辈子都赚不到那么多钱！"

乔韶努力捧场："好、好厉害！"

陈诉越过眼镜看乔韶，道："用心做每一件事，做到了极致都会有回报。"

乔韶心里一暖，知道陈诉的意思："放心啦，我只会玩个消消乐。"打死也不可能去打比赛。

卫嘉宇悠然神往道："可惜我太菜，要是我有骁哥一半的实力，我就跟他去了！"

陈诉冷"哼"一声。

卫嘉宇不爽道："陈眼镜，你阴阳怪气什么？"

陈诉扔给他一套题："有空羡慕别人，不如好好改改你这家庭作业！"原来他刚在给卫嘉宇批作业。

卫嘉宇如今还真是乖多了："老子要是有骁哥那么牛，还做个鬼的作业！"一边嘟囔一边认真看着作业，号道，"陈诉，老师才让我抄一遍，你凭什么让我抄两遍啊！"

陈诉面无表情道："因为你太蠢。"

"你再说一遍！"卫嘉宇火了，撸起袖子就要和陈诉拼命。

乔韶赶紧打圆场道："好了好了，陈诉也是为你好，这道题你上次就错过了吧，这次还错，的确不应该。"然后又去劝陈诉："卫嘉宇只是粗心了点,你别这么说他。"

他这么一拦,打是打不起来,不过两人都开始生闷气。

乔韶能怎样,只好拿起手机给贺深发信息……

楼骁走的前一天,把室友叫出去吃了一顿。

四人寝五个人,没毛病。

卫嘉宇还在和陈诉冷战,看到他后说:"你来干吗?"

陈诉绝不给他好脸色:"这饭是你请的?"

卫嘉宇又要暴怒,楼骁眯着眼睛看过来……蓝毛瞬间蔫了,算了算了,骁哥的大好日子,不该扫他兴。

楼骁是妥妥的纯爷们性格,不搞那套依依惜别,挺痛快地说:"随便点,我买单。"尤其看了眼乔韶。

乔韶瞄了眼贺深,怪不好意思的。

以前他装穷装得自然而然,如今有了知情人,装起来还真是……别有一番尴尬在心头。

他拿菜单挡脸,贺深抽过来道:"我知道你爱吃什么。"

然后贺深又补了一句:"哪个贵吃哪个,没错吧?"

乔韶:"……"

送走了楼骁,宿舍里空了个床位。

乔韶鼓动贺深:"你跟我一起住校呗,来不来,现在你也不用熬夜赚钱了,晚上不用电脑也没事,来宿舍住不好?"

贺深可矜持了:"那我考虑考虑。"

周五有个课堂小考,贺深二十分钟做完了试卷,还有空帮乔韶"批"了下卷子。

乔韶真服了他这脑子,课后小声嘀咕:"你十一岁就能参加高考了,怎么十七岁又念起高二了?"快别在这儿打击高中生了,滚去打击成年人吧!

这些贺深以前绝口不提的话,如今也像别人的事般,可以随口聊聊:"不想如他们的愿。"

乔韶一愣，才意识到自己碰了雷。

不过贺深一点不介意，反而很仔细地和他说："以前事事都听爷爷的，现在事事都不想听他的。"

谢永义让他跳级升学，成为十一岁就能进入最高学府的神童，他不想；谢永义让他接触公司事务，了解一切章程，他不想；谢永义希望他继续发扬谢氏，把基业再翻上数倍，他更加不想。

乔韶道："不用管他，以后你想做什么就做什么。"

贺深弯唇："嗯。"

"说起来……"乔韶还真好奇了，"你有什么想做的事吗？"

贺深被他问得一愣。

乔韶掰着手指数："楼骁去打电竞了，卫嘉宇想考北影，陈诉心里只有北大，我嘛……嗯，有点没出息，想多点时间陪陪家人，顺便跟着爷爷学学设计……"

连宋一栩想当二哈这个梦想都数完后，乔韶看贺深："你呢，以后想做什么？"

什么题目都难不倒的贺神，被这个问题给难住了。

想做什么……他想做什么……

乔韶看他表情都猜到了，他诧异道："你不会没想过吧？"

贺深看向他，苦笑道："没有。"

乔韶如果不知道他的家庭还没什么，一旦知道了他的童年再听这两个字，乔韶心口像被捅了一刀。

贺深道："小时候我唯一的想法就是多陪陪妈妈，带她出去走走。"

为了这个他无条件地顺从谢永义，接受谢永义给他的所有安排，做到谢永义期望的所有事。

"后来……"贺深垂下眼眸，"我只想和谢家划清界限，履行那个天真的约定，还清一千万元后不再欠他们的……"然后无所顾忌地和他们鱼死网破。

乔韶心疼得不行，连忙道："没事，现在还来得及。"

他又道："你的人生才刚开始，找找自己想做的事，我们一起努力。"

贺深心跳得很快，话涌到了嘴边。

乔韶却打断他："和我做一辈子的好朋友不算，这是肯定会的，不是你需要去做的事。"

贺深怔住了。

乔韶道："贺深深，你有这么好的脑子，别浪费了！"

贺深笑了："我知道了。"

乔韶还真帮他盘算上了："我们家也不缺钱，你要不要去搞科研，为人类做贡献？"

贺深嘴角的笑怎么都压不住："哪方面的？"

乔韶当机立断道："物理吧，探索太空奥秘，宇宙起源！"说着他又想到，"生物也好，研究人类，为医学事业做贡献，啊化学也不错……"

六大学科都数了一遍后，可把乔韶愁坏了："你每科都是满分，也没个好坏之分，真难选啊。"

贺深弯着眼睛唤他："乔韶。"

乔韶警惕地看他："嗯？"

贺深却不说了："没什么。"

感激的话说了太多都不知道该怎么说了，贺深头一次知道被人放在心上是怎么样的滋味。

他这十七年来，母亲畏惧他，父亲漠视他，爷爷利用他，只有乔韶全心全意地想着他的人生。

是贺深的人生，而不是谢深。

大休的周末，乔韶和贺深被大乔安排得明明白白。

他俩一出校门就被接回家了。

乔韶安慰贺深："放心，大乔不会欺负你的。"

贺深道："我知道，乔先生厌恶我的话，不会让我和你一起回去。"

这话反而安慰了乔韶，让他松了口气。

一到家，乔韶就看到了从厨房出来的大乔。

大乔同志很有父亲威严了，左手还背在身后："跟你们商量件事。"

乔韶心猛地提了起来，很怕老爸扔炸弹。

贺深相对平静一些："您说。"

乔宗民看了眼儿子，心道：这胳膊肘往外拐的小崽子！老子还真能打死那臭小子不成！

心里气气的，乔总面上很稳："下周开始别住校了，都回家住吧。"

乔韶："什么？"

贺深也怔了怔，十分诧异。

乔宗民在背后的左手挪出来，厚厚的本子被放到了茶几上："你们都住校，这不成周记了？"

说完他就走了。

代表着希望的浅绿色封面上印着烫金的数字——2019。

乔韶眼眶一热，走过去翻开了本子，在写今天日期的那一张纸上，有着大乔龙飞凤舞的字迹：下厨做了三道菜，谁要是觉得不好吃，我打断他腿！

是传家日记……属于他们的。

乔韶盯着看了好久才回过神。

贺深也看到了，他更是呆站在原地。

乔韶回神，拿起笔给他："你先写。"

贺深握紧了笔，无措的模样终于像个半大少年了："我、我可以吗？"

乔韶笑了，眼中有泪水在打转："当然啊，这是我们一家人的日记！"

看来大乔是把贺深当儿子养了。

新的家人，新的日记，也是新的开始。

50．贺深的传家日记

他们坐到了沙发上，日记本就在茶几上。

贺深握着笔，眼睛盯着一道一道的横线，始终无法写下哪怕一个点。

传家日记……乔韶妈妈留下的，属于一个温暖的家的宝物，现在他也能在上面写字了。

想到这个，贺深握笔的手竟在微微颤抖。

乔韶耐心地等着他。

贺深终于落笔了，钢笔尖在纸上注入笔墨的瞬间，他只觉得胸腔里涌满了热流。

"哎……"乔韶道，"笔尖要把纸戳破啦！"

贺深猛地回神，他慌忙抬起笔，那模样活像个第一次学写字的小学生。

乔韶被他逗笑了："怎么这么紧张？"

贺深："……"

乔韶打趣他："次次考试都提前交卷的贺神也会紧张吗？"

贺深轻呼口气，缓慢开口："我不知道该写什么。"

他连一个完整的家都没有，又哪里知道该在这样奇妙的本子上写什么。

乔韶从他手中抽出笔，道："随便写，想到什么就写什么……"

说着他已经先写下了，就在乔宗民的字迹下，写了一行圆润可爱的字。

贺深定睛看了好一会儿，乔韶写的是："贺深深太没出息啦，居然在握着笔发抖，原来贺神也有紧张的时候。"

贺深："……"

乔韶停下笔看他："你看，这样也行！"

妈妈说过的，不在乎写多少，更重要的是分享，是夫妻之间、父子之间、母子之间的分享。

哪怕一整天都没在一起，回家看到属于这个家的传家日记，也知道彼此做了什么。

这是最温暖的交流，也是用心记下的最美丽的回忆。

贺深点点头，再度拿起笔，慎重地写下了第一个字。

乔韶好奇地探头过去看，想知道这端坐笔直如临大敌的贺神写了什么。

工整俊逸的字迹因为手的轻微颤抖起笔时笔墨略有点糊，不过整体依旧好看，很有风范。

至于这内容嘛……

乔韶"扑哧"笑出声："你这是在写小学生作文吗？"

甭管字体多么俊秀飘逸，内容都是小学生没跑了。

贺深写的是："今天天气很好，我很开心……"

乔韶读了一遍，歪头看他："然后呢？"

贺深又添了四个字——"特别开心"。

乔韶哈哈大笑，就差没前仰后合："你是要笑死我吗？"

偏偏贺深还很认真："不行吗？"

乔韶笑得肚子疼："行行行，很好，怎样写都好的。"

贺深知道自己写得太简单了，可这就是他此时此刻的心情，每一个字都无比真实：天气很好，心情很好，开心得不知道该用什么言语去形容。

无论多么优秀的大脑，无论有过怎样的阅历，在真实的情感盈满血液时，他都会回到最稚嫩的时候，像个孩子一样体会这种最干净、最澄澈、源于本能的快乐。

乔总从厨房出来："好了没，吃饭了！"

乔韶道："好啦。"

乔宗民道："过来端菜！"

乔韶连忙道："好。"

贺深想去帮忙，乔韶道："你摆一下碗筷。"

贺深留在了餐桌旁。

鉴于父亲是座山，所以今晚还是要隔在他们中间，以展示这厚重的父爱。

贺深有些局促，吃得很慢。

乔宗民看他："不好吃？"

贺深立刻回道："很好吃。"

乔宗民又道："那怎么……"

乔韶赶紧为贺深解围："爸，你别老吓他。"

乔宗民最不乐意听乔韶护着贺深了："咋，我让他多吃点都不行？"

乔韶道："他都没怎么和家人吃过饭，你得让他适应适应。"

一句话硬是把贺深说得手微颤。

乔宗民一顿，道："多吃点，以后有什么想吃的就告诉我……"都说出来了又强行改口，"吴姨！"

乔韶偷笑："是我吴姨吧？"

乔宗民扬眉。

乔韶道："贺深不挑食的，什么都吃。"

贺深点头道："嗯，都好吃。"只要能在这张桌上吃饭，什么都是美味佳肴。

饭后自有人收拾，乔韶拉着贺深："我俩去写作业。"

大乔也拦不住："好。"

乔韶带着贺深去了自己二楼的书房，一推门进去他就松口气："可算摆脱老爸的死亡凝视了。"

乔韶有悄悄话和他说："你愿意住这儿吗？"

贺深道："我真的可以住在你家吗？"始终有种不真实的感觉。

乔韶道："只要你愿意，这里就是你的家。"

没有什么比这句话更加戳人心窝了，贺深恨不得能听上万万遍。

他道："我很愿意，特别愿意。"

乔韶又乐了："贺深深你怎么了，爱上这句式了？"

写日记时用的是"我很开心，特别开心"，这会儿又是"我很愿意，特别愿意"。

往日里胡话一大堆的贺神，这次是真的词穷了。

乔韶还想再说点什么，传来了"砰砰砰"的敲门声。

乔韶道："门没关。"

乔宗民拿了本书进来："不是要写作业吗？"

乔韶："正在找作业。"

乔宗民坐到角落里的一张按摩椅里道："哦，快写吧。"

乔韶这才发现自己书房被人动了手脚，他一脸震惊道："你干吗放张按摩椅？我又不用！"

乔宗民翻开书道："我用。"

乔韶迷惑了："你用你放三楼啊。"

乔宗民淡定道："我就在这儿用。"

乔韶："……"

不用说得更直白了，大乔这是要监视他们写作业啊！

至于吗乔总，您分分钟好几亿元的大佬就来干这活儿？

贺深异常老实，岔开话题道："有两张书桌？"

好家伙，乔韶这才发现，自己的书桌旁还多了一张。

乔宗民看着书道："工学椅得明后天才能送来。"言下之意就是早就安排好了，你俩赶紧给我学习！

乔韶："你不用坐这儿，我俩真的会好好写作业。"

乔宗民道："我看我的书，吵不到你们吧？"

乔韶："……"

行吧，看在大乔准备如此充分的分儿上，他忍了！再说大乔也就是心血来潮，估计看两天就再也不来了，这按摩椅……嗯，到时候送吴姨吧，反正他不用！

乔韶真的和贺深刷了两套题，一直写到了晚上十点多。

乔宗民同志直接在按摩椅上睡着了……乔韶看他那锣鼓都震不醒的模样，真不知道他"监视"了个什么鬼！

书房都准备妥当了，卧室自然也是下了大功夫。

想也不用想，贺深只能睡一楼，不过一楼的客房焕然一新，一应用品和乔韶屋里的半点不差。

乔韶特意检查了一下床垫："大乔，你可以啊，这床垫不是要提前两三个月订购吗？"

乔宗民道："加急费20万元。"

乔韶"啧啧"两声，对贺深说："你瞧，咱们大乔就是仗义。"

贺深道："不用这么破费的。"

乔宗民才不和他客气："能老实睡觉就行。"

乔韶服了老爸，推他道："时候不早了，回去睡吧。"

乔宗民自然把儿子也拎走了，一路送乔韶回卧室后，他还叮嘱乔韶："把门锁好。"

乔韶："……"

乔韶哄他："好好好，我这就锁门。""啪嗒"一声先把老爸锁门外。

老父亲惆怅了一会儿，默默上楼去加班了。

乔韶凉都没冲，先给贺深发信息：屋里怎样？

因为大乔，他都没好好参观。

贺深过了一会儿才回他，只有四个字：像在做梦。

51. 我不会拖累乔韶

乔韶又好笑又心疼：清醒点，这才哪儿到哪儿？

这样都像是在做梦，以后岂不是要长梦不醒？

等了好一会儿，贺深竟然没回他信息，乔韶又给他发了一条：怎么啦？

还是没人回……难道洗澡去了？

乔韶折腾了一天也有点累，先扔下手机去冲凉了。

贺深即便去洗澡也会先告诉他一声，他之所以没能回信息，是因为有人敲门。

他放下手机去开门，乔宗民看他："还没洗漱？"

贺深立刻道："一会儿就去。"

乔宗民打量他一眼，心里还挺满意，相比在谢家那行事周全滴水不漏的谢深，眼前这个难掩紧张的贺深更讨人喜欢。

才十七岁，就该有点少年模样。

乔宗民进了屋，问他："能适应吗？"

贺深道："都很好。"

乔宗民道："我照着乔韶的房间弄的，你要是有不合意的就告诉我。"

和乔韶的一模一样，贺深还会有什么不合心意的？

他摇头重复道："都很好。"

乔宗民态度和缓了很多，坐到了靠窗的高背椅上："不急着睡吧？"

贺深知道他是有话和自己说，道："不着急。"

乔宗民抬了下下颚道："坐。"

贺深坐到了床上，后背笔直，像个听老师训话的小孩子。

他这模样让谢家人见到，只怕要跌破眼镜，他们家的这位神童何曾有过如此局促的时候？哪怕是面对严厉的谢永义，他也从容有度，绝不露怯。

可现在，他前所未有地紧张了。因为重视所以紧张，渴望了十多年的幸福近在眼前，谁能不慌张？

乔宗民笑了下，道："我不会再为难你。"

贺深心里一热，道："谢谢。"

乔宗民道："一家人不用这么客气，我从未要求过韶韶把我当父亲尊敬，我们家不计较那些，是亲人也是朋友，你不用这样拘着。"

一番话说得贺深胸口更烫了，反倒不知该怎样回应。

乔宗民到底不是个爱煽情的人，他来这儿也不是为了宽慰贺深的——儿子哄这臭小子哄得那么娴熟，哪还用得着他！

想到这里就酸不拉几，大乔说起正事："你是好孩子，我愿意让乔韶和你做朋友。"

贺深双手攥拳，极力绷着血液中翻涌的激动。

乔宗民继续说："张博士……嗯，韶韶的心理医生早年就分析过他的情况，张博士也说过他畏惧成年女性，如果他能找到可以陪伴一生的朋友，也算圆满。"

"所以，"乔宗民道，"我之前一直反对乔韶和你往来的原因，是你的家庭。"

贺深隐约猜到了，乔宗民单独找他，极有可能是想说谢家的事。

贺深道："我不会拖累乔韶。"

乔宗民开门见山问道:"你愿意舍弃谢家?"

贺深回答得斩钉截铁:"愿意。"他从未在乎过谢家,从未把那里当成家,虽然母亲是自杀的,但在贺深心里她是被那个家吞没的。

乔宗民盯着他道:"这些年谢氏虽然没落了,但它的资产……"

贺深道:"我知道,最近的财报我看了。"

乔宗民道:"这些也不要了?"

贺深道:"我只想摆脱他们。"

乔宗民弯唇笑了下:"年轻。"

这两个字中带了点讥讽,却又有点欣赏,让人揣摩不透他的心思。

贺深看向他。

乔宗民道:"你想摆脱他们就必须掌控谢氏。"

贺深心里是明白的,可是……

乔宗民道:"未满十八岁不要和他们撕破脸。"

贺深眉心轻皱着,语气里有着罕见的孩子气:"我不希望他们继续作威作福。"一旦他继承了谢家,他们就又有了折腾的资本,又能胡闹下去,所以他希望谢家倾家荡产,希望这帮蛀虫从云端跌落,滚进烂泥。

他不在乎谢家的资产,不在乎那些身外之物,只要他努力,便可以重新赚出一个谢家!

乔宗民神态反倒越来越轻松,他喜欢贺深这小孩置气的模样。本来嘛,半大的孩子,装什么大人,让成年人无事可做。

他道:"你这叫杀敌一千自损八百。"

贺深不出声了。

乔宗民道:"干吗非让他们吃苦?"

贺深薄唇抿着,更不说话了。

乔宗民慢条斯理道:"知道什么叫捧杀吗?"

贺深一愣。

乔宗民拍拍他肩膀道:"让他们自食恶果的方法多了去了,用不着鱼死网破。"

贺深看他:"乔先生……"

乔宗民道:"不急,等你成年后再慢慢来,只要对症下药,恶人自有恶人磨。"

乔韶洗完澡出来,头发都吹干了才去看手机。

咦?贺深还没回他信息?

难道睡了?不可能啊,睡前也会告诉他一声吧。

可他就在自己家,能有什么事?不会是惊喜交加,晕过去了吧!

贺深深有这么脆弱吗?

乔韶干脆给贺深打了个电话,然而贺深开的是静音,没看手机的情况下根本不知道有电话。

乔韶坐不住了,打算下楼去看看。

贺深头一天正式睡在这儿,可不能出什么事!

乔韶轻手轻脚地出门,生怕碰上老爸,他下楼梯时恨不得踮着脚,就怕大乔那顺风耳听到动静下来抓他……

顺利来到一楼后乔韶松了口气,很好……没惊动大乔,他可以去找贺深了。

小心翼翼地挪到贺深卧室门口,乔韶轻轻敲了下门。

屋里认真谈正事的两个人瞬间安静。

乔宗民扬了扬眉,贺深正襟危坐。

本来挺热心地"教着"贺深做事的乔总一下子不乐意了,这个时间点,敲门的还能有谁?都这个点了,乔韶韶来敲门是想干什么?!

乔宗民站起来开门,乔韶冷不丁看到老爸,吓得倒退了两步。

乔宗民盯着他。

乔韶干巴巴道:"爸,你怎么在这儿?"

乔宗民反问他:"你不好好睡觉,过来干吗?"

乔韶本来有正当理由的,这会儿被吓到,愣是没说出来。

乔宗民拎着他胳膊道:"回去睡觉。"

"哎……"他看到了屋里的贺深,心里大石落地,也能正经说话了,

"我就是来看看贺深。"

乔宗民道:"有什么好看的?"

乔韶道:"我给他发信息他半天没回,我看看他是不是有什么事……"

乔宗民略微松口气道:"我刚和他在谈事。"

乔韶又好奇了:"谈什么事啊?"

乔宗民把他推回卧室道:"不用你操心的事。"

乔韶:"什么事?"

乔宗民道:"老实睡觉。"

乔韶得知贺深没事,已经放下心了,就是好奇:"你俩聊什么了啊?"

乔宗民才不会把那些腌臜事告诉儿子,他扬眉道:"睡不睡?"

乔韶心思一动,关门道:"睡睡睡!"

哼,大乔不说,他还可以问贺深!

乔韶再度捧起手机,已经看到贺深回他的信息:我没事,只是手机静音了。

乔韶哪管这些,赶紧问他:我爸和你聊什么了?

贺深顿了一下,发来一行字:一些挺要紧的事。

乔韶心痒痒的:什么事嘛,告诉我一下。

好奇死了!

贺深如今心情明快,眼前的世界都豁然开朗,也就回归本性了:嗯……

乔韶催问:什么?

贺深给他发了段语音:"一些给你家当儿子的要紧事。"

乔韶:"……"

52. 打算搬回家住

一个两个的,竟然都不告诉他!

乔韶关了手机屏幕,抱着枕头生气,气了一会儿后他弯了嘴角——大乔竟然找贺深深聊天,看来老爸真的接纳他了。

笑了会儿他又开始生气："啊啊啊，他们到底聊了什么？"

乔韶拿起手机，看到贺深那段语音消息，他也不敢点开再听一遍，道：不说拉倒。

贺深问：真的想听？

乔韶眼睛又亮了起来：不准瞎说。

贺深发来视频通话，乔韶接了。

贺深坐在椅子上，看着睡在和自己一样的床上的乔韶，心里一片熨帖："那我说了。"

乔韶催促："快点！"

贺深慢慢说道："其实是在提醒我，十八岁之前不要和谢家闹崩。"

乔韶道："睡觉了！"

贺深故意不解释，和他道了声"晚安"后去洗澡了。

乔韶在床上翻来滚去几个回合后也睡着了。

他没戴耳机，屋里也没有响起音乐，在静谧的深夜，他嘴角挂着笑，甜滋滋地睡熟了。

长达数年的梦魇，终于消逝了。

他一点点从深深的自责和愧疚中走了出来。

周末大乔哪儿都没去，全程盯着俩小孩。

乔韶也习惯了，晚上在日记本上写了这样一行大字：请大乔同志洗洗脑子！

乔宗民没好气地回他：请小乔同学自重点！

最后记日记的贺深极其自然地拍了拍马屁：中午的盐焗大虾真好吃。

中午六道菜，就这一道是大乔做的。

乔韶看日记时，对贺深这种行为极为不齿："贺深同学，以后请写实话。"

贺深很无辜："大虾不好吃吗？"

乔韶感觉到老爸凌厉的视线——他敢说不好吃吗？

坏了，怎么感觉自己的家庭地位岌岌可危？这俩人要合伙欺负他啊！

周日下午乔韶带着贺深匆匆返校，即便要回家住，也得和老师说一声，宿舍的东西也要收拾下，最重要的是他太想甩掉大乔了：谁敢想堂堂乔总生了一双八婆的眼睛，一天天的不盯正事。

他们回了寝室，蓝毛和陈诉已经在宿舍了。

自从陈诉开始给蓝毛补习，卫嘉宇就早早返校，他虽然闹腾，但其实很守规矩，决定的事一定会遵守，虽然嘴上骂骂咧咧……

这会儿两人又在互"怼"，卫嘉宇声势惊人："老子这套题做了半个小时，你给老子判零分！"

陈诉冷言冷语："这么简单的题，好意思说自己写了半个小时。"

卫嘉宇："你能不能态度好点？！"

陈诉道："你能不能认真点？！"

卫嘉宇："老子还不够认真吗？老子哪次……"

开门声打断了卫嘉宇的咆哮。

乔韶无语道："你俩怎么又吵起来了？"

这俩身边没人时互喷，身边有了人就一个"哼"一声，一个挪开视线，谁都不理谁。

乔韶："……"这两人上辈子有仇吧！

卫嘉宇看到贺深挺意外的："深哥？"

贺深点点头。

卫嘉宇这辈子就服楼骁和贺深，对他俩的态度和对别人截然不同，他问道："你打算搬进516室了？"

贺深道："没这打算。"

卫嘉宇挺失望的："这样啊……"也不知道会是谁搬进来，肯定不如熟人自在。

贺深解释道："这俩床位的费用我已经交了，也和老师打过招呼了，中午还会来休息。"

卫嘉宇没听到要点，眼睛一亮道："所以不会有其他人搬进来了？"

贺深应道："嗯。"

陈诉却听到关键点了，他看过来问道："两个床位？"

乔韶有点不好意思地解释道："那个……我打算搬出去住了。"

陈诉一愣。

卫嘉宇："啥？"又把他的方言吓出来了。

乔韶心里也挺不舍的，他道："我这学期开始就不住校了。"

陈诉问道："回家住吗？"

乔韶顿了一下，应道："嗯。"

陈诉也没再追问，问："什么时候搬，东西要收拾吗？"

卫嘉宇听不下去了，连声问道："你家能有咱宿舍好？"

他去过陈诉家，实在被穷鬼的生活震惊了，那是人住的地方吗，好好的宿舍不住，干吗要搬回去？

他家没宿舍好？乔韶一时哑然，这该让他如何解释……

贺深接话道："家里挺好的。"

卫嘉宇闭嘴了……行吧，人家好朋友都同意了，他还多嘴干啥。

乔韶清清嗓子道："虽然晚上不睡这儿，但中午我们还会回来的。"

其实原本乔韶是想中午跟贺深回他的出租屋的，大乔一听拍案而起，给他四个字——"想都别想"！

贺深多机灵，当机立断把租房的钱交到学校买床位了。

卫嘉宇此时还没多想，直到陈诉轻声问乔韶："上下学方便吗？"

乔韶道："挺方便的，我和贺深一起。"

想到卫嘉宇看到过他家的车，强调了一下："贺深家有车。"

陈诉放心了，说道："那也挺好。"

在一旁的卫嘉宇竖起耳朵，听了个明明白白——天哪，小穷鬼这是住到深哥家了？

卫嘉宇心惊肉跳，赶紧给远在C市的骁哥发信息："惊天秘闻！深哥和小穷鬼住一起了！"

打完训练赛的楼骁看到了这条信息——他默了默，回他："你懂什么叫惊天秘闻吗？"

卫嘉宇:"什么?"

楼骁做了个表率:"老贺怀孕了才叫惊天秘闻。"

卫蓝毛:"……"

这一次,蓝毛同志输了个五体投地!

周四这天的课外活动课,乔韶挺认真地等着数学社发题,谁知群里在安静了三秒钟后炸了。

忽然有人用了匿名,说道:咱们上次联赛胜之不武啊。

匿名主题估计是《红楼梦》,说话的人叫贾宝玉。

接着就有林黛玉出来了:你也听说了?

薛宝钗也来了:真的假的啊?

探春也来凑热闹:我不信!

连凤姐都有了:我看过他们发的图片,拼在一起的两套题的确一模一样……

贾宝玉问:我觉得不可能吧,即便那位要抄,我们社长也不能给啊。

凤姐说:讲道理,我们东高也的确是被打压太久了。

连贾母都出来了:可这样赢了也不光彩啊!

是啊,薛宝钗又说,这不一下子就被人挂出来了?

晴雯唏嘘道:外校的就瞎蹦跶,咱们贺神一出马,还有他们什么事啊。

袭人道:想啥呢,贺神去了就算作弊了。

林黛玉幽幽道:可我们现在真被说作弊了。

看了一圈,乔韶明白是怎么回事了。

那个凤姐发了对比图,乔韶一看也很惊讶,他和顶梁支柱提交的答案竟然一模一样,更要命的是,他因为贺深打岔错过的那道题,顶梁支柱居然答错了……

难怪外校的人会怀疑他们作弊……

其实这就是线上考试的弊端,诚然大家都没空搜题,却可以坐一起答题。

一个学校两个人,要是互抄的话,分数肯定比单打独斗高一些。

这次东高拿了联赛第一,各校都有点不爽:东高太气人了,有个贺深已经气死人了,如今连业余比赛都赢得第一,他们哪能甘心。

翻出试题一看,好家伙,这俩参赛者得分一模一样,再看试题……竟然连错的都一样!

群里终于有个不匿名的了,顶梁支柱怒道:胡说什么?我连拉里兄长啥样都不知道!

大家瞬间闭嘴了。

顶梁支柱道:我可以用人格担保,我们绝对没有见过面,更不要提一起做题了!

身为话痨加手速达人,顶梁支柱又噼里啪啦说了一堆:我可以指天指地地发誓,我要是见过他就天打雷劈……

乔韶心一虚,社长您别把话说这么死啊,咱们好像还真见过面。暑假的时候爬山,他跟在贺深身边,见到过梁柱……

数学群里安静了一会儿,那个凤姐又出声了:可别人不信。

顶梁支柱道:管他们呢,我们问心无愧!

晴雯道:拉里到底是谁啊,咱们年级学习好的就那几个人……

其他人都没出声,但也是给顶梁支柱面子,心里还是不踏实的。

之前一直没动静,怎么就忽然冒出一个天才般的拉里?怎么就忽然参赛夺冠了?

一个匿名叫贾环的更是嘟囔了一句:社长啊,拉里不会是你的小号吧?

顶梁支柱气疯了:你个小混蛋说什么啊!

乔韶看不下去了,他出声道:要不再比一次吧。

他一说话,群里秒安静。

顶梁支柱见他来了,说道:别听他们胡说八道。

那凤姐又开口了:再比又怎样?还不是没人信……

乔韶道:这次可以找个教室,我们现场做题。

53．货真价实的差生

既然外校的人以为东高线上比赛是互相抄出来的，那干脆来场线下比赛。

顶梁支柱立马道：对！线下来一场，看他们还怎么质疑！

话说到这个份上，一群匿名鬼全闭嘴了。

他们对社长和乔韶也没什么意见，只是外面说得太难听，他们对拉里也实在不熟，所以才心生疑窦。

对此乔韶都明白，也没有怪谁的意思。

乔韶又道：社长麻烦你联系下外校的选手，如果同意的话，我来找教室。

顶梁支柱立刻道：好！

关了群聊，乔韶又私聊了顶梁支柱：我记得你最后一题没做？当时刚考完试，梁柱和他聊了半天，很悲痛地说自己错在了最后一题上。

顶梁支柱惭愧道：我当时以为你没做，怕你有心理负担，才说自己也没做。

他好不容易找到个靠谱的战友，不想打击他的积极性，毕竟第一次参赛，输了不可怕，可怕的是随后的心理压力。

乔韶懂了：不至于啦。

一个业余的数学竞赛而已，能有多大的压力。

顶梁支柱郑重其事道：这可是为校争光的大事，我不想你过度自责。

要是顶梁支柱分数很高，乔韶却很低，一共就两个人，梁柱怕乔韶不安。

乔韶心里一热道：放心吧，这次我一定好好发挥。

顶梁支柱对他盲目自信：你肯定没问题，我也不会拖你后腿。对了，你能安排到教室？

乔韶道：问题不大。

顶梁支柱道：那好，我去问问外校那帮人敢不敢应战！

乔韶笑着应下。

顶梁支柱又发来了一条信息：既然要线下比赛了，那我们提前见个面？

乔韶一想这迟早瞒不住，道：行。

顶梁支柱问：你在几班？叫什么？我去找你。

乔韶赶紧道：不用去班里了，我们晚饭时去钟楼那边吧。

顶梁支柱道：可以，我给你发张照片，你对着找我就行。

不等乔韶说什么，顶梁支柱已经发来一张一寸免冠照片，就是那种规规矩矩可以贴到各种证件上的照片。

乔韶本就认识他，看到照片只想笑：好的。

"面基"的事就这么定下了，乔韶对打球回来的贺深说了来龙去脉。

贺深道："教室没问题，我帮你弄。"

贺神提要求，校长都给开绿灯，更不用说是这种和学习有关的事。

所以乔韶才说得那么有把握。

乔韶松了口气，贺深又道："我不仅可以给你弄到教室，还可以给你监考。"

乔韶："啊？"

贺深眼中全是笑意："我当考官好不好？"

乔韶狐疑地看他："你要干吗？"总觉得这家伙葫芦里卖不出去好药！

贺深可正经了："我勉为其难……"

乔韶瞪他："我才不用作弊！"

贺老师把话说完："……不骚扰你。"

乔韶："……"

这什么垃圾考官，拖出去打一顿好吗！

乔韶和梁柱见面，贺深非要一起，乔韶想了想就带上他了。

反正还要监考，让梁柱提前见见他，也能做好心理准备。

离约定的时间还有五分钟，梁柱已经站在钟楼下了，贺深带着乔韶走过去。

梁柱一眼看到贺深瞬间斗志昂扬,眼看贺深竟然来到他面前,不禁有些错愕:"不会吧……"

贺深道:"晚上好。"一副我就是来找你的模样。

梁柱脸都绿了:"你是拉里?!"这还搞个鬼的线下比赛,贺深一出场,外校肯定落荒而逃,他们这次还真……还真胜之不武啊!

乔韶从贺深身后探出脑袋:"社长。"

梁柱还在蒙着,没注意到那小小一只。

乔韶只得提高音量:"我是拉里!"

梁柱这才看到了乔韶。

乔韶伸出手道:"我叫乔韶,1班的。"

梁柱一把握住他的手,那模样仿佛看到了救命恩人:"你是拉里?"

乔韶点头:"对!"

社长喜极而泣:"太好了太好了,我们东高果然有匹黑马,果然有颗闪亮的紫微星,果然离了贺深也能撑起一片天!"

听这排比句,乔韶就觉得梁柱的语文也不差,哦……人家是年级第二,当然不差。

贺深盯着他俩的手。

梁柱察觉到他的不满,以为是自己说的话不妥,道:"贺神,我不是不尊重你,只是希望多点竞争力,你一直当第一也麻木了……"

他吧啦吧啦说一堆,见贺深的神态越来越不好,只能继续说。

乔韶知道根源在哪儿,虽然社长话痨,但是个挺讨人喜欢的话痨,乔韶不想害他,于是连忙抽出手。

贺深态度一下子缓和了。

梁柱心想:贺神这么小肚鸡肠啊,果然男人对面子问题总是很看重。

已经碰了头,又是晚饭时间,乔韶顺势邀请梁柱一起吃饭,梁柱乐得如此,三人去了食堂。

一路上梁柱也是说个不停,说着说着就问到了成绩上。

梁柱问乔韶："你上次期末考试考了多少名？"他对年级前十心里有数，绝对没有乔韶的名字。

乔韶有点难以启齿。

梁柱道："我没太留意十名以后的，你这次是没发挥好，还是被其他科拖后腿了？我觉得吧连数学都能拿满分，其他科都是小事一桩，尤其是咱们理科班，理综全指望数学，我不信你考不好，难道是语文和英语丢分了？唉，这两科也是我的弱项，尤其英语，上次我才考了130……"

这一字一句，对差生来说是"十万点暴击"好吗！

乔韶听不下去了，打断道："其实我都考得挺差。"

梁柱深沉道："没考进前十，是挺不理想的。"

你们学习好的人都这样吗？太刺激人了！

乔韶心一横，摊牌道："我上次考了全班倒一。"无所谓了，反正梁柱一查就知道，还不如自己挑明。

梁柱愣了一下，笑道："别对自己要求这么高嘛，虽然没进前十，但也不能说自己是倒一。"

贺深瞥了他一眼。

梁柱心一紧，不知道自己又哪里惹到这尊神了！

乔韶尴尬道："我真的是最后一名……"

连宋二哈都没考过，乔韶能记一辈子。

梁柱傻眼了。

乔韶叹口气道："你回头一查就知道了，或者去我们班问一下，哦……贺深也在1班，你可以问他。"

梁柱哪还用问，他声音里全是不可思议："你怎么会考……"

他话说一半，忽地灵机一动，想到了："我懂了！你是觉得反正拿不了班级第一，所以勇夺全班倒一吗？"

乔韶："……"

贺深看向乔韶，眼里写满了：你看我没说错吧，他脑子的确有问题。

乔韶读懂了，更加无语了！

梁柱道："唉！我懂你，我要是和贺深一个班我也得气死，不仅拿不了年级第一，还拿不到班级第一，太虐了！"万年老二揣摩了一下这心思，觉得自己受不住这委屈！

乔韶赶忙道："不是，我没这想法。"

我脑子没这么有毛病啊啊啊！

梁柱兄脑回路的确异于常人，又灵机一动："难道是《伪装差生》？"

乔韶："什么？"

梁柱道："这书很火啊，我表妹给我讲过，说主角其实是个好学生，因为一些原因装成差生，每天和同桌抢倒数第一。"

乔韶完全不懂他在说什么！

梁柱还拍拍他肩膀道："兄弟真牛，还真敢考倒一！"

乔韶百口莫辩：我不是、我没有、我真没故意考倒数第一，我是凭实力考的，我是个货真价实的差生啊！

54．就这样吧……他习惯了

乔韶实在解释不清了，他也不能把自己的心理问题拿出来讲。

可对于梁柱来说，一个数学竞赛能拿高分的选手怎么会畏惧期末考试？不合理。

乔韶也懒得再说了，就这样吧……他习惯了，习惯说真话没人信的日子了。

各校的数学爱好者都是考试达人，一听周末要线下比赛纷纷表示乐意奉陪，只是希望东高的选手能够解决教室问题。

顶梁支柱打包票说能搞定，于是重赛的时间定下了。

贺深找东高数学组的组长林老师说了借教室的事，老师先满口答应，才问了句："这是要干吗呀？"语气那叫一个温和可亲，绝不是平日里同学们眼中的霸道三杰之一的林霸霸。

贺深也没必要瞒着，把学生们自发组织数学竞赛的事说了。

老林眼睛一亮，道："这是好事啊！"

贺深道："我也觉得挺好的。"

老林问："你参加吗？"

贺深委婉道："我就别参加了。"

"对对对！"老林道，"你参加了就太打击孩子们积极性……"他一边说着一边到处找手机，"我给一中的年级主任打个电话，他是我同学，孩子们这样热爱数学，应该鼓励，这种活动应该发扬，我们当老师的理应支持……"

于是，这原本不成规模的数学联赛被弄得声势浩大起来。

各校之间的数学老师都是彼此认识的，要么是同学，要么是以前的学生，再不然是一起开会学习的会友，总之熟得很。

他们一沟通，立马拟定了方案。

各个中学的数学爱好者目瞪口呆——怎么搞得这么郑重其事，有点紧张啊！

竞赛安排在了大休周的周日上午。

教室选了高二1班，乔韶的班级。

老唐吩咐同学们收拾桌肚时，宋一栩大惊失色："怎么个情况，这就要开始月考了？我还没做好心理准备！"

老唐笑道："别紧张，只是一个数学竞赛，不参加的人不用来。"

宋二哈这才松了口气，嘟囔道："谁这么倒霉啊，周末还得考试？"

坐他前头的倒霉乔不敢吱声。

他跟梁柱都解释不清了，跟班里的人更加解释不清，还是不要吓他们了，等正式考试了再循序渐进地提高成绩……

为了备考，乔韶这几天非常认真地做题。

贺深完全胜任了家庭教师这项工作，做得不能更好。

大乔听说乔韶周末要考试，也很紧张。他端茶送水，小心谨慎的模样活像伺候高考学子的可怜家长。

乔韶挺爱学习的，小学时也是七科全能的优等生，虽然后来耽误了很多课程，但回到初中后也有努力去补，更不要说他去了东高后有贺深帮他梳理弥补，越发事半功倍。

周日这天，大乔比乔韶还紧张，给他倒牛奶时都洒外面了。

乔韶乐了："大乔，你慌什么？"

乔宗民强装镇定："我没慌！"

乔韶道："别紧张，我晚上都能好好睡觉了。"

这话说给别人听会觉得莫名其妙，完全不懂，可餐桌上的两个男人都懂，而且听后心里都是一片熨帖。

乔韶晚上可以在不戴耳机不听任何音乐的情况下安然入睡，这放到以前是想都不敢想的事。

乔宗民之所以紧张，也只是紧张他的状态，如果乔韶能够正常发挥，是不是就意味着……意味着……他彻底康复了？

那缠绕了乔宗民长达五年的魔鬼，是不是也该消散了？

张冠廷说得没错，在这场灾难中，父亲受到的创伤不比儿子轻半点，只不过父亲是个意志强大的成年人，硬生生扛下了一切。

可惜皮筋绷得越紧，断的那一刻越痛，父亲若是撑不住了，后果只会更加惨烈。好在皮筋的另一头是儿子，只要儿子放松，父亲也就放松了。

换言之，若乔韶康复，乔宗民就康复了。

贺深救了乔韶，其实也救了乔宗民，更救了这个家。

这些乔宗民都知道。

乔宗民亲自送他们去学校，乔韶打趣："有如此珍贵的'老爸牌'司机接送，我考不好可怎么办？"

乔宗民立刻道："别有压力！"

下车后，乔韶给了老爸一个拥抱道："好啦，你也别有压力。"

乔宗民心里一酸，拍了儿子后背一下："加油！"

乔韶忍不住笑话他："估计我高考时你都不会这样。"

乔宗民说了句大实话："你俩还用参加高考？"

乔韶笑了："也对。"

只剩下两人时，贺深问："能行吗？"

乔韶无奈道:"你俩能不能有点出息!"

两个不参赛的比他这个参赛的还紧张!

贺深在家时不敢表现出来,现在却流露了一大半:"其实不用这么急的。"

乔韶语调很轻松:"你不是要给我监考吗?"

贺深微怔。

乔韶仰头看他:"有你在,我什么都不怕。"

因为惊动了老师,这次的竞赛试题由各校数学老师参谋出的,难度不一定高,但平衡性绝对比之前由"组委会"到处扒的题好太多。

乔韶一看试卷松了口气,很好,题型都很熟。

周日的校园异常安静,比正式考试时还要安静。

周围一点声音都没有,一整栋教学楼只有这一间教室有人,参赛的人也不多,又都是习惯安静做题的好学生,所以考场更静了。

察觉到贺深的视线,乔韶对他笑了下——多奇妙,曾经畏惧到骨子里的东西此刻他完全不怕了。

乔韶从容地握住笔,将视线落到试卷上后,脑中全是清晰可辨的解题思路。

问题不大!

乔韶开始埋头做题。

竞赛题目较多,考试时间也长,三个小时过去乔韶完美交卷。

贺深正在和另一位监考老师一起收卷,没看他。

乔韶还是有点小紧张的,他知道贺深在他身边看了挺久。

梁柱跑过来问:"怎样?"好像除了乔韶,他身边人都挺紧张。

乔韶道:"没问题!"

梁柱和他击掌:"我知道你能行!"

说话间,他拉着乔韶认识了一下考场里的其他人,虽说都是外校的,但因为爱好统一,大家在网上都或多或少地聊过,此时也算是大型"面基"现场了。

只是他们大多性格内向，甚至还有轻微社恐，像梁柱这样活蹦乱跳的几乎没有。大家可能在网上很能聊，现实中却只会含蓄问声好，下一秒恨不能脚底抹油。

回家路上，贺深对乔韶说："满分。"

乔韶蓦地睁大眼："你别逗我。"

贺深道："除非我考不了满分。"也就是说他判错题。

乔韶有点飘了："我这么厉害吗？"

贺深怂恿他："明年和我一起去参赛？"

乔韶瞬间清醒："我不想少年秃头！"

那是人做的题吗？高中就考微积分是要人老命吗？

周二的时候，线下比赛的成绩公布了。

乔韶看到自己的分数时，笑得眼睛都成月牙了。

顶梁支柱在群里大夸特夸，每一段都至少一百字，每个句子都不带重复的，这种刷屏还真不是一般人能做到的！

乔韶没眼看了，跟贺深说了下，贺深拿过他手机："我看看。"

乔韶道："快别看了，雷死了。"

贺深看得津津有味，道："梁柱这人可以的。"

乔韶："什么？"

贺深评价："是个好人。"

虽然在乔韶心里，梁柱也的确是个好人，但他总觉得贺深的评价标准和自己不一样！

深哥您觉得他好，纯粹是因为他吹的"彩虹屁"好吧！

可问题是人家吹的也不是你啊！你看得这么开心是闹哪样？！

乔韶也不知道该吐槽谁了。

更让乔韶措手不及的是，晚自习放学前，老唐满面红光地进屋："宣布件事啊！"

同学们神经一绷，以为是要留堂。

老唐"唰"的一下把手里的奖状打开，展示道："恭喜我们班乔韶同学,拿下了第一届五校联合数学竞赛冠军!"

乔韶一惊。

班里安静了一秒钟后炸了,尤其是宋二哈,震惊道:"什么?乔韶?老班你是不是搞错了啊,我深哥和韶哥的名字没一点相似之处啊。"

唐煜走下讲台,美滋滋地把奖状交给乔韶:"很棒,继续加油!"

乔韶木呆呆地接过奖状,呆呆地说:"谢谢。"

贺深低低笑了一声。

乔韶回过神来,拉着贺深道:"走、走了!"

快跑,他不想被同学们围住。

亏了他反应够快,1班的同学们根本没有反应的机会,已经逮不到人了。

乔韶上了车就开始大喘气,贺深小心拿着他的奖状,道:"跑什么,明天还得回去上课。"

乔韶道:"那不一样,等明天就降温了。"

贺深没再说什么,盯着奖状看了又看。

乔韶被他弄得怪不好意思,想把奖状拿过来,可惜没拿到。

他们到家后,贺深笑眯眯地把奖状拿给大乔看。

乔韶实在太尴尬,去厨房倒果汁喝,端着杯子出来时听到他俩的对话,差点喷了!

只听大乔说:"这个主意好,把它裱起来吧。"

贺深赞同道:"我有块上好的紫心木,可以用来当外框。"

乔韶听不下去了:"什、什么啊?!"

丢死人了啊啊啊,谁会把这么个毫无价值的奖状裱起来啊,还用贵如黄金的紫心木做框,这是梵高还是毕加索的画啊,破奖状它配得上吗?!

55. 痛苦过后,彩虹尤其美丽

奖状明明是乔韶的,乔韶却失去了对它的支配权,别说是抢回来了,连看都不给他看一眼了!

乔宗民道:"吃饭了。"

他们去餐厅一看,好家伙……

三种吃法的帝王蟹,那么大只澳龙,新鲜的海胆刺身,从关西直运过来的鳗鱼……

乔韶惊呆了:"咱们这是吃年夜饭吗?"

乔宗民道:"大喜的日子,当然要好好庆祝下。"说着还拿出他珍藏的红酒,起瓶器一弹,瞬间开出去30万美元。

乔韶服了:"那就是个业余的小比赛,没意义的!"

贺深道:"意义很大。"已经在娴熟地摆放碗筷了。

乔宗民把红酒倒进醒酒器:"是可以载入乔家历史的大事。"

听他这句话,乔韶心里又软又酸,竭力开玩笑道:"我们乔家的历史也太廉价了。"

其实乔韶知道大乔为什么这样重视,也知道那张奖状的意义。

可他越是知道,心里越难受。

五六年的噩梦,谁又有过一天舒坦日子。胆战心惊的一家人,总算迎来新的希望。

这样一个走过钢丝绳、抵达彼岸的日子,的确值得庆祝。

未成年人不得饮酒,今天大乔破例,给他们一人倒了一小口。

醇香的红酒入喉,淡淡的苦涩留在胸腔,慢慢化作了氤氲的热气,久久回荡在血液里。

痛苦过后,彩虹尤其美丽。

只要坚持下去,总能拨开云雾见天日。

这天的日记是这样的——

大乔:"我儿子拿奖状了!"

贺深:"韶韶考满分了。"

乔韶:……

可真是载入乔家"史册"了!

后来这张奖状还真被裱起来了,乔宗民和贺深都不用沟通,默契地把它挂在一个乔韶除非找梯子否则绝对够不着的地方。

乔韶气得肝疼，晚上偷摸找椅子踮脚都够不着后，他选择无视它！

等他长高到可以把它摘下来时也早就习惯了，这种东西只会越来越多，谁敢想他的两个"爹"前仆后继地给他收集了一辈子……

第二天回到教室，乔韶立马成了大熊猫。

宋二哈戏最多："韶哥，你怎么回事？说好的一起做差生、在最后考场手牵手呢？！"

乔韶嫌弃道："谁要和你手牵手。"

宋二哈道："我知道，你眼里就只有深哥！"

乔韶："……"周围这些人都是什么毛病？一个个奇奇怪怪的……

陈诉满眼笑容："我就知道你没问题的。"话不多，其中的欣慰让人动容。

乔韶对他解释道："之前一直心态不大好，一考试就紧张，所以总是发挥不好。"

陈诉道："没事，走出来就好了。"

乔韶心里热乎乎的："嗯，已经没事了！"

陈诉笑道："我也报名了数学社，以后一起。"

乔韶眼睛一亮："好啊！"

他这边的高兴远不如梁柱，梁柱都勾搭陈诉四五回了，陈诉都以学业为重拒绝参加，如今居然主动报名，可把他乐坏了——又一员虎将入伍，他们东高要起飞啊！

其他同学也都围过来凑热闹。乔韶昨天虽然跑了，但更多是因为害羞，心里是不讨厌的，能和同学们亲近，对他来说是很享受的事。

宋一栩这个不甘心啊，一个劲儿地唠叨："韶哥，你怎么做到的，你怎么这么厉害？实在太厉害了！"

一直不吭声的贺深忽然接了话："我兄弟能不厉害吗？"

一句话激起千层浪，几个女生都倒吸口气。

乔韶猛地转头看他，心怦怦直跳，求求这位大哥不要再胡说八道了好吗？已经非常水深火热了！

好在人群里有只二哈，只听宋一栩道："贺神啊，我也想做你兄弟，求您把我收了吧……"这腔调，真是要多不要脸就有多不要脸！

同学们瞬间破功，矛头全指向宋一栩，把他喷了个抱头鼠窜。

等上课后，乔韶压低声音对贺深说："你老实点，别乱说话！"他脸皮可没贺深那么厚！

高二的第一次月考还是很隆重，老唐用了四十分钟给大家做心理辅导——效果极好，同学们一点不紧张，甚至有点昏昏欲睡。

乔韶一边听一边做题，状态十分好。

月考没那么大张旗鼓，换了教室就开干，一直从早上考到晚自习下课。

乔韶上车后整个人都瘫了："考试是个体力活，我还是得把运动抓起来。"

贺深建议："以后我们跑步上学吧。"

乔韶心动了："大乔能同意？"

贺深微微一笑："我和他说。"

乔韶："……"

行吧，您说话比我好使！有了新儿子，忘了旧儿子！乔韶酸不溜秋地想着：大乔真不行，也不知当初是谁拿烟灰缸砸人的！

月考成绩公布这天，老唐健步如飞，激动得一口气上了五楼，进了教室就开始吟诗："宝剑锋从磨砺出，梅花香自苦寒来！书山有路勤为径，学海无涯苦作舟！头悬梁，锥刺股！有志者，事竟成！"

这一套又一套的，不知道的还以为老唐是教语文的！

只听唐煜一拍桌子，下一句就是："我们班的乔韶同学，完成了史诗级跃进，从班级最后一名，一举冲进前十，拿下了班级第八的优秀成绩！"讲真的，老唐您别教数学了，投奔语文怀抱吧！

乔韶低眉顺眼的：虽然早知道了，但还是有些抬不起头。

唐煜又道:"乔韶同学以一己之力,为我们班的平均分提高了整整3分!"

这话虽然没有别的意思,但乔韶一想到自己以前拉低了班级平均分,更抬不起头了!

唐煜又暗示道:"某些同学也该好好学习,不求考进前十,好歹也别倒一了。"

宋二哈欲哭无泪。

他同桌摸他狗头:"没事,咱很努力了,脑子不好使也没辙。"

宋一栩:"……"哭得更大声了!

发下试卷后,乔韶反思了一下自己,他偏科有点严重,数学和英语分数极高,但语文才99分,还没过百。理综也挺有问题,因为这次题量大,有好几道题根本没来得及做。

贺深看他:"等期末考试,你肯定前三。"

乔韶想起他俩的约定,弯唇笑道:"那我是不是得还你钱?"

贺深记得呢:"2000元的补课费也太少了。"

乔韶道:"2000万元够吗?"

这要在以前,乔韶说的就是个笑话,可现在……

贺深:"不够。"

乔韶:"贺深深你有点贪心啊。"

别管在学校里怎么皮,一回家贺深就是社会罕见的五好少年。

正直、纯洁、感情真挚却不越界、特别守规矩……无论乔韶怎么看,反正大乔被忽悠住了!

他们一回家就发现异样。

乔韶眼睛"唰"地亮了:"爷爷回来了!"

他冲进屋里,看到了满屋子的礼盒,以及一身笔挺西装,永远时髦帅气的爷爷。

不苟言笑的乔如安只有在看到孙儿时才会扯扯嘴角:"回来了。"

乔韶扑过去,给他一个大大的拥抱:"您什么时候回来的?"

乔如安衣服都被蹭皱了也不在乎，温声道："刚下飞机。"

乔韶立刻道："还没倒过时差吧？赶紧去休息吧！"

乔如安："不急，先吃饭。"

乔韶："也对！"

他还想再说什么，旁边被忽视的杨孝龙幽幽道："外公外公，果然是没人理的外人啊……"

乔韶连忙又过去哄姥爷。

爷孙仨亲近了一番，乔如安看向贺深："谢家小子？"

贺深向他们问好。

杨孝龙是见过贺深的，日常"怼"亲家道："人家姓贺！"

乔如安："哦。"

两位老人来都带了一大堆礼物，以前是单份的，现在是双份的，乔韶有的贺深一样不缺。

今天乔如安更是带来了自己的御用裁缝，给贺深从头量到脚，把尺寸摸了个一清二楚。

乔韶笑道："以后你不缺衣服了。"

贺深先道了谢。

乔如安打量他一番后："身材不错。"

乔韶一惊，对贺深小声说："爷爷很喜欢你！"

乔如安一辈子和时尚打交道，这辈子夸人用的最高词汇就是这四个字：夸一个人身材好对乔如安来说，等同于说我喜欢你。

贺深还是有点心虚的，很含蓄地应下来。

乔如安和杨孝龙对贺深这么好，是因为他们都知道是这孩子治愈了乔韶。

所以吃晚饭时，大乔日常提醒："好好吃饭。"

乔如安扬眉，杨孝龙眨眼，乔韶心里一惊。

贺深垂下眼睫，那叫一个真真正正的低眉顺眼。

56．姜还是老的辣

饭吃得差不多，乔如安和杨孝龙坐不住了，他俩迫不及待想知道宝贝孙子怎么就被谢家那小子治好了，而且乔家还白捡这么个大儿子。

大乔如今是站在贺深这边的，他敢摊牌自然有把握收场："我们去书房聊。"

乔如安和杨孝龙起身，先行去了乔宗民的书房。这事的确得好好问问乔宗民。

大人们上楼了，楼下就剩乔韶和贺深。

乔韶皱着眉头道："姥爷和爷爷很喜欢你的，只是……"

贺深想得很明白："换作是我，我也会害怕的。"

乔韶不服气道："有什么好害怕的，你这么好，为什么大家一开始总是有些意见？"

贺深心里甜，嘴角也挂了笑："他们心尖上的宝贝，突然说生命中有了别的重要的人，而且这个人还是他们非常不看好的'危险人物'，怎么能不害怕。"

乔韶："……"

某种意义上，乔韶还真是他们心尖上的宝贝。

乔如安妻子去世得早，之后乔如安就没再婚，他只有乔宗民一个孩子，可父子俩性格都太硬，好一阵子都不理对方，直到乔韶出生。乔韶有些像杨芸，性格好，乔如安带在身边好几年，真真把他当心肝疼。

杨孝龙也只有杨芸一个女儿，女儿出嫁后他对乔宗民是怎么看怎么不顺眼，直到外孙出生，外孙怎么看怎么顺眼，老伴和女儿相继因病去世后，杨孝龙一颗心全挂在乔韶身上，乔韶的一言一行一举一动，牵动的全是他的神经。

所以贺深说的那话一点不夸张，乔韶真的是他们心尖上的宝贝，是他们在这世上最在乎的人。别管贺深好不好，他们冷不丁得知是贺深让乔韶好起来，都会觉得别扭，也是人之常情。

乔韶想想两位老人，心里酸酸的："他们都不容易。"自己病着的这几年，两位老人跟着操了太多心，他永远都忘不了自己在疗养院，半睡半醒间听到爷爷压抑的哽咽声，以及姥爷的"让我替他受罪，用我这条老命换他康复吧"。

贺深沉思了一会儿："以后我们一起照顾他们。"

乔韶用力点头："他们会很爱你的。"

贺深应道："嗯。"

没过多久，乔如安、杨孝龙和乔宗民从书房走出来了。

也不知道大乔究竟跟他们说了什么，两位老人的态度稍有和缓，虽然仍旧紧绷，但好歹没把带来的礼物拿回去。

送走二老，乔韶偷偷问大乔："你怎么和姥爷、爷爷说的？"

乔宗民瞥他一眼："说你要死要活地非要把贺深带回家。"

乔韶："……"

乔宗民严肃问他："难道不是？"

反正贺深不在，乔韶怕老爸再搞事，连忙应道："是是是！"

乔宗民怒其不争，没好气地在他脑门儿弹了下："你都这样了，我们能怎样？还不是收了这个大儿子，我们还赚了呢！"

乔韶咳了声，不好意思道："还，还真的是呢……"收了他，不亏的！

乔宗民心肝疼，赶他道："快去写作业吧，我酒还没喝完。"

乔韶喜滋滋地去找贺深了。

乔宗民看看自家傻儿子，长叹口气——行吧，一物降一物。

高二的课程相对来说比高一紧张很多，乔韶月考得利也没松懈，只想期中考试时把语文成绩再提一提。

如今英语老师视他如珍宝，总爱找他起来念课文，对他的口语赞不绝口。

乔韶也越来越自信，不再畏惧安静之后，他展现了应有的实力，在这门本就极其熟悉的课程上表现得特别好。

老唐也拿他当宝贝,会叫他和陈诉一起到黑板上解题。

对此贺深表达了些许不满:"为什么不叫我?"

乔韶瞪他:"你上去只写一个答案,谁看得懂!"

贺深不出声。

乔韶摸出块棒棒糖哄他:"爷爷让人从法国寄回来的。"

贺深嘴角微扬,"啊"了一声。

乔韶只好给他剥了糖纸,喂到他嘴里。

贺深眼睛都弯了:"好吃。"

乔韶道:"能不好吃嘛!"棒棒糖中的爱马仕了解下!

谁都知道乔韶不爱甜食,这糖给谁的不用明说,哪怕不好吃,贺深心里也是又甜又暖。

高二上学期只能用顺风顺水来形容,唯一有点打击乔韶的就是秋季运动会。

这么个为班级争光的大型活动,乔韶的任务是——坐在观众席上吃好喝好。

这个真没辙,病好了,他的成绩可以让贺深帮着飞快补上去,身体的恢复却需要较长的时间。乔韶已经很努力锻炼了,可也不够格参加运动会。

尤其他们1班有一位出了名的四肢发达头脑简单的代表人物宋二哈。

乔韶更加没有上场机会了。

这种活动重在参与,乔韶在场下也看得激动万分,还一个劲嫌弃贺深:"你好歹也报个项目啊!"白瞎自己的好体格。

贺深给他扇扇子:"不要,又晒又热。"

乔韶服了:"就你这娇气包是怎么炼出腹肌的?"

贺深弯唇笑了:"偷看我游泳?"

乔韶:"谁、谁偷看啊?"

贺深:"哦,是正大光明地看。"

乔韶压低声音道:"别嘚瑟,小心大乔再给你建个专属泳池。"

贺深老实了，还好意思说："那你小心点，别让他看到你偷看我游泳。"

乔韶气道："没人偷看你游泳！"

好吧，有悄悄看一点儿，贺深的蝶泳是真的帅……咳……

后来东高建了一个室内泳池，捐助人叫贺乔，有小道消息传，这人是贺神的父亲，为了让儿子学习之余锻炼身体捐建的。

乔韶听到这说法时嘴角抽了抽：人民群众的眼睛都是雪亮的，猜得还真是一点不差！

乔宗民可不就是贺深深的"父亲"吗？这俩现在一唱一和，做事都不和他说一声了！

当天日记上，大乔龙飞凤舞道："大家好，我是贺乔。"

乔韶痛批："'贺乔'，这名字真难听！"

贺深写得可工整了，活像在参加书法比赛，拍起马屁来也是不嫌脸红："最好的两个字，我最爱的姓氏。"

乔韶又有点心疼了——老贺家真是一个人都没有了。

啊不，现在有了个贺乔，行吧，姜还是老的辣。

期中考试乔韶考了个第五名，虽然和贺神还有距离，但彻底摆脱了差生的"桂冠"。

宋一栩哀鸣："孤独萦绕我身，时常觉得自己与你们格格不入。"

他同桌宽慰他："不用'觉得'，是真的格格不入，毕竟你前座后座连同桌都是班级前十。"

宋一栩"哇"一声哭成了二狗子。

天气转冷后，有个重要日子也越来越近。

贺深的生日也够特别的，在一月一日，元旦当天。

乔韶早早给他准备好了礼物，他在爷爷的帮助下给贺深设计了一粒袖扣，用了爷爷珍藏的稀有钻尖晶石，低调又精致，特别好看。

这小半年贺深一直定期回谢家，具体情况乔韶不知道，但有大乔关照他很放心，明白贺深不会被人欺负。

铺垫了这么久,贺深也终于该收网了。

谢永义的身体一日不如一日,在贺深的陪伴下他终于签下遗嘱,等贺深成年,接手他名下所有产业。

对此几乎没人有异议,谢箐心惊肉跳,只想守着自己原有的股份,谢承域这半年太快活了,恨不得永远这样醉生梦死下去,至于庄新忆,已经四个月没见到谢承域了。

眼看着贺深的生日即将来临,谢永义的精神状态还行,他对贺深说:"好孩子,快回家吧,别在那高中浪费时间了。"

贺深笑了笑,道:"等过完生日。"

谢永义不愿在这些小事上和他有分歧,应道:"好!成年了,你也该收心干正事了。"

贺深应了声,又道:"对了,生日那天我想请同学们来参加宴会。"

谢永义一愣:"你那些同学……"

贺深温声道:"相处一年多,也该好好道别。"

谢永义一想也是:"好,这些事你安排就行。"

贺深嘴角挂着笑。

谢永义还在握着他的手:"好孩子,以后谢家就靠你了,爷爷对你很放心,你是个有能力的……"

贺深轻声应着,眼中连一丁点温度都没有。

听说贺深要邀请同学去谢家做客,乔韶吓了一跳:"你要干吗?"

贺深看向他道:"同学一场,难道要瞒他们一辈子吗?"

乔韶一愣,明白了,他道:"也对。"

时候差不多了,等高三他们可能就出国了,是该和他们好好道别。

卫嘉宇、陈诉、宋一栩、宋二哈同桌还有解凯都收到了贺深给他们准备的衣服,这五人除了蓝毛都在516室一脸蒙。

宋一栩张口结舌:"这么……隆重吗?"

贺深温声道:"不穿也可以。"但是他得给他们准备好。

卫嘉宇立刻道:"穿!十几万元的衣服为什么不穿!"

他这话一出，另外几人更傻了。

解凯道："多、多少钱？"

卫嘉宇道："我看骁哥穿过，这家的西服怎么也是人民币六位数起步！"

宋一栩差点把礼盒扔出去："这我穿坏了咋整？"赔不起啊！

贺深道："是送你们的。"

一群少年齐刷刷吸口气。

贺深又道："别有心理负担，你们送给我的礼物我很喜欢。"

这是怕他们心里过意不去，再重新补生日礼物。

说到底这衣服对他们来说没意义，贺深准备了，也只是希望他们能在宴会上更自在些。

等贺深走了，几个少年面面相觑。

卫嘉宇大小也是有钱人家的孩子，还是有点眼界的，他跟他们说："不用慌，这是深哥的一片心意。"

解凯喃喃道："贺神家这么有钱啊……"捐赠泳池的真是贺深父亲吗？

宋一栩也在喃喃："他爸是叫乔宗民吗？"

他同桌也魂不守舍："不对啊，贺神不姓乔啊……"

他们各自回寝后，卫嘉宇见陈诉在发呆。

"陈眼镜，"卫嘉宇喊他，"这衣服会穿吗？"

陈诉紧拧着眉，也不知道在想什么。

卫嘉宇以为他又在心疼钱："行啦，对深哥来说，这衣服和你买的地摊货差不多。"

陈诉还在出神。

卫嘉宇拍了他一下："至于吗，让件衣服吓傻了？"

57．过去的全过去了

生日前一天晚上，贺深回了谢家。

天天在一起，冷不丁分开了，实在不适应，乔韶心里总记挂着他。

乔宗民瞥他一眼："瞧你那点出息。"

乔韶也瞪他："你们到底在盘算什么？"

这小半年乔宗民和贺深总神神秘秘地聊事情，他又不傻，隐约也有些猜测。

乔宗民道："都是小事。"

乔韶道："和谢家有关吧？"

乔宗民其实没想瞒他，是贺深不愿意让乔韶跟着心烦，他道："总之过了明天，贺深就自由了。"

乔韶心里直打鼓："你们不会干违法的事吧？"

乔宗民弹他脑门儿："想什么呢，有我看着还不放心？"

乔韶理智上能放心，情感上也放心不下。

他知道贺深的心结。

贺深对自己的家庭一直很自卑，甚至延伸到了他自己身上，越是感觉到乔家的温暖，就越是因自己的家庭而自卑，他怕谢家给乔韶制造麻烦，更怕乔韶见识到谢家的无耻后会联想到贺深骨子里也流着这样的血。

其实乔韶哪会想这些？在他心里，贺深哪儿哪儿都好，好得他恨不得天天在传家日记上"吹彩虹屁"。

当然他不敢，怕大乔吃醋。

贺深的这些心结，不是简单的言语能够解开的，他需要的是彻底的脱离。

脱离谢永义的掌控，脱离谢承域的纠缠，脱离烂到骨子里的谢家。

这点乔韶不知该怎么帮他，好在大乔可以。

十二月底天气已经很冷了，屋里地暖开得足，乔韶倒也不冷，他趴在床上给贺深发信息：准备得怎么样了？

贺深过了会儿才回他电话："都好。"

乔韶想起来道："对了，明天爷爷和姥爷也去。"

贺深露出了今天的第一个笑容："我知道。"

乔韶小声问:"他们去给你庆生,你家里人不会感到奇怪吧?"

贺深道:"不会,他们很高兴,以为是谢家的脸面。"

乔韶:"……"

行吧,是他想多了,任谁也想不到这两位大佬是去给"大孙子"庆生的。

两人又扯了些没用的,谁都不舍得挂电话。

后头还是乔韶说:"你早点休息,明天肯定很累。"

贺深停顿了一下:"韶韶。"

乔韶受不了他这声音:"嗯?"

贺深的一字一句都直往他心窝上戳:"以后每一个生日,我都想和你一起过。"

乔韶忍不住笑道:"这个生日我也会和你一起。"

贺深道:"不在谢家过。"

乔韶一愣。

贺深声音里有着藏不住的憧憬:"是在我们家。"

乔韶心里酸甜,应道:"好!以后每一个生日,都在我们家一起过!"

一月一日这天,乔韶跟大乔一起去了谢家。

上次去是谢永义的寿宴,这次去是谢深的生日宴,隔了短短小半年,心情已经截然不同了。

乔韶看着窗外的景象道:"这里挺好看的。"

其实是心境不同了,上次来的时候是初秋,草坪碧绿,花园繁盛,一眼望去仿佛走进了欧洲的美丽庄园。此时却是冬季,无论怎么整修,这个季节都是萧索的,绝不会有夏季的生机勃勃。

可在乔韶眼中,此刻的谢家比半年前好太多了。

下车后还是贺深迎接他们,乔韶把礼物亲手给他,道:"生日快乐。"

贺深弯唇:"谢谢。"

乔宗民在和谢承域打招呼,乔韶看过去时愣了下……半年不见,谢承域怎么成了这副样子,乔韶几乎要认不出来了。

谢承域察觉到乔韶的视线，也向他看过来，乔韶向他问好，谢承域点了点头，脚步虚浮地去招呼其他人了。

乔韶忍不住问老爸："谢承域这是怎么了？"

这男人简直是被酒色掏空了身体，完全废了。

乔宗民面无表情道："自作孽不可活。"

乔韶一愣。

这半年贺深在谢永义面前为谢承域说了无数好话，这也是天经地义的事，毕竟血缘上那是他父亲。

起初谢永义还说："你父亲那性子，不拘着不行！"

可耐不住贺深的拳拳孝心，谢永义也实在精力不足，松口道："我不管他，但是你要盯着些你爸，知道吗？"

贺深应下来，却是连正眼都没看过谢承域。

谢承域荒唐放肆了几十年，始终没过头，全是因为谢永义拘着他。

如今谢永义松手，贺深睁只眼闭只眼，谢承域立马玩疯了。他那没日没夜地快活，年轻人都受不住，更不用说他这近五十岁的年纪了。

短短半年，不需要贺深做什么，谢承域快把自己害死了。

招呼了大半宾客，贺深去楼上请谢永义。

谢永义精神不错，听说乔如安、杨孝龙都来给孙子捧场，他喜上眉梢，说什么都要下来看看。

贺深屏退了所有照看他的人，亲自来接他。

谢永义快八十岁了，因为这些年病魔缠身，整个人都瘦成了一把骨头，即便这样，他双眸也是锐利贪婪的，随时用那精明的眼神掌控着身边的一切。

老年痴呆都没压垮他，还有什么能压垮他呢？

贺深心里冷笑，面上温和地把门反锁了。

谢永义没察觉到什么，他兴致很高："走，爷爷给你过生日，等今天之后我们谢家……"

贺深打断他道："爷爷。"

谢永义一愣，发现今天的谢深有些陌生。

贺深走到他身边，轻声道："我有件事想告诉你。"

谢永义莫名感觉到一丝寒意，他道："时候不早了，下面那么多客人，我们先下去。"

"不急，"贺深将他按坐在沙发里，"说完再下楼也不迟。"

谢永义头一次发现这个自己一手培养的孩子竟然这么高了，按在他肩膀上的手像一块巨石，压得他动弹不得。

"什么事？"谢永义仰头看他。

贺深垂眸看着这个自私的老人，心中只有厌恶："我以后不会结婚。"

谢永义一怔。

谢永义脸色白了白，干燥的唇颤着道："这、这没关系，爷爷很开明的，只要你……"

贺深给了他一击重锤："我不会结婚更不会要孩子。"

这话一出，谢永义勃然大怒："你说什么胡话！"

他抬手就要打贺深，可惜贺深轻松躲开，他不仅打了个空，自己还差点摔了。

贺深也不扶他，就这样冷冷看着他。

谢永义脑子嗡嗡的，呼吸急促道："小深别闹，爷爷不管你怎么看待婚姻，但是我们谢家不能无后，你就是做试管婴儿也……"

贺深道："我不会要孩子。"

谢永义脸色涨红，彻底怒了："你疯了吗？！我把谢家交给你，是让你传宗接代的！你可以不结婚，但怎么能不要孩子？没有后代的话，我挣下这么大家业，以后要给谁！"

贺深平静道："等我退休，我会捐给社会。"

他这话无异于一把锋利的剑，直往谢永义的心窝上捅！

谢永义气血翻涌，眼前都有些昏黑："你！你！你！"

贺深知道他最怕的是什么："上个月的体检，谢承域已经失去了延续后代的能力。"

谢永义捂着胸口，开始了撕心裂肺的咳嗽。

贺深等他缓解了一些，又把一份文件给他："这是我的永久结扎手术报告。"

谢永义哽了一声，咳出一口乌血："不可能，你……你……才多大，你怎么会……"

这报告的确是假的，可又有什么关系，这足够压垮谢永义。

"我不会有后代的，"贺深盯着他，慢慢说道，"因为我从没想过让这令人作呕的血脉延续下去。"

谢永义看到此时的贺深，还有什么不懂："你这个、这个混账东西！你一直在装，你……"

听到"混账东西"，贺深眼里也没什么波动，他不悲不喜道："对，我一直在骗你。"

谢永义眼睛翻了翻，死握着扶手道："律师！把律师给我叫来！我还没死呢，我要改遗嘱，我不能把、把谢氏交给你……"

贺深冷冷看着："您死不了的。"

谢永义忽然说不出话了。

贺深说了一句让他感觉似曾相识的话："您会在这间屋子里，痴痴傻傻地一直活下去。"

谢永义努力张嘴，却一句话都说不出来了。

巨大的刺激让他的精神崩溃，本就没有康复的顽疾涌上来，积攒了半年的希望落空，从云端跌落的谢永义彻底病了。

诚然谢永义留下的是一份遗嘱，可想要修改遗嘱也得在老人清醒的情况下进行。

如今的谢永义，已经真正地老年痴呆了。

贺深离开了这间屋子，他打开了走廊的窗户，一阵冷风扑面而来，平息了心中的怨恨。

如果不是谢永义，贺蕊最多是情伤，绝不会嫁给谢承域。

如果不是谢永义，贺蕊也不会被关在那个小偏院里抑郁终生。

如果不是谢永义，他的母亲更不会倒在血泊里，临死都是不甘与畏惧！

贺深闭了闭眼，轻声说："对不起，我要离开您了。"

他向母亲道别，转身下楼了。

乔韶可算找到了陈诉他们。

几个少年局促得很，即便是卫嘉宇也一副不知手脚该往哪儿放的模样。

陈诉见他过来，挺紧张道："你还好吗？"

乔韶一愣。

卫嘉宇道："别装了，我知道你紧张死了，没事啊，咱们待一起，我们都陪着你！"

乔韶反应过来了……他们是害怕自己这个"穷人"在这里不自在……

宋二哈还在状况外，不过他话接得快："韶哥，我、我们给你壮胆！"我自己快吓死了！

乔韶弯唇笑了："嗯，有件事想问下你们。"

卫嘉宇道："什么事？你说，兄弟为你两肋插刀。"啊啊啊，就怕我们一人插两刀，也缩短不了你和贺神之间的差距啊。

乔韶心里很惭愧："下个月就是我生日了，嗯，你们喜欢马尔代夫还是大溪地？"

五个少年："什么？"

乔韶连忙道："我过生日没别人的，就我们自己玩玩，我建议去大溪地，那边玩的地方更多，马尔代夫的话会比较无聊……"

卫嘉宇找回了声音："那个……"说了俩字又不知道该说什么了。

"对了，"乔韶又道，"我爸也来了，给你们介绍下。"

说着他找来了乔宗民，跟他说："爸，这就是我常跟你提到的同学，陈诉、卫嘉宇、宋一栩……"

乔韶一一把人名说完，乔宗民温和地和小孩们握手："你们好。"

五个小孩："……"

这是乔宗民吧，是福布斯榜上最年轻的那个男人吧，是那位热搜上的国民爸爸吧!

  直到乔宗民离开,五个石雕才慢慢活过来。

  陈诉傻傻的,眼镜都挂到鼻子上了:"乔乔乔……"

  卫嘉宇疯了:"你爸是乔宗民?"

  乔韶不太好意思道:"抱歉,一直瞒着你们。"

  宋二哈直接晕倒在同桌怀里了:"快打我,让我清醒清醒。"

  解凯"啪啪啪"地打着二哈胳膊:"醒醒醒醒醒……"

  乔韶嘴角扬着,眼中全是感激,他对他们深深鞠了一躬,认真道:"这半年多,谢谢你们了。"

  因为遇到你们,他才有力量面对过去,才慢慢从阴影中走出来。

  乔韶抬头时恰好看到了贺深径直走过来。

  贺深看着乔韶笑了,所有阴霾散去,只剩下耀眼的亮光。

  过去的全过去了,在贺深成年的这一刻,他握住了希望,走向了新的人生。

图书在版编目（CIP）数据

乔韶不需要安慰.完结篇/龙柒著.—广州：广东旅游出版社，2022.5（2022.5重印）
ISBN 978-7-5570-1706-4

Ⅰ.①乔… Ⅱ.①龙… Ⅲ.①长篇小说—中国—当代 Ⅳ.① I247.5

中国版本图书馆 CIP 数据核字 (2022) 第 036229 号

乔韶不需要安慰. 完结篇
QIAO SHAO BU XUYAO ANWEI. WAN JIE PIAN

出 版 人：刘志松
责任编辑：陈　吉
责任技编：冼志良
责任校对：李瑞苑

广东旅游出版社出版发行
地址：广州市荔湾区沙面北街 71 号首、二层
邮编：510130
电话：020-87347732
印刷：三河市冀华印务有限公司
（地址：河北省廊坊市三河市杨庄镇杨庄村）
开本：880 毫米 ×1230 毫米　1/32
字数：280 千
印张：10
版次：2022 年 5 月第 1 版
印次：2022 年 5 月第 2 次印刷
定价：48.00 元

【版权所有 侵权必究】

如发现图书质量问题，可联系调换。质量投诉电话：010-82069336